Peter Schwindt
Lebenslang

PIPER

Zu diesem Buch

Es ist der Beginn der Fußball-Weltmeisterschaft, als die zehnjährige Julia nicht vom Einkaufen nach Hause zurückkehrt. Fabian Steilberg und seine Frau sind außer sich vor Sorge. Zur selben Zeit trifft die ehemalige Polizeihauptkommissarin Yvonne Hirsch auf einen Mann, der eine seltsame Reaktion in ihr auslöst. Denn plötzlich wird sie von Visionen eines toten Mädchens am Ufer eines Sees verfolgt …

Peter Schwindt, geboren 1964, lebt mit seiner Familie bei Frankfurt am Main. Er arbeitete unter anderem als Übersetzer und Redakteur und ist Autor zahlreicher Jugendromane (»Gwydion«, »Libri Mortis«, »Morland«) sowie Drehbücher. Nach dem Endzeit-Thriller »Schwarzfall« ist »Lebenslang« sein zweiter Erwachsenenroman.

Peter Schwindt

LEBENSLANG

Thriller

Piper München Zürich

Mehr über unsere Autoren und Bücher:
www.piper.de

Von Peter Schwindt liegen bei Piper vor:
Schwarzfall
Lebenslang

FSC
www.fsc.org
MIX
Papier aus verantwortungsvollen Quellen
FSC® C083411

Ungekürzte Taschenbuchausgabe

November 2011
Umschlagkonzept: semper smile, München
Umschlaggestaltung: Hauptmann & Kompanie Werbeagentur, Zürich, unter Verwendung eines Fotos von plainpicture/Arcangel Images
Satz: Satz für Satz. Barbara Reischmann, Leutkirch
Papier: Munken Print von Arctic Paper Munkedals AB, Schweden
Druck und Bindung: CPI – Clausen & Bosse, Leck
Printed in Germany ISBN 978-3-492-26465-5

Für Andrea

Mahler bringt es auch nicht mehr, wirklich. Früher haben ein paar Takte seiner Musik ausgereicht, um mich in die richtige Stimmung zu bringen, doch das Aquarellpapier, das vor mir liegt, bleibt schon seit Tagen weiß. Es ist noch gar nicht so lange her, da habe ich den ersten Strich einer Vorzeichnung genossen, wie Ski fahren in unberührtem Schnee. Aber seit einiger Zeit scheinen Bleistift und Papier dieselbe magnetische Polung zu haben, sie finden einfach nicht zueinander. Auch wenn ich es nicht zugeben will, es fällt mir mittlerweile schwer, die leeren Blätter, die vor mir auf dem vollgeschmierten Tisch liegen, mit etwas Sinnvollem zu füllen. Mir ist die richtige Perspektive abhandengekommen, irgendwie entgleiten mir die Proportionen, als hätte ich von gestern auf heute das Zeichnen verlernt. Dabei muss ich nur ein Kinderbuch illustrieren. Ein Projekt, auf das ich mich freute, weil es so originell ist. Es handelt von einem kleinen rotzfrechen Mädchen, das die Nacht alleine in einem Wald verbringt und die Geister, die dort hausen, das Fürchten lehrt. Obwohl die ersten Monster bereits als Skizzen existieren, schaffe ich es nicht, den letzten Schritt zu machen. Und Mahler, der Schuft, lässt mich im Stich. Ich setze die Kopfhörer ab.

Aus Julias Zimmer höre ich gedämpftes Rufen, dann einen heftigen Streit. Ich drehe mich auf meinem Stuhl um und reibe mir müde die Augen. Die vergangene Nacht war kurz, und vielleicht sind vier Stunden Schlaf zu wenig, um irgendetwas Vernünftiges zu schaffen. Wenn man den ganzen Tag die Müdigkeit wie eine Bugwelle vor sich herschiebt, wird die Konzentration als Erstes von ihr überspült.

Ich schaue auf die Uhr, es ist nachmittags kurz nach halb fünf. Der Streit ist verklungen, dafür höre ich Astrid in der Küche werkeln. In einer halben Stunde kommen die Gäste. Ich nehme die leere Thermoskanne vom Schreibtisch, schließe das Kippfenster und mache mit einem ziemlich unbefriedigten Gefühl Feierabend.

Auf dem Weg in die Küche klopfe ich an Julias Tür und trete ein, als ich keine Antwort erhalte. Das Zimmer ist verwaist. Das Hörspiel, das sie seit zwei Tagen beinahe ununterbrochen hört, hat kein Publikum. Ich drücke die Pausentaste und schaue mich um. Es ist noch nicht allzu lange her, da waren die Wände rosa gestrichen, und auf dem Bett türmten sich die Kuscheltiere. Nun ist es das Refugium eines zehnjährigen Mädchens, das die ersten Poster ihrer Helden aufgehängt hat, Jungs in coolen Posen mit schrecklichen Frisuren und noch schrecklicherem Outfit. Ich muss lächeln. In Julias Alter hat man noch ungestraft das Recht auf einen schlechten Geschmack. Bei mir war es genauso, wieso sollte es also bei meiner Tochter anders sein.

Das Zimmer sieht aus wie ein Notstandsgebiet. Getragene Kleidung liegt auf dem Boden, die Türen des

Kleiderschranks sind geöffnet. Ich schließe sie, hebe die schmutzigen T-Shirts auf und trete beinahe auf einen Lippenstift, den ich auf die kleine Kommode zu den restlichen billigen Schminkutensilien aus dem Supermarkt lege. Ansonsten erlaube ich mir nicht, irgendetwas zu verändern.

Im Bad werfe ich die Wäsche in einen Korb und stelle die Thermoskanne auf den weißen Schrank, in dem die Handtücher aufbewahrt werden. Ich hole mir ein Handtuch und aus dem Schlafzimmer frische Unterwäsche, ein neues T-Shirt und eine kurze Hose. Wenn man einer Arbeit nachgeht, bei der man keinen Schritt vor die Tür treten muss und auch sonst wenig mit Menschen zu tun hat, verlottert man ziemlich schnell. Also dusche ich heiß und kurz und rasiere mich zum ersten Mal seit vielleicht einer Woche. Schon sehe ich beinahe aus wie ein Mensch. Erst jetzt schalte ich die Lüftung ein, die so laut ist, dass ich mir seit Ewigkeiten vorgenommen habe, sie auszutauschen. Der Weg zur Hölle ist mit guten Vorsätzen gepflastert. Aber auch hier nehme ich immer wieder Anlauf und springe dann doch nicht. Es scheint das Thema meines Lebens zu sein.

Astrid bereitet in der Küche einen Nudelsalat zu, ohne Gewürzgurken, die mag ich nicht, und sie nimmt darauf Rücksicht. Das Fleisch zum Grillen hat sie bereits am Abend zuvor eingelegt.

Ich leere den kalten Kaffee aus der Thermoskanne in der Spüle aus und gebe ihr einen Kuss. Sie lächelt nicht, schaut nicht auf. »Du riechst gut. Wie war die Jagd?«

Die Frage ist noch so ein Ritual, denn als wir uns kennenlernten, machte ich gerade für ein Jagdmagazin einige Illustrationen über die Hatz auf Wildschweine. Schreckliche Bilder, die meinen Eltern aber gefielen, als ich sie ihnen zeigte. Für sie war mein Beruf immer eine brotlose Kunst gewesen, aber sie waren damals beruhigt, dass ich wenigstens ihren Geschmack zu teilen schien und keine Bilder malte, für die man Abitur haben musste, um sie zu verstehen.

»Beschissen«, sage ich knapp und nehme mir ein Stück von der Fleischwurst, die sie auf einem Brettchen in kleine Scheiben schneidet.

Jetzt legt sie das Messer beiseite und sieht mich an. Astrid ist groß gewachsen und hat schwarze Haare. Wäre sie klein und mittelblond, wären wir nicht zusammen. Sie gibt mir einen Kuss, der ein wenig nach Senf und Mayonnaise schmeckt.

»Ich mache mir Sorgen um dich«, sagt sie und streicht mir über die Wange. »Du bist nicht zufrieden.«

Mein Mund verzieht sich zu einem schiefen Grinsen. »Nein, das bin ich nicht.«

»Was wirst du tun?«

Ich zucke mit den Schultern. »Morgen im Verlag anrufen und Christine beichten, dass ich den Termin nicht einhalten kann.«

»Das wird deine Lektorin nicht freuen.«

»Nein, so wenig wie mich«, sage ich und nehme mir ein weiteres Stück Fleischwurst. »Wo ist Julia?«

»Sie begleitet Sandra nach Hause und macht dann noch einen Abstecher in den Supermarkt. Mir sind Zwiebeln und Milch ausgegangen.«

»Braves Kind.« Ich umarme Astrid und rieche an ihrem Hals. »Dann könnten wir ja eigentlich die Gunst der Stunde nutzen. Was hältst du davon?«

Sie schiebt mich von sich fort. »Schlechte Idee, Herr Steilberg. Unsere Tochter mag zwar nicht da sein, aber dafür wird es jeden Moment an der Tür klingeln«, sagt Astrid.

Ich lasse von ihr ab und seufze.

»Vielleicht später am Abend«, tröstet sie mich.

»Ja«, sage ich resigniert. »Später.«

Ihr Lächeln ist wie eine halbherzige Entschuldigung. »Wenn du so viel Feuer in dir hast, kannst du dich ja schon einmal um den Grill kümmern.«

Wir waren die Ersten in unserem Freundeskreis, bei denen sich Nachwuchs einstellte, deswegen war ich auch ein wenig unbedarft, als es ans Kinderkriegen ging. Obwohl es natürlich ein Schock für mich war, als Astrid mir auf einer Party gestand, sie sei schwanger. Eine Punktlandung mit einer hundertprozentigen Trefferquote. Wir hatten nur einmal ohne Verhütung miteinander geschlafen. Ansonsten hatte ich immer aufgepasst. Damals waren wir noch nicht lange zusammen, und ich war mir alles andere als sicher, ob Astrid überhaupt die Frau meines Lebens war. Aber da hatte das Schicksal die Karten schon gemischt, um es mal so auszudrücken, und ich hatte ein wenig das Gefühl, in eine Falle getappt zu sein. Nie zuvor hatte ich Verantwortung für ein Lebewesen übernehmen müssen. Selbst eine Katze war mir nicht ins Haus gekommen, weil ich keine Lust hatte, mich um ein Tier zu kümmern, das außer Schlafen, Fressen und Verdauen wenig zustande brachte. Genau genommen wollte ich mein altes Leben auf keinen Fall aufgeben. Nach Astrids Eröffnung malte ich mir in den düstersten Farben aus, wie wir uns vollkommen übermüdet und ungewaschen durch den Tag schleppten, den Kontakt zu Freunden verloren und die Abende erschöpft vor dem Fernseher verbrachten. Ich sollte mich noch wundern, wie anstrengend es tatsächlich wurde. Natürlich änderte sich unser Leben radikal, doch anders, als ich gedacht hatte.

Es war ein Schock gewesen, als Astrid mir damals nach der Entbindung mit fester Stimme sagte, dass sie das Kind nicht wolle, nein, auf keinen Fall, dass ihr alles zu viel sei. Sie verbrachte die Tage nur noch im Bett. Wir hatten uns auf Julia gefreut, Astrid am allermeisten, das Kinderzimmer mit allerlei Kitsch und Nippes hergerichtet, sogar einen Stubenwagen mit Baldachin besorgt. Aber nun saß sie aufrecht in ihrem Wochenbett und weigerte sich, Julia in den Arm zu nehmen, geschweige denn, sie zu stillen. Sie weinte nicht, sondern war wütend. Auf sich. Auf mich. Und auf Julia. Vielleicht hatte sich Astrid so ein Kind anders vorgestellt, weniger anstrengend. Aber mit einem Mal war jemand da, der rund um die Uhr Aufmerksamkeit einforderte, denn Julia schlief anfangs vielleicht zwei Stunden am Stück, war dann für eine Stunde wach, um dann wieder zwei Stunden zu schlafen. Ein Rhythmus, der uns zermürbte.

Die Brustentzündung, die Astrid dann bekam, war eigentlich eine Erleichterung für sie, denn durch das Antibiotikum, das sie dagegen nehmen musste, erledigte sich das Stillen, und ich musste Julia die Flasche geben. Alle zwei Stunden, Tag und Nacht, während Astrid in ihrem Bett lag und wahlweise schlief oder die Decke anstarrte.

Nach einem Monat war ich mit den Nerven am Ende. Wir schrien uns nur noch an. Oder vielmehr: Ich schrie, denn Astrid verstummte in dieser Zeit fast vollständig. Sie wusch sich nicht, schlief im selben T-Shirt und aß nur noch Äpfel und Knäckebrot, weil sie der Überzeugung war, durch die Schwangerschaft dick und fett geworden zu sein. Sie war in ihren düsteren Gedanken gefangen, und ich blieb außen vor. Erst meine Drohung, sie zu verlassen und Julia mitzunehmen, wenn sie nicht zu einem Arzt ginge, riss sie aus ihrer Lethargie. Sie ging zu einem Psychiater, den ihr die Hebamme empfahl. Aber für sie war der Druck, den ich damals auf sie ausübte, eine Erpressung, die sie mir bis heute nicht verziehen hat.

Als es Astrid endlich besser ging, nahm sie ihre Arbeit wieder auf. Sie arbeitet als Medizinisch-Technische-Assistentin in einem Chemielabor im Hanauer Norden. Die Halbtagsstelle ist gut bezahlt. Damals waren wir auf ihr regelmäßiges Einkommen angewiesen, denn meine geringen Honorare als Grafiker wurden so unregelmäßig überwiesen, dass uns sonst die Familie hätte unterstützen müssen.

Also war ich es, der mit Julia Krabbelgruppen, Babyschwimmkurse und Miniclubs besuchte, und war auch sonst allein unter Frauen. Die Vormittage, an denen es kein Programm gab, waren die schlimmsten und die schönsten zugleich. Während sich andere Mütter miteinander zum Frühstück verabredeten, blieb ich als Mann außen vor und hockte mit meiner Tochter zu Hause. Oder ging bei schönem Wetter in der Fasanerie spazieren, die wir zu dieser Tageszeit so gut wie alleine für uns hatten. Ich genoss diese stillen Stunden. Julia war ein genügsames kleines Mädchen, neugierig und aufmerksam und immer bester Laune. Finanziell waren es harte Zeiten. Manchmal war schon am Zwanzigsten für uns Monatsende. Aber das störte mich nicht. Dieses papafixierte Wunderkind vertrieb tatsächlich alleine durch seine Anwesenheit jeden trüben Gedanken. Und eines Tages verschaffte mir ein Freund den Kontakt zu einem der großen Zeitschriftenverlage.

Er selber war so mit Aufträgen zugedeckt, dass ein paar Krümel von seinem reich gedeckten Tisch auch für mich abfielen. Erst waren es nur kleinere Zeichnungen. Schließlich bekam ich meinen ersten wirklich wichtigen Job: das Titelbild für eine Zeitschrift zu zeichnen. Nach all den mageren Jahren platzte endlich der Knoten. Anfrage kam auf Anfrage, eine besser honoriert als die andere. Schlagartig hatte ich mir einen Namen gemacht, und wir waren aller Sorgen ledig. Wir konnten unsere Schulden begleichen, und schließlich bezogen wir die kleine Doppelhaushälfte inmitten eines Neubaugebiets, in der wir heute noch leben.

Es ist eine ruhige Wohngegend, sehr angenehm. Als mich meine Eltern das erste Mal hier besuchten, waren sie neidisch, und das will etwas heißen. Julia wusste schon immer, was sie wollte, und suchte sich natürlich das größte Zimmer aus. Es hat einen Balkon mit Blick auf den Garten. Mit ihren drei Jahren war sie nun auch endlich ein Fall für den Kindergarten.

Wir hatten Glück. Es gab keine Wartezeit, und die Gebühren waren bezahlbar. Langsam entspannte sich unser Leben. Hier ist es perfekt. Astrid kann mit dem Bus zur Arbeit fahren, es gibt eine direkte Verbindung zum Frankfurter Hauptbahnhof, und Julia kann draußen auf der Straße spielen, ohne gleich von einem Auto überfahren zu werden. Zum ersten Mal in meinem Leben verspüre ich nicht mehr diese innere Unruhe, die wohl auch Zugvögel antreibt. Wir sind angekommen. Wir haben ein Zuhause.

Der Bügelverschluss der Bierflasche springt auf, und ich nehme einen tiefen Schluck, während die Holzkohle des Grills knistert und langsam einen weißen Ascherand bekommt. Ich kurbele die Markise hinunter. Es ist warm hier draußen, aber nicht heiß. Im Minutentakt überqueren die Flugzeuge unser Haus im Anflug auf Frankfurt, die Landeklappen ausgefahren. Aber der Lärm ist erträglich. In Neu-Isenburg ist es schlimmer, ganz zu schweigen von Offenbach oder Sachsenhausen, wo sich durch das abgelassene Kerosin oft ein schmieriger Film an der Außenseite der Fenster bildet. Wenn der Wind nicht gedreht hätte, wäre es heute still wie in einer Schrebergartenkolonie.

Astrid bringt ein Tablett mit den Salaten, und ich decke den Tisch. Es ist der erste Tag der Fußballweltmeisterschaft, wenn Deutschlands Auftritt auch erst später in der Woche sein wird. Ich bin kein großer Fußballfan, aber ich sehe meine alten Freunde viel zu selten, und so ein

Spiel ist ein wunderbarer Grund, den Grill anzuwerfen und gemeinsam ein paar Biere zu trinken. Denn eigentlich ist mein Leben langweilig. Meine Kontakte zur Außenwelt außerhalb der Familie sind geschäftlich. Ohne Astrid und Julia wäre ich wahrscheinlich schon längst auf den Hund gekommen. Sie sagen, ich muss mehr auf mich achten. Sport treiben, mich besser ernähren, was auch immer man einem Mann sagt, der seine Lebensmitte erreicht hat, auf einem Gipfel steht und feststellt, dass es von jetzt an eigentlich nur noch bergab geht.

»Hey!«, ruft eine Stimme hinter mir, und ich drehe mich um. Es ist mein alter Kumpel Oliver, der mich strahlend umarmt. »Wie geht's? Was macht die Kunst?« Er weiß, dass ich es hasse, wenn man mich einen Künstler nennt.

»Gut geht es der Kunst. Ich glaube sogar, besser als mir.«

Neben Oliver steht Monique, seine neueste Eroberung, die ich kaum kenne. Ich weiß nur, dass sie die Sekretärin eines Patentanwaltes irgendwo im Frankfurter Nordend ist, gerne Squash spielt, das Grillen hasst, kein Bier trinkt und sich nicht für Fußball interessiert. Aber sie sieht gut aus und ist mindestens zehn Jahre jünger als Oliver.

»Darf ich euch etwas zu trinken anbieten?«, frage ich.

»Ein Bier«, sagt Oliver.

»Ein Wasser«, sagt Monique, deren Zähne strahlend weiß gebleacht sind.

Ich öffne den alten Kühlschrank, den wir auf die Terrasse gestellt haben, und gebe Oliver eine Flasche. Monique schenke ich ein Glas Wasser ein und reiche es ihr. Sie achtet darauf, dass sich unsere Finger nicht berühren. Wir stoßen an.

»Sind wir eigentlich zu früh?«, fragt Oliver, nachdem er einen Schluck genommen hat, und schaut sich um, als verstecke sich eventuell jemand vor ihm hinter dem Hibiskus oder der Tuja.

»Nein, ihr seid nur die Ersten«, antworte ich.

Oliver wurde vor einem halben Jahr geschieden. Er hat einen Riesennachholbedarf, was Frauen angeht. Nicht nur seine Kinder wünschen sich, dass er bei Carola geblieben wäre. Er ist ein wenig anstrengend geworden, seit er vor drei Jahren eines Morgens aufwachte und feststellte, dass er keine zwanzig mehr war und sich einen Bauch angefressen hatte. Seitdem versucht er konsequent, sich selbst zu finden, doch verloren hat er nur seine Frau, die Kinder und vielleicht auch den Verstand.

Monique setzt sich unaufgefordert hin und schlägt die Beine übereinander, wobei die Füße nervös wippen. Sie kommt mir vor wie eine Durchreisende, die auf eine Anschlussverbindung wartet und keine Lust hat, sich zu unterhalten. Oliver offensichtlich auch nicht. Beide wirken, als hätten sie sich gerade erst gestritten. Tatsächlich sieht Monique so aus, als würde sie jetzt viel lieber Squash spielen.

Wir werden erlöst, als die Matuschkas kommen, der unvermeidliche Hund ist auch dabei. Ich weiß nicht, welcher Rasse Rufus angehört, aber er ist so klein, dass ich ihn nur die Fußhupe nenne. Jeder Strauch, jeder Baum, jede Blume, jeder Kübel wird von ihm angepinkelt. Sein

Revier muss sich mittlerweile bis zum Flughafen erstrecken. Robert lässt ihn von der Leine, und die Fußhupe verschwindet in der Hecke.

»Die Mädchen wollten nicht mitkommen. Sie sind bei einer Freundin«, sagt er mir, als er mich umarmt und mir kameradschaftlich auf die Schulter klopft. »Ich hoffe, Julia nimmt ihnen das nicht krumm.«

»Nein, wieso sollte sie?«, frage ich und gebe Claudia, seiner Frau, einen Kuss auf die Wange.

»Die drei haben sich doch immer so gut verstanden«, sagt sie, obwohl wir es alle besser wissen. Julia kann die beiden Zwillinge, die ein Jahr jünger sind, eigentlich nicht ausstehen, denn sie sind laut und auf eine unangenehme Art geltungssüchtig. Auch ich kann ihr endloses selbstmitleidiges Jammern schlecht ertragen, das sie immer dann anstimmen, wenn sie nicht im Mittelpunkt der Ereignisse stehen. Julia kann manchmal anstrengend sein, aber ein Besuch bei den Matuschkas reicht aus, um meine Tochter wieder in einem milderen Licht zu sehen.

Astrid bringt das Fleisch heraus und stellt die Plastikschüssel auf einen Servierwagen neben dem Grill. Dann begrüßt sie die Gäste und findet sogar für Monique, die schon jetzt unentwegt auf die Uhr schaut, einige freundliche Worte.

»Julia ist noch nicht zurück?«, frage ich sie.

Astrid schüttelt den Kopf. »Sie ist wahrscheinlich noch bei Sandra und hat den Einkauf vergessen. Du weißt doch, wie sie ist.«

Ja, das weiß ich. Jeder Morgen ist ein Kampf gegen die Uhr, den Julia nur selten gewinnt und der uns an den

Rand der Beherrschung treibt. Doch im Gegensatz zu Astrid gestehe ich ihr zu, den Fluss der Zeit anders wahrzunehmen. Ich beneide meine Tochter um die Sorglosigkeit, mit der sie in den Tag hineinlebt, und wünsche mir manchmal dieselbe Unbekümmertheit. Julia ist kein Springpferd und schon gar nicht für die Dressur geeignet. Zu sehr finde ich diese Eigenschaft in mir selbst wieder. Und zu sehr erinnere ich mich an die schlimmen Tage von Astrids Depression, an denen Julias Lächeln mein Leben rettete. Eigentlich rettet sie es sogar heute noch. Ich muss an das leere Blatt Papier auf meinem Schreibtisch denken, weiß wie unberührter Schnee, und hole das Besteck aus der Küche.

Oliver hat die Initiative ergriffen und sich mit der Fleischgabel vor den Grill gestellt. Er gehört zur Gattung der Jäger und Sammler. Deswegen glaubt er zu wissen, wie man mit Fleisch umgehen muss, damit es zart bleibt und nicht austrocknet.

Es gibt einen Grund, warum ich ihn meinen Bruder nenne. Auch er hat zum weitläufigen Unterstützerkreis der Steilberg-Stiftung gehört, als es uns noch nicht so gut ging. Dafür haben wir ihm das Bett in unserem Gästezimmer zur Verfügung gestellt, als Carola ihn rausschmiss. Seitdem ist seine Exfrau nicht mehr sonderlich gut auf mich zu sprechen. Sie hätte ihn am liebsten auf einer Parkbank schlafend gesehen. Astrid und sie sind trotzdem noch die besten Freundinnen. Manchmal frage ich mich, worüber die beiden reden, wenn sie alleine sind. Andererseits, so genau möchte ich das gar nicht wissen. Mein Bedarf an weiblicher Gruppendynamik ist seit meiner Zeit als Quotenpapa in der kirchlichen Krabbelgruppe für den Rest meines Lebens gedeckt.

»Kommst du gut mit deiner Arbeit voran?«, will Oliver wissen.

»Du bist schon wie Astrid. Sie fragt mich auch immer.«

»Sei doch froh. Also?«

Ich weiß, dass seine Frage echtes Interesse ausdrückt. Insgeheim beneidet mich Oliver um meine Arbeit. Auf den ersten Blick wirkt die Art und Weise, wie ich den Tag verbringe, ja auch sehr verführerisch. Besonders für jemand wie ihn, der jeden Morgen zehn, elf Stunden ins Hamsterrad steigt und sich mit anstrengenden Kollegen herumschlagen muss. Andererseits könnte er einfach die Bank wechseln oder eine eigene Firma aufmachen, wenn er es möchte. Ich hingegen werde den Rest meiner Tage alleine mit Tusche, Feder und Pinsel verbringen.

»Es ist zäh«, gebe ich zu.

»Hast du dich leer gezeichnet?«

Ich muss lachen, aber irgendwie trifft diese Frage den Nagel auf den Kopf. »Ja. Vielleicht.« Die Vorstellung, dass mein Kopf ein Krug ist, dessen Inhalt langsam zur Neige geht, finde ich aber nur im ersten Moment lustig. Eigentlich ist sie beängstigend.

Oliver nickt ernst, als verstünde er mich, und dreht das Fleisch um, von dem seine neue Freundin nichts essen wird. »Wann fahrt ihr in Urlaub?«

»Übernächste Woche und wahrscheinlich das letzte Mal zu dritt. Julia wollte schon dieses Jahr mit ihren Freundinnen ins Zeltlager fahren, weit weg von den besitzergreifenden Eltern«, sage ich. »Mir war es egal, aber Astrid hat sich mit Händen und Füßen dagegen gewehrt. Der Familienurlaub ist ihr heilig.«

Oliver rollt mit den Augen. »O ja, kenne ich.«

»Ich kann aber auch Astrid verstehen«, sage ich. »Die Zeit vergeht so schnell. Es dauert nicht mehr lange, dann ist Julia mit der Schule fertig und zieht aus.«

Oliver schaut mich an, als hätte ich den Verstand verloren. »Fabian, bis dahin sind es noch acht Jahre! Mindestens!«

Ich zucke mit den Schultern. »Was sind für uns denn inzwischen schon acht Jahre? Wir sind alte Säcke, die nur noch für ihre Kinder leben.«

Er schaut mich prüfend an. »Aber mit dir und Astrid läuft es gut, oder?«

»So gut es läuft, wenn man zehn Jahre lang verheiratet ist. Du müsstest das doch am besten wissen.«

Monique unterhält sich wenig begeistert mit Claudia und Robert, die höflich genug sind, sie nicht zu ignorieren. »Ganz ehrlich? Am liebsten will ich wieder zurück zu Carola und den Kindern«, flüstert Oliver.

Ich grinse.

»Lach nicht! Ein bisschen Abwechslung ist ja ganz nett, aber nichts ist mehr so wie früher. Wenn du verstehst, was ich meine.«

»Nein, verstehe ich nicht«, sage ich.

Oliver seufzt und beugt sich zu mir herab. Er ist einen halben Kopf größer als ich, doch wirkt er jetzt auf einmal unsicher. »Man verliebt sich nicht mehr so schnell.« Seine Stimme ist jetzt so leise, dass nur ich dieses Geständnis hören kann. »Wenn der erste Rausch vorüber ist, merkt man, wie viel einen vom anderen trennt. Monique ist sogar schon zweimal geschieden.«

»Und du fängst an zu verstehen, warum das so ist.«

Er nickt vielsagend und leert seine Flasche. Ich stelle sie in den Kasten und gebe ihm aus dem Kühlschrank eine neue.

»Erinnerst du dich noch an Dagmar?«, fährt er fort.

»Oliver, ich kann mich zwar unmöglich an jede Frau erinnern, die du seit deiner Trennung von Carola hattest«, sage ich, als sei diese Feststellung der Erwähnung wert. »Aber Dagmar habe ich nicht vergessen. Wie alt war sie? Zwanzig?«

»Achtzehn«, raunt er mir zu. »Sie hat mich in den Wahnsinn getrieben. Aber anders, als du denkst.« Er wirft verstohlen einen Blick über die Schulter. Monique beachtet uns nicht. Sie scheint langsam mit den Matuschkas warm zu werden. »Vielleicht war ich zu alt. Vielleicht war sie zu jung. Ich weiß nicht, was sie in mir gesehen hat, aber irgendwann hat sie mich behandelt, als wäre ich ein seniler Trottel. Herrgott, ich bin zweiundvierzig! Ich musste mir das nicht gefallen lassen!« Oliver wendet das Fleisch. Das Fett zischt in der Glut. »Hat sie eigentlich schon einen Freund? Julia, meine ich.«

»Mit zehn? Machst du Witze?«

»Lach nicht«, sagt er ernst. »Die Mädchen sind heutzutage weiter als zu unserer Zeit.«

»Sag mal, sollen wir nicht den Fernseher hier auf die Terrasse stellen?«, ruft Robert. »In einer halben Stunde beginnt die Eröffnungsfeier, und das Wetter ist so schön.«

»Ja, wir haben keine Lust, uns ins Wohnzimmer zu setzen«, sagt Claudia, rückt ihre Sonnenbrille zurecht und lehnt sich in den Gartenstuhl.

»Ist ein bisschen hell hier draußen, meint ihr nicht? Wir werden nichts sehen«, sagt Oliver. »Außerdem ist das Fleisch jetzt gar.«

»Was ist mit Wieland?«, will ich von Astrid wissen.

»Er hat gesagt, wir sollen schon ohne ihn anfangen.« Sie verteilt Servietten und schneidet das Brot an. Ich gehe hinein, schalte den Fernseher an und drehe den Ton laut.

Zwei Kommentatoren sprechen mit Mikrofonen in der Hand in die Kamera. Im Hintergrund ist die voll besetzte Tribüne des Stadions zu sehen. Dann gibt es einen Schnitt, und es folgt ein Bericht über die Vorbereitung der deutschen Nationalmannschaft.

»Und was ist mit Julia?«, rufe ich.

»Was soll mit ihr sein?« Astrid sagt das, als hätte ich eine rhetorische Frage gestellt. »Sie ist noch nicht zurück.«

Ich seufze. »Hast du die Nummer von Sandras Eltern?«

»Neben dem Telefon müsste mein Adressbuch liegen.« Der Plastikstuhl scharrt über den Boden, als sie sich hinsetzt.

Ich schlage die kleine Kladde beim Buchstaben H auf und wähle die Nummer. Es klingelt dreimal, dann wird abgenommen.

»Homburger«, meldet sich eine Frauenstimme.

»Fabian Steilberg, der Vater von Julia.«

»Oh, hallo.«

»Hallo. Sagen Sie mal, steckt unsere Tochter noch bei Ihnen?«

»Nein«, kommt es verwundert zurück. »Julia ist schon vor über zwei Stunden gegangen.« Plötzlich ist ihre Stimme gedämpft, sie hat die Hand auf die Muschel gelegt. »Sandra sagt, zum Supermarkt, weil sie noch irgendetwas einkaufen sollte. Stimmt etwas nicht?«

»Nein, nein. Es ist alles in Ordnung«, sage ich, doch das ist es eigentlich nicht. »Danke jedenfalls. Einen schönen Abend noch.«

»Ihnen auch.«

Ich lege nachdenklich auf. Niemand braucht zwei Stunden, um einen Beutel Zwiebeln und drei Liter Milch zu kaufen.

»Und?«, fragt Astrid, als ich hinaus auf die Terrasse trete. Oliver verteilt das Fleisch. Besteck klappert auf Geschirr.

»Julia ist nicht bei den Homburgers.«

»Was heißt das: Sie ist nicht bei den Homburgers?« Astrid lässt Messer und Gabel sinken. Auch die anderen halten beim Essen inne.

»Sandras Mutter sagt, dass Julia schon vor über zwei Stunden zum Supermarkt gegangen ist.« Ich versuche, mir die Unruhe nicht anmerken zu lassen. Aus dem Fernseher tönt der Jubel der Zuschauermasse, als eine Fanfare erschallt und die Eröffnungsfeierlichkeiten beginnen. Wir schweigen.

Ich taste meine Hosentasche ab und finde den Schlüsselbund.

»Nimmst du das Auto?«, fragt mich Astrid.

»Das Fahrrad. Damit bin ich schneller.«

»Gibt es etwas, das wir tun können?« Ich sehe Monique überrascht an. Ihr Gesicht zeigt echte Sorge.

Astrid wirft ihre Serviette neben den Teller, steht auf und geht zum Telefon. »Vielleicht hat Julia bei einer anderen Freundin eine Zwischenstation eingelegt.«

»Ansonsten warten wir einfach ab«, sagt Robert. »Macht euch keine Gedanken. Wahrscheinlich kommt Julia zurück, während du noch nach ihr suchst.«

Das ist genau das, was ich im Moment hoffe. Ich gehe durch das Gartentor in den Carport und schließe mein Fahrrad auf. Ärger und Sorge liefern sich einen heftigen Kampf. Ärger über meine Tochter, weil sie offenbar wieder einmal nicht auf die Uhr geschaut hat. Sorge, dass etwas Schlimmes passiert sein könnte. Beide Gefühle versuche ich zu ignorieren, als ich losfahre.

Julia ist ein Gewohnheitsmensch, und ich hoffe, dass mir das hilft, sie zu finden. Selten benutzt sie Schleichwege oder eine Abkürzung, wenn sie vom Besuch bei einer ihrer Freundinnen heimkehrt. Eigentlich nimmt sie immer den Weg am Friedhof und am Hort vorbei. Und das ist auch der Heimweg vom Supermarkt zu uns. Ich fahre langsam und schaue mich gründlich um, rufe aber nicht ihren Namen. Als ich klein war, hat mich meine Mutter immer auf diese Art heim zum Abendessen beordert. Damals fand ich das ziemlich peinlich.

Der Supermarkt ist um diese Zeit noch gut besucht, der Parkplatz bis hinauf zu der kleinen Tankstelle besetzt. Ich schließe mein Mountainbike an den Ständer.

Die Türen gleiten auf, kalte klimatisierte Luft kühlt mein

erhitztes Gesicht. An den Kassen stehen lange Schlangen von Männern und Frauen, die von der Arbeit gekommen sind und nun schnell ihre Besorgungen erledigen.

Ich laufe die Gänge ab. Mir fällt ein, dass ich gar nicht weiß, was Julia trägt. Ich habe den ganzen Nachmittag in meinem Arbeitszimmer verbracht und sie das letzte Mal heute Mittag gesehen, als sie aus der Schule kam und wir zusammen gegessen haben.

Meine erste Station ist die kleine Spielwarenabteilung, die sie trotz ihrer zehn Jahre aus Gewohnheit noch immer ansteuert. Dann gehe ich zu den Zeitschriften und Comics, aber auch hier finde ich sie nicht. Nachdem ich eine Viertelstunde den Markt abgesucht habe, gebe ich es auf.

Eine abgekämpfte Frau mit totgebleichten Haaren und obligatorischer roter Kittelschürze räumt an der Information Zigarettenstangen in eine Glasvitrine, als ich sie anspreche. Sie heißt Schuchardt, der Name auf dem kleinen Schild über der linken Brust ist nur schwer zu lesen. Gereizt will sie wissen, wie sie mir helfen kann.

»Ich suche meine Tochter«, sage ich. »Zehn Jahre, ziemlich groß für ihr Alter, rötlich braunes Haar, das zu einem langen Zopf geflochten ist.«

Frau Schuchardt denkt kurz nach und schüttelt den Kopf. »Nein, ist mir nicht aufgefallen. Wann soll sie denn hier gewesen sein?«

»Irgendwann in den letzten zweieinhalb Stunden«, antworte ich.

Erneut schüttelt sie den Kopf. »Tut mir leid.« Sie dreht mir den Rücken zu und widmet sich wieder ihren Marlboro Lights.

»Können Sie vielleicht bei den Kassiererinnen fragen?« Ich merke, wie mein Tonfall schärfer wird.

Frau Schuchardt lässt sich in ihrem Pflichteifer nicht beirren. Sie beginnt, die Stangen akribisch aufzustapeln, damit sie einen schönen, ordentlichen Anblick bieten. »Wie stellen Sie sich das vor? Sehen Sie die langen Schlangen? Das geht jetzt auf gar keinen Fall.«

Einen Moment lang starre ich die Frau fassungslos an. Sie bleibt gänzlich ungerührt. Ich hole tief Luft, um nicht ausfällig zu werden, und steuere die Kassen an, stelle immer wieder dieselbe Frage und erhalte immer wieder dieselbe Antworten, manchmal freundlich, meist ungehalten, immer kurz angebunden: Nein, wir können uns nicht erinnern. Keine Ahnung. Hier war kein Mädchen, das so aussieht. Ich komme mir wie ein Mann vor, der auf der Straße Passanten um Kleingeld anbettelt.

Frau Schuchardt entdeckt mich und kommt zu mir herüber. Sie baut sich vor mir auf, die Fäuste in die Hüften gestemmt, ganz die Königin, die ihr kleines Reich mit eiserner Hand regiert. »Ich habe Ihnen doch gesagt, dass im Moment zu viel los ist.«

Schlagfertigkeit ist nicht meine Stärke. Erst wenn ich mich wieder beruhigt habe, fallen mir die passenden Antworten ein. Also beiße ich die Zähne zusammen und sage kein Wort.

Es ist die junge Verkäuferin an der kleinen Feinkosttheke, die sich schließlich einschaltet. »Ich glaube, ich erinnere mich an das Mädchen. Sie trägt ein rotes T-Shirt und eine abgeschnittene Jeans?«, fragt sie in türkisch eingefärbtem Deutsch.

Ich nicke, obwohl ich es nicht wirklich weiß. Das hatte sie jedenfalls noch heute Mittag an.

»Vor zwei oder drei Stunden war sie hier. Ich erinnere mich deswegen so gut an sie, weil ich ihren Zopf bewundert habe. Als Kind habe ich mein Haar auch so lang getragen.« Sie zeigt auf die Kasse, die der Feinkosttheke gegenüber ist. »Dort hat sie bezahlt. Die Kassiererin hat aber vor einer halben Stunde gewechselt.«

»War meine Tochter allein?«, frage ich.

»Ja. Und sie hatte es sehr eilig.« Die Verkäuferin hebt entschuldigend die Schultern. »Mehr kann ich Ihnen leider auch nicht sagen.«

»Danke«, sage ich, obwohl ich alles andere als erleichtert bin. Julia hatte sich auf den Heimweg gemacht. Und sie hat bestimmt keinen Stopp bei einer Freundin eingelegt. Nicht mit der schweren Einkaufstüte.

Ich lasse Frau Schuchardt mit ihrer Entrüstung allein und eile wieder hinaus. Erneut suche ich den Parkplatz ab. Weder an den Altpapiercontainern noch an der kleinen Tankstelle finde ich sie.

Ganz ruhig. Sammle deine Gedanken und gehe systematisch vor. Möglicherweise hat Julia doch die Abkürzung durch die Neubausiedlung genommen, hinten am Hort, den sie noch in diesem Frühjahr selbst besucht hatte. Und eventuell ist ihr jemand begegnet, den sie kannte! Die Angst, die ich inzwischen habe, sitzt mir wie ein Affe im Nacken.

Ich fahre wieder zurück, nehme jetzt aber Seitenstraßen und kleine Wege und halte Ausschau nach ihr. In jeder Straße, in die ich biege, hoffe ich sie zu sehen. Vielleicht ist sie hingefallen. Vielleicht ist sie von einem Auto angefahren worden. Vielleicht hat sie sich so sehr verletzt, dass sie nicht weiterlaufen kann. Ich schließe die Augen und sehe Zwiebeln im Rinnstein und vergossene Milch auf schwarzem Asphalt.

Es hat keinen Zweck, ich muss umdrehen. Vermutlich ist Julia längst zu Hause.

Wieland öffnet mir, bevor ich den Schlüssel ins Schloss der Haustür stecken kann.

»Sie ist noch nicht da.« Sein Gesicht ist grau, als er mir das sagt. Er ist Astrids wesentlich älterer Bruder. Dieselbe Nase, dieselben Augen, dasselbe schwarze, langsam ergrauende Haar. Doch im Gegensatz zu ihr ist er stämmig und kräftig. Seine Hände können zupacken. Er besitzt eine kleine Schreinerei im Nachbarort und hat sich auf die Restauration alter Möbel spezialisiert. Ich mag ihn gerne, denn er ist unkompliziert und hilfsbereit – ein häufiger Gast bei uns.

»Hat Astrid telefoniert?«, sage ich, als ich die Tür hinter mir zudrücke.

»Mit jedem, der ihr einfiel.« Wieland sieht aus, als sei ihm schlecht. »Niemand hat Julia gesehen.«

Astrid sitzt zusammen mit den anderen am Esszimmertisch. Sie hat geweint, ihre Augen sind rot. In den Händen hält sie ein Tempotaschentuch. Astrid schaut mich ängstlich an, und als ich den Kopf schüttele, bricht sie erneut in Tränen aus.

»Ich rufe die Polizei an«, sage ich. Oliver nickt, als sei dies die einzig vernünftige Idee, die man jetzt noch haben könne. Im Hintergrund läuft das WM-Eröffnungsspiel.

Ich schalte den Fernseher aus und nehme den Telefonhörer in die Hand. Dann zögere ich.

»Weiß jemand, welche Nummer die Hanauer Polizei hat?«

»Nimm die 110«, sagt Robert. »Ich denke, das ist ein Notfall, oder?« Er sieht Claudia an, und die nickt zustimmend.

Also wähle ich die 110. Es klingelt einmal, dann wird abgenommen. Eine Frauenstimme meldet sich. Ich atme tief durch und versuche, so ruhig und vernünftig wie möglich zu klingen.

»Mein Name ist Fabian Steilberg, und ich möchte eine Vermisstenanzeige aufgeben. Meine zehnjährige Tochter ist nicht nach Hause gekommen.« Ich gebe meine Adresse und die Telefonnummer durch. Die Stimme am anderen Ende der Leitung ist sachlich und vollkommen unaufgeregt. Dann lege ich auf.

»Sie schicken jemanden vorbei«, sage ich wie betäubt.

Keiner sagt ein Wort. Alles ist still. Nur die Flugzeuge fliegen im Minutentakt über das Haus. Ich gehe in die Küche und mache mir einen Kaffee. Meine Hand zittert, als ich mir zu viel Milch in die Tasse gebe. Dann setze ich mich zu den anderen an den Tisch und warte. Als es an der Haustür klingelt, zucken wir alle zusammen. Ich springe auf, doch Astrid ist schneller und öffnet.

Zwei Polizisten in Uniform stehen an der Schwelle. »Frau Steilberg?«, fragt der Mann.

Astrid nickt.

»Mein Name ist Frank Schumacher. Das ist meine

Kollegin, Polizeikommissarin März. Sie haben wegen einer Vermisstenanzeige angerufen?«

»Das war ich«, sage ich. »Kommen Sie herein.«

Rufus kläfft, als die beiden Beamten eintreten. Robert und Claudia stehen auf, um ihnen Platz zu machen. Die Polizistin lächelt schüchtern. Im Gegensatz zu dem Mann hat sie nur einen Stern auf der Schulterklappe. Der ist zwar silbern, doch es sieht aus, als mache sie diesen Job noch nicht lange. Schumacher setzt sich und legt seine Mütze auf den Tisch. Er wirkt routiniert, als er aus seiner Tasche ein Formular zieht. Sein Kugelschreiber klickt.

»Sie haben gesagt, dass Ihre Tochter nicht nach Hause gekommen ist. Wie lange vermissen Sie sie schon?«

»Seit heute Nachmittag um vier«, sage ich.

Schumacher trägt die Zeit in ein freies Feld ein. »Der Vorname Ihrer Tochter lautet?«

»Julia«, sagt Astrid. »Sie ist zehn Jahre alt.«

»Geboren wann?«

»Am fünfundzwanzigsten Mai. Sie hatte erst vor 14 Tagen Geburtstag.« Astrid bricht wieder in Tränen aus.

Ich lehne am Rahmen der Küchentür und weiß nicht, wohin mit meinen Händen. Die beiden Polizisten an unserem Esstisch verändern den Raum, das Haus, meine ganze Wahrnehmung. Vor meinen Augen bekommt meine heile Welt einen Riss. Ich ahne auf einmal, dass dies der Beginn eines Albtraums ist, von dem ich nicht die geringste Vorstellung habe, wie schlimm er wird. Meine Frau, meine Freunde und ich sind nur noch Statisten. Andere Hauptdarsteller haben die Bühne betreten, und sie tragen Uniform. Die Angst, dass etwas Schreckliches geschehen sein könnte, erhält jetzt ihre amtliche Beglaubigung.

Die beiden Polizisten nehmen Julias Personalien auf. Sie erfassen ihre Augenfarbe, ihre Haarfarbe, ihre Größe, ihr Gewicht, ihre unveränderlichen Kennzeichen.

»Julia hat eine Narbe an der linken Braue«, sage ich und deute mit dem Zeigefinger auf dieselbe Stelle an meinem Auge. »Mit vier Jahren ist sie mal vom Roller gefallen, hier vor der Haustür.« Mein Gott, was hatte sie geblutet. Es sah schrecklicher aus, als es dann schließlich war. Als hätte man ihr einen Becher mit roter Farbe ins Gesicht geschüttet. Der Riss musste mit mehreren Stichen genäht werden. Die Erinnerung an diesen Tag lässt den Schlag meines Herzens für einen Moment aussetzen. Als sie so verletzt war, hatten wir sie trösten können, war sie in Sicherheit. Ich hatte Julia die ganze Zeit im Arm. Doch wir wussten nach dem Besuch im Krankenhaus, dass sie außer dieser kleinen Narbe nichts zurückbehalten würde.

»Was hat Julia getragen?«, fragt Schumacher weiter. Er ist kräftig. So massig, dass Polizeikommissarin März, die kein Wort sagt, neben ihm verschwindet.

»Ein rotes T-Shirt, eine abgeschnittene Jeans und rote Turnschuhe«, sagt Astrid. Ihre Stimme bricht, Wieland zieht sie zu sich heran und umarmt sie. Der Polizist macht sich zusätzliche Notizen. Dann reicht er das Formular seiner Kollegin, die offensichtlich weiß, was damit zu tun ist, denn sie steht auf und geht hinaus.

»Und Sie sind sich sicher, dass Julia nicht bei einer Freundin sein könnte?«

»Ja, wir haben schon überall angerufen«, sagt Astrid.

»Haben Sie sich vielleicht gestritten? Kommt ja in den besten Familien vor, und bei Zehnjährigen bekommt man langsam einen Vorgeschmack auf die Pubertät.«

Schumacher hat ein Kind, denke ich erleichtert. Er versteht unsere Angst. Für ihn ist das kein Routinefall! »Wir haben uns nicht gestritten«, sage ich und schaue meine Frau fragend an.

»Nein, es ist fast unmöglich, sich mit Julia zu streiten. Sie kann Auseinandersetzungen nicht leiden. Eher gibt sie nach«, sagt Astrid. Sie nimmt sich ein neues Tempotaschentuch. Ich stelle mich hinter sie, lege meine Hand auf ihre Schulter und drücke sie ganz sacht. Es ist nur eine kleine Bewegung, mit der sie antwortet, doch sie sagt mir, dass sie meine Berührung nicht möchte. Ich ziehe die Hand zurück.

»Meine Tochter ist da das genaue Gegenteil«, sagt Schumacher und seufzt. Dann, als ihm einfällt, warum er hier ist, zeigt sein Gesicht wieder diese professionelle Ernsthaftigkeit.

»Darf ich Ihnen etwas zu trinken anbieten? Ein Wasser?«, fragt Astrid.

»Das wäre nett von Ihnen, danke schön.«

Meine Frau will aufstehen, doch Oliver kommt ihr zuvor. »Bleib sitzen.« Er geht auf die Terrasse und kommt kurz darauf mit einer Flasche und zwei Gläsern zurück.

Es klingelt, und wieder zucken wir zusammen. Es ist die Polizistin. »Entschuldigung«, murmelt sie, als ich öffne. »Ich habe aus Versehen die Haustür geschlossen.«

»Ist schon okay«, sage ich und lasse sie herein.

»Die Vermisstenanzeige ist durchgegeben«, sagt sie Schumacher, der gerade sein zweites Glas füllt. »Der Einsatz hat höchste Priorität.«

»Höchste Priorität? Was heißt das genau?«, will ich wissen.

»Alle Streifenwagen, die momentan nicht im Einsatz sind, werden hierherbeordert«, sagt Polizeikommissarin März.

»Wie viele?«, fragt ihr Kollege.

»Mit unserem sind es acht. Also mindestens sechzehn Beamte, vielleicht auch mehr.«

»Sie nehmen Julias Verschwinden ernst«, sagt Oliver verblüfft.

März sieht ihn überrascht an. »Selbstverständlich tun wir das, was haben Sie denn geglaubt? Dass wir die Anzeige aufnehmen und dann nach Hause fahren?«

»Nein, natürlich nicht«, gibt Oliver kleinlaut zu.

»Ich brauche eine Liste aller Freunde, die Julia hat«, sagt Schumacher. »Mit Adresse und Telefonnummer. Beschreiben Sie ihre Lebensgewohnheiten. Welchen Schulweg nimmt sie? Weicht sie manchmal von ihm ab? Gibt es eine Zeit am Tag, an der sie unbeaufsichtigt ist? Geht sie in einen Sportverein?«

Ich winke ab. »Das kann ich mir nicht alles merken.«

»Keine Angst, ich werde Ihnen dabei helfen«, sagt Schumacher, stellt sein Glas ab und steht auf.

Wir gehen die Treppen hinauf in mein Arbeitszimmer. Je höher wir steigen, desto wärmer wird es. »Im Hochsommer schwitzen Sie wahrscheinlich hier oben«, sagt Schumacher, als wir mein kleines Atelier betreten.

»Es geht«, sage ich. »Das Dach ist einigermaßen isoliert.« Ich räume einen Stapel Papier von einem Stuhl und biete ihn Schumacher an. Seine Waffe schlägt gegen die Armlehne, als er sich setzt. »Entschuldigen Sie bitte die Unordnung, aber normalerweise besucht mich hier oben niemand.«

»Mit Ausnahme Ihrer Tochter«, sagt Schumacher.

»Wie kommen Sie darauf?«, frage ich überrascht.

Schumacher deutet auf einen kleinen Schreibtisch, der in einer Ecke steht und auf dem sich neben einer Dose mit Stiften und Pinseln auch ein Zeichenblock befindet.

»Ab und zu kommt Julia hier hoch, um mir Gesellschaft zu leisten. Dann malt sie, und wir unterhalten uns.«

»Worüber?«

»Über alles Mögliche. Die Schule, meine Arbeit. Manchmal zeige ich ihr ein paar Tricks.« Ich öffne die Schublade eines Blechschranks und hole ein A1-Blatt hervor. Es zeigt ein Durcheinander von Formen und Farben, aber nicht wahllos, sondern mit Sinn und Verstand angeordnet.

»Darf ich?«, fragt Schumacher.

Ich nicke und gebe ihm das Bild.

»Beeindruckend«, sagt er und hebt die Augenbrauen. »Das ist wie der Blick in einen bunten Urwald.«

»Es ist schön, nicht wahr?«

»Womit ist es gezeichnet worden? Nicht mit Wachsmalstiften, oder?«

Ich lache laut auf. »Mit Wachsmalstiften dürfen Sie meiner Tochter nicht mehr kommen, die Zeiten sind schon lange vorbei. Das ist Pastellkreide.«

Schumacher gibt mir das Bild zurück, und ich schließe die Schublade behutsam. Dann setze ich mich an meinen Rechner und schalte ihn ein. Mit einem leisen Piepen erwacht er zum Leben. Ich beginne, Namen und Adressen aus meinem Telefonbuch zu kopieren, und beantworte die Fragen, die er mir stellt. Immer wieder vertippe ich mich. Trotz der sommerlichen Wärme sind meine Finger kalt und klamm. Schließlich drucke ich das Blatt mehrmals aus und gebe es Schumacher.

Er überfliegt es. »Haben Sie ein Foto Ihrer Tochter? Möglichst ein aktuelles?«

Ich denke nach. Die Bilder aus unserem Skiurlaub im Allgäu sind noch nicht eingeklebt, der Schuhkarton steht neben der Kiste mit den Unterlagen für das Finanzamt. Ich gehe die Abzüge durch und finde endlich einen, der sie meiner Meinung nach am besten trifft. Es war an einem Abend aufgenommen worden, als Julia uns beim Monopolyspielen wie die Weihnachtsgänse ausgenommen hatte. Strahlend hält sie die Straßenkarten und ein dickes Bündel Spielgeld in die Kamera. Ihre Zahnspange glänzt silbern im eingefrorenen Licht des Blitzes. Sie ist glücklich. Ihre Augen leuchten. Sie ist ganz bei sich. Und bei uns.

»Hier«, sage ich mit einer Stimme, die ich nicht mehr unter Kontrolle habe. »Es ist das beste, das ich von ihr habe.«

»Können wir es behalten?«, fragt Schumacher.

»Natürlich«, sage ich und wiederhole das Wort noch einmal. »Natürlich.«

Der Polizist holt seinen Kugelschreiber aus der Brusttasche und schreibt etwas auf die Rückseite des Fotos. Wir gehen wieder nach unten.

Mittlerweile sind die anderen Streifenwagen eingetroffen. Durch die geöffnete Haustür kann ich sehen, wie sich die Nachbarn mit den Beamten unterhalten. Frau Beckermann von nebenan hat die Hand vor den Mund geschlagen und schüttelt ein ums andere Mal ungläubig den Kopf. Sie ist eine freundliche ältere Dame, bei der Julia ab und zu nach der Schule zu Mittag isst, wenn Astrid arbeitet und ich geschäftlich unterwegs bin. Frau Beckermann hat noch bis vor wenigen Jahren eine Kindertagesstätte in Lamboy geleitet. Normalerweise kann sie nichts so leicht erschüttern. Aber jetzt hat sie Tränen in den Augen. Als sie mich sieht, hebt sie zaghaft die Hand. Ich winke zurück. Dann spricht sie weiter mit dem Polizisten, der sie befragt.

Sie glaubt, dass Julia tot ist, durchfährt es mich. Sie rechnet mit dem Schlimmsten! Aber Julia ist nicht tot! Ich mag die klein gewachsene Frau mit dem grauen Kurzhaarschnitt und der hageren Figur, aber am liebsten würde ich ihr jetzt ins Gesicht schreien, dass sie aufhören soll, solch ein betroffenes Gesicht zu machen! Julia lebt! Nichts ist entschieden! Niemand weiß, was passiert ist! Es gibt für Julias Verschwinden eine ganz einfache logische Erklärung! Herrgott, wie viele Kinder kommen zu spät nach Hause, weil sie an alles Mögliche denken, nur nicht an die Angst ihrer Eltern!

Die ersten Schaulustigen sind auch da. Sie wollen wissen, was es mit den vielen Polizeiautos in unserer Straße auf sich hat. Zwei kleine Jungs hüpfen krakeelend auf ihren Rollern herum und werden von ihren Eltern zur Ordnung gerufen. Einer der Polizisten unterhält sich mit Frau März, Schumachers Kollegin. Er trägt keine Uniform und gibt der jungen Polizistin sein Funkgerät, als er mich sieht und zu mir kommt.

»Herr Steilberg? Mein Name ist Rodenkirchen, ich bin der zuständige Revierleiter und leite den Einsatz.« Die Stimme ist heiser wie die eines Kettenrauchers. Sein dünnes Haar ist grau, die gerötete Haut grobporig und ungesund. Er lässt sich von Schumacher das Foto und die Liste geben. »Können wir uns vielleicht irgendwo hinsetzen, wo wir ungestört sind?«

»Draußen auf der Terrasse?«, schlage ich vor und fange den Blick meiner Frau ein, der so verzweifelt ist, dass ich am liebsten jeden rausschmeißen würde. Doch ich weiß, dass sie es jetzt nicht erträgt, mit mir alleine zu sein. Wieland tröstet Astrid noch immer. Die anderen sind nicht gegangen, obwohl sie wie auf glühenden Kohlen sitzen.

Wir treten hinaus in den Garten. Auf dem Grill liegt noch ein Stück Fleisch, das aber mittlerweile so verkohlt ist, dass ich es wegschmeiße.

»Bitte, setzen Sie sich«, sage ich. Rodenkirchen nimmt Platz, ich setze mich in den Sessel, der ihm gegenübersteht. Astrid ist nachgekommen, überlegt erst, wo sie sich hinsetzen soll, entscheidet sich dann aber, stehen zu bleiben.

»Wir nehmen die Sache sehr ernst«, sagte er. »Ich möchte, dass Sie das beide wissen.« Er streicht mit der Hand die Adressliste glatt, die ihm Schumacher gegeben hat. »Julia wurde von mir vor zehn Minuten zur Fahndung ausgeschrieben, und zwar in ganz Hanau und Offenbach. Meine Beamten durchkämmen jede Straße und jedes Grundstück hier in Steinheim.«

Ich schließe die Augen, um den Worten ihre Wucht zu nehmen. Rodenkirchen hat es nicht gesagt, aber ich spüre, dass er mit dem Schlimmsten rechnet. »Was können wir tun?«, frage ich.

»Sie können uns bei der Suche helfen«, sagt Rodenkirchen. »Aber vorher möchte ich Sie bitten, noch einmal in sich zu gehen. Kann es wirklich nicht sein, dass Sie sich mit Ihrer Tochter gestritten haben? Irgendein nichtiger Anlass, eine Kleinigkeit, die Sie vielleicht gar nicht so gravierend sehen.«

»Das haben wir bereits schon alles durchgekaut«, fährt ihn Astrid an. »Wir haben uns nicht mit Julia gestritten. Sie ist nicht von zu Hause davongelaufen. Man kann sich nicht mit Julia streiten. Das geht nicht, ist vollkommen unmöglich. Unsere Tochter ist lieb wie ein Schaf.«

Ich sehe Astrid überrascht an, und auch Rodenkirchen ist für einen Moment verblüfft. Im Zusammenhang mit meiner Tochter fallen mir einige Tiernamen ein. Die meisten wie Hase oder Maus will sie nicht mehr hören. Zumindest nicht dann, wenn ihre Freundinnen in der Nähe sind. Doch Schaf gehört nicht dazu. Ich habe diesen Begriff, der so abwertend klingt, aus Astrids Mund zuvor noch nie gehört.

»Was ist?«, fragt sie verwirrt, als hätte sie nicht gemerkt, dass sie sich im Stilregister vergriffen hat. Ich merke, wie sich Rodenkirchen im Geiste eine Notiz macht.

Und mit einem Mal wird mir klar, dass wir alle unter Beobachtung stehen. Abzüge in der Haltungsnote werden nicht toleriert, sondern sogleich vermerkt.

»Ich möchte, dass Sie gehen und Ihre Arbeit machen«, sage ich ihm.

»Entschuldigen Sie bitte?«, fragt Rodenkirchen.

»Ich will Ihre Fähigkeiten nicht in Zweifel ziehen«, versuche ich zu erklären. »Sie sind mit Sicherheit ein hervorragender Polizist. Doch wenn es Ihnen nichts ausmacht, möchte ich nur mit Herrn Schumacher sprechen. Ist das in Ordnung für Sie?«

Der Polizist scheint nicht überrascht zu sein. Entweder ist er professionell genug, um das nicht persönlich zu nehmen, oder er ist einfach abgestumpft. »Kein Problem. Es wird sich trotzdem nicht vermeiden lassen, dass wir beide miteinander zu tun haben, denn ich bleibe der Leiter dieses Einsatzes. Damit werden Sie leben müssen.«

»Okay«, sage ich nur.

Rodenkirchen steht auf und geht. Ich weiß nicht, warum, aber in diesem Moment sehe ich in ihm einen Feind. Insgeheim gibt er uns eine Mitschuld an Julias Verschwinden. Natürlich würde er das niemals zugeben. Aber ich vermute, er ist Polizist genug, um zu glauben, dass jeder Mensch lügt.

Zum ersten Mal bin ich jetzt mit Astrid alleine. Ich nehme sie in die Arme, und diesmal lässt sie es geschehen. »Es wird gut«, flüstere ich. »Alles wird gut, hörst du?«

Astrid schaut mich an, als hätte sie nicht richtig verstanden. Sie lässt mich los. »Wie kannst du so etwas versprechen? Weißt du, wo Julia ist? Was ihr zugestoßen ist? Kannst du mir garantieren, dass es ihr gut geht?« Sie schaut mich wütend, fast herausfordernd an und verzieht das Gesicht zu einem abschätzigen Grinsen, als ich ihr keine Antwort gebe. »Das kannst du nicht. Und solange du das nicht kannst, halt einfach den Mund, ja?«

»Hör zu, mich macht die Sache genauso fertig wie dich.« Ich zische ihr die Worte ins Gesicht, aus Furcht, uns könnte jemand hören. »Ich habe auch Angst, dass Julia etwas zugestoßen ist. Also tu nicht so, als wärst du die Einzige, die hier am Rande eines Nervenzusammenbruchs steht. Ich habe nur versucht, dich zu trösten, okay?«

»Alles wird gut? Damit willst du mich trösten?« Ihr Blick ist voll bitterer Verachtung, und ich weiche erschrocken einen Schritt zurück. »Geh lieber und suche deine Tochter!«, sagt sie, als hätte ich Julia wie einen Regenschirm irgendwo vergessen.

Schumacher tritt zu uns auf die Terrasse. Entweder merkt er nicht, dass wir uns gestritten haben, oder er sieht darüber hinweg. »Rodenkirchen hat die Fahndung ausgeweitet. Der Kriminaldauerdienst wurde informiert. Die Fahrer der HSB wissen Bescheid, genau wie alle Taxiunternehmen der Gegend.«

»Was können wir tun?«, frage ich.

»Das kommt darauf an. Mittlerweile hat es sich herumgesprochen, dass Julia vermisst wird. Wenn Ihnen das zu viel ist, sollten Sie das Haus nicht verlassen. Sie können aber auch mit der Sache offensiv umgehen und fragen, ob Ihnen die Nachbarn helfen. Das liegt bei Ihnen.«

»Fabian wird nach Julia suchen«, sagt Astrid, bevor ich eine Antwort geben kann. »Ich bleibe so lange hier, falls sie in der Zeit nach Hause kommt. Jemand sollte dann da sein.«

Ich schweige. Das ist jetzt nicht der Moment, um einen Streit darüber vom Zaun zu brechen, wer von uns beiden bestimmt, was zu tun ist.

Schumacher nickt. »Okay. Wir haben mittlerweile bei Julias Lehrerin angerufen und uns eine Klassenliste geben lassen. Die Kollegin März telefoniert sie gerade durch. Bisher ohne Ergebnis.«

Astrid ist wie betäubt. Ich spüre, wie sie sich immer mehr verschließt. Eigentlich, so denke ich, müssten wir in so einem Moment zueinanderstehen, uns gegenseitig Mut oder Trost zusprechen. Aber sie hält mich auf Distanz, lässt mich nicht an sich heran. Auch Schumacher scheint das aufzufallen.

»Hören Sie, ich weiß, dass Sie gerade eine schwere Zeit durchleben«, sagt er. »Vielleicht sollten Sie in Betracht ziehen, mit jemandem zu sprechen, der Sie professionell unterstützen kann.«

»Ich verstehe nicht, was Sie meinen«, sagt Astrid. Sie klingt misstrauisch, abweisend.

»Wir arbeiten mit Psychologen und Seelsorgern zusammen, die Menschen in Ihrer Situation begleiten ...«

»Julia ist nicht tot!«, schreit sie ihn an, so laut, dass es selbst durch die geschlossene Terrassentür zu hören sein muss, denn alle, die im Wohnzimmer stehen, drehen sich zu uns um.

Schumacher merkt, dass er einen Fehler gemacht hat.

Er verzieht ärgerlich das Gesicht. »Tut mir leid, so habe ich das auch nicht gemeint.«

»Es ist mir egal, wie Sie das gemeint haben!« Ihre Stimme überschlägt sich. »Stecken Sie sich Ihre Psychologen sonst wohin, und sorgen Sie lieber dafür, dass unsere Tochter wieder auftaucht.«

Wütend stößt sie die Tür auf und verschwindet.

Nun bin ich auch auf Schumacher zornig. »Ich hätte es vermutlich etwas anders ausgedrückt, aber Astrid hat recht. Keine Psychologen. Keinen Pfarrer. Vor allen Dingen keinen Pfarrer!«

»Herr Steilberg, das mag jetzt in Ihren Ohren zynisch klingen, aber Sie sind nicht die Ersten, die so etwas erleben«, sagt Schumacher. »Sie werden Hilfe brauchen, glauben Sie mir.«

»Das sagt Ihre Erfahrung?«

»Ja, das sagt meine Erfahrung.«

Ich schweige. »Wie lange machen Sie diesen Job schon?«, will ich schließlich von ihm wissen.

»Bald zwanzig Jahre. Alleine wird es sehr schwierig für Sie.«

»Julia ist nicht tot«, wiederhole ich mein Mantra.

»Dabei geht es ausnahmsweise nicht um Ihre Tochter, sondern um Sie und Ihre Frau, Herr Steilberg. Welche Bilder sehen Sie, wenn Sie die Augen schließen?«

Zwiebeln im Rinnstein.

Weiße Milch auf schwarzem Asphalt.

Julias nackte Haut ist schmutzig, das rote T-Shirt zerrissen. Blut sickert aus unzähligen Wunden. Sie versteht nicht, was mit ihr geschieht, aber sie weiß, dass sie sterben muss. Allein. Julia schreit nach uns, wie ein kleines Kind, das seine Eltern verloren hat. Aber wir hören sie nicht. Wir sind taub und blind.

»Sie tragen keine Schuld!«, sagt Schumacher eindringlich. »Das müssen Sie sich bewusst machen!«

»Julia ist nicht tot!« Meine Stimme zittert, als ich mich hinsetze und das sage. Schumacher tröstet mich nicht. Er sagt nicht: Haben Sie keine Angst, alles wird gut. So wie ich. Zwanzig Jahre ist er bei der Polizei. Ich frage mich, was er in dieser Zeit erleben musste, denn er ist sich gewiss, dass niemals etwas gut wird. Er macht mir keine Hoffnung. Trotzdem legt er mir eine Hand auf die Schulter. Es ist eine unbeholfene, seltsam intime Geste, die nicht zu ihm passt.

»Ich werde jetzt helfen, meine Tochter zu suchen«, sage ich und stehe auf. »Es ist das Mindeste, was ich für sie tun kann.« Und für mich.

Wir teilen uns in Zweiergruppen auf. Monique bleibt bei Astrid. Die Matuschkas nehmen die Straßen bis zum Südfriedhof. Wieland und ich konzentrieren uns auf den nördlichen Teil Steinheims, der an den Main grenzt. Hier befinden sich der Supermarkt, der Hort und die Grundschule, in die Julia geht. Hier leben auch die meisten ihrer Freunde. Uns bleiben nur noch gute zwei Stunden, bis es dunkel wird und die Nacht hereinbricht.

Als wir vor die Haustür treten, bin ich überrascht. Mittlerweile sind zu dem Streifenwagen auch zwei Mannschaftsbusse der Polizei gekommen. Beamte haben die kleine Stichstraße, die zu unserem Haus führt, mit einem rotweißen Band abgesperrt, als wären wir berühmte Persönlichkeiten, die einen besonderen Schutz genießen. Rodenkirchen steht mit Polizeikommissarin März bei einem der VW-Busse. Beide betrachten einen Stadtplan und markieren einzelne Straßenzüge mit verschiedenfarbigen Textmarkern. Im Hintergrund krächzt der Funk unverständliche Meldungen. Als Rodenkirchen mich sieht, tritt er seine Zigarette aus, zerreibt sie förmlich unter seiner Schuhsohle.

»Wir untersuchen gerade alle Nachbargrundstücke, haben bis jetzt aber noch nichts gefunden«, sagt er. »Auch in den Krankenhäusern ist kein Mädchen eingeliefert worden, auf das die Beschreibung Ihrer Tochter zutrifft.«

»Die Wasserschutzpolizei und das LKA sind informiert«, sagt die Polizistin. »Ebenso die Radiostationen im Rhein-Main-Gebiet.«

Ich höre kaum richtig zu. Eigentlich verstehe ich immer weniger, was um mich herum geschieht. Ich habe keine Ahnung, wer für was zuständig ist. Kriminaldauerdienst. Landeskriminalamt. Polizei. Feuerwehr. Rettungskräfte. Mir ist es egal, sollen sie ihre Arbeit machen. Eine Maschinerie hat sich in Bewegung gesetzt, die ich nicht steuern oder gar kontrollieren kann. Ich will nur mein Leben, meine Tochter wiederhaben.

»Wo wollen Sie hin, Herr Steilberg?«, fragt mich Rodenkirchen erstaunt.

»Muss ich mich jetzt schon bei Ihnen abmelden?«, rufe ich und gehe weiter. Die anderen zögern, bleiben stehen, als warten sie auf eine Erlaubnis, mir folgen zu dürfen. »Ich gehe meine Tochter suchen.«

Erst als ihm Schumacher energisch zunickt, ringt sich Rodenkirchen ein Lächeln ab. Ich frage mich, was mit dem Mann los ist, warum er sich wie ein Feldherr benimmt. Aber andererseits muss er das wohl. Rodenkirchen ist ein Heerführer, der seine Truppen gegen einen unbekannten Feind in die Schlacht schickt. Für ihn ist das berufliche Routine. Für mich der Ausnahmezustand.

Die Straße ist zugestellt und für den Verkehr gesperrt. Immer noch mehr Polizisten treffen ein. Sie tragen dunkelgrüne Overalls, schwarze Baretts und graue Handschuhe. Den meisten ist anzusehen, dass ihnen dieser Einsatz zu schaffen macht.

Hinter der Absperrung stehen Männer, Frauen und auch Kinder. Nur wenige sind Nachbarn oder Freunde, aber ich kenne sie fast alle. Vom Einkaufen, von der Schule und aus dem Sportverein, in dem Julia Volleyball und ich Handball spielen, obwohl ich schon mindestens ein Jahr nicht mehr beim Training war. Sie sehen mich, nicken mir ernst zu, und ich grüße zurück. Dann machen wir uns auf den Weg.

Wieland sagt kein Wort, als wir die Straßen absuchen. Immer wieder begegnen uns Polizisten, die an Haustüren klingeln und Vorgärten durchstöbern. Die Spielplätze sind verwaist. Selbst auf der Bank vor dem Friedhof, wo um diese Zeit normalerweise Halbwüchsige rauchend herumlungern, sitzt niemand. Ab und zu hören wir, wie jemand den Namen meiner Tochter ruft. Ansonsten ist alles still. Nur die verdammten Flugzeuge sind so laut wie immer.

Als wir den Hort erreichen, wo ich Julia noch letztes

Jahr fast jeden Nachmittag abholte, breche ich weinend zusammen, betrachte mich dabei beinahe ungerührt von außen und wundere mich, wie ich so die Kontrolle verlieren kann. Ich schäme mich dafür und schüttele rüde Wielands Hand ab, die mir aufhelfen will.

Er soll mich nicht so sehen.

Niemand soll mich so sehen.

»Tu dir das nicht an«, flüstert er mir zu. »Geh heim.«

»Sie ist nicht tot!«, schreie ich ihn an.

»Komm«, sagt er nur und zieht mich hoch. Diesmal lasse ich es zu. Wir gehen zurück. Wieland legt stützend und schützend die Hand um meine Hüfte, wie ein Betreuer, der einen verletzten Spieler vom Feld führt. Als wir unsere Straße erreichen, befreie ich mich aus seiner Umarmung.

»Danke. Ich glaube, das letzte Stück kann ich wieder alleine gehen.«

»Du willst immer noch der ganz harte Kerl sein, nicht wahr? Einer, der nichts an sich heranlässt, der alles unter Kontrolle hat«, sagt Wieland. »Ich habe die Diskussion vorhin auf der Terrasse mitbekommen. Du solltest auf das Angebot des Polizisten eingehen. Das ist meine Meinung.«

Ich verstehe nicht, was er meint. »Welches Angebot?«

»Ihr braucht jemanden, der euch hilft. Einen Psychologen. Einen Seelsorger. Wen auch immer.«

»Eine Schulter zum Ausheulen?« Mir ist nicht zum Lachen zumute, trotzdem kann ich ein Grinsen nicht unterdrücken. »Ich finde, du machst das hervorragend.«

Wieland verzieht keine Miene. »Ich meine das im Ernst.

Astrid ist jetzt schon am Ende, die Angst wird sie umbringen. Und du …«

»Und ich werde mich nicht vor einem Fremden auskotzen«, falle ich ihm ins Wort. »Kein Psychologe. Und schon gar kein Pfarrer. Oder sollen wir jetzt für Julia eine Kerze anzünden und zusammen beten?«

»Wenn es hilft«, sagt Wieland. »Du musst auf Astrid aufpassen.«

»Das weiß ich.«

»Sie bewegt sich am Rande eines Zusammenbruchs.«

»Ich sagte, das weiß ich!«, sage ich lauter als beabsichtigt.

»Aber das Schwimmen wird verdammt schwierig, wenn sich zwei Ertrinkende aneinander festhalten«, antwortet Wieland ebenso laut.

»Nach ihren Erfahrungen nach Julias Geburt wird Astrid keinen Psychologen mehr akzeptieren«, sage ich. »Vergiss es.«

»Was ist mit diesem Schumacher? Auf mich macht er einen ziemlich vernünftigen Eindruck.«

»Ich weiß es nicht. Vielleicht. Hör zu, ich habe keine Lust mehr, über das Thema zu reden, okay?«

Unser Haus ist mittlerweile ein Basiscamp für alle, die nach Julia suchen. Es ist wie bei einer Party, alle halten sich in der Küche auf, nur dass die Stimmung müde und angespannt ist. Die Helfer sprechen sich gegenseitig Mut zu, Monique kocht ununterbrochen Kaffee. Auch mir stellt sie unaufgefordert einen Espresso hin, als ich mich an den Tisch setze. Ich rühre die Tasse genauso wie die

Kekse nicht an. Astrid sitzt neben mir. Ich lege ihr einen Arm um die Schulter und ziehe sie an mich heran. Ich muss sie fast dazu zwingen. Sie beginnt wieder zu weinen. Die Unterhaltungen ersterben.

»Wo sind die Bilder?«, frage ich plötzlich.

»Welche Bilder?«, fragt Oliver.

Wir haben an einer Wand so etwas wie eine kleine Familiengalerie. Fotos, aus dem Urlaub, von Weihnachten, der Einschulung und Ausflügen. Die Hälfte der Rahmen ist leer.

»Wir haben sie an die Polizisten verteilt.« Oliver stottert, als er das sagt. »Astrid hat es erlaubt.«

Ich lasse Astrid los und stoße sie dabei fast von mir. Es waren Bilder aus glücklichen Tagen, die jetzt nicht mehr da sind, so als hätte man sie gestohlen.

»Du bekommst sie wieder«, sagt Oliver. »Das hat man uns versprochen.«

Ich stehe auf, langsam. Nur mühsam kann ich meine Wut beherrschen. »Raus«, sage ich zwar leise, aber deutlich, damit mich jeder versteht. »Raus mit euch.«

Die Tassen werden auf den Tisch gestellt. Alle gehen aus dem Raum und lassen mich mit Astrid allein.

»Was sollen wir nur tun?«, frage ich sie.

Sie presst die Lippen aufeinander.

»Warum sprichst du nicht mit mir?« Sie zuckt zusammen, als ich sie anschreie. »Gibst du mir vielleicht die Schuld daran, dass Julia nicht wiederkommt? Ist es so?« Das wäre irrsinnig, aber mittlerweile glaube ich fast alles. »Ich habe mich nicht mit ihr gestritten, hörst du? Sie ist mein Leben!«

Erst jetzt schaut mich Astrid an, und ich kann ihren Blick nicht deuten. »Wir müssen zusammenhalten. Bitte!«, flehe ich sie an. Aber ich erreiche sie schon nicht mehr. Nur nicht reden. Kein Streit, keine Auseinandersetzung. Dinge existieren nur, wenn sie einen Namen haben, wenn man über sie spricht. Schweigt man, ist alles gut. Das ist Astrids Art, mit Problemen umzugehen, immer. Und deswegen geht auch Julia jeder Auseinandersetzung aus dem Weg. Sie hat nicht viel von ihrer Mutter, aber darin sind sie sich ähnlich.

Es ist wie damals, kurz nach der Geburt. Nur dass ich nicht die Kraft habe, all das noch einmal durchzustehen. Nicht jetzt, wo mir selbst die Angst um Julia die Luft zum Leben raubt.

Ich gebe Astrid einen Moment oder zwei, um mir vielleicht etwas zu sagen, und sei es nur durch eine Geste oder einen Blick. Doch die Sekunden verstreichen ungenutzt. Am liebsten würde ich meine Frau an der Schulter packen, sie schütteln und schlagen, nicht um ihr Schmerzen zuzufügen, sondern damit sie mich endlich wahrnimmt.

Stattdessen stehe ich auf und gehe in die Küche, wo ich mich über die Spüle beuge, als müsste ich mich übergeben. Es dämmert bereits, aber ich schalte das Licht nicht ein. Julia ist da draußen, irgendwo, alleine, in Todesangst. Meine Phantasie ist ein Teufel. Dieser Teufel produziert Bilder, die so unerträglich sind, dass ich meine Augen nicht schließen möchte. Gleichzeitig flüstert er mir ständig zu, dass alles in Wirklichkeit noch viel schlimmer ist. Dass sich Julia an einem Ort befindet, den nie ein

Mensch betreten dürfte. Schon gar nicht ein zehnjähriges Mädchen, das überhaupt nicht verstehen kann, was Tod und Leiden und Schmerzen bedeuten.

Ich sehe durch das Küchenfenster Schumacher und all die anderen Polizisten, unsere Freunde und Nachbarn und bin zum ersten Mal an diesem Tag dankbar, nicht alleine zu sein. Oliver sieht mich, und ich gebe ihm ein Zeichen, dass alle wieder hereinkommen dürfen.

Das Haus füllt sich wieder. Kaum einer spricht ein Wort, und wenn etwas gesagt wird, so ist es ein pietätsvolles Flüstern, so als läge jemand im Sterben. Ich gehe ins Wohnzimmer, schalte das Radio ein und suche, was ich sonst nie tue, einen Musiksender. Die Blicke, die ich dafür ernte, sind voller Mitleid. Monique kümmert sich gemeinsam mit Wieland um meine Frau. Es ist erstaunlich. Mit ihrem Bruder spricht sie. Warum dann nicht mit mir? Ihre Stimme ist so leise, dass ich nicht verstehe, was sie sagt, aber sie ist aufgebracht. Die Lippen bewegen sich schnell in ihrem maskenhaften Gesicht, so als führte sie ein Selbstgespräch oder leiere ein Gebet herunter.

»Sie haben gewonnen«, sage ich zu Schumacher, der neben mir steht. »Lassen Sie jemanden kommen.«

Ohne seine Antwort abzuwarten, gehe ich die Treppe hinauf. Ich muss alleine sein. Eigentlich möchte ich in mein Büro, aber die Tür zu Julias Zimmer steht weit offen, und so bleibe ich stehen. Mittlerweile dämmert es, und ich schalte das Licht ein. Alles ist so, wie sie es verlassen hat. Auf dem Schreibtisch liegen verstreut ihre Hausaufgaben, die sie heute Abend noch hatte fertig machen wollen. Das Matheheft ist verziert mit Mäusen, die allerlei absurde Kunststückchen vollführen. Wie diese kleinen Zeichnungen von Aragones in meinen alten MAD-Heften, die Julia zusammen mit ein paar Comics vor einiger Zeit im Keller gefunden hat. Ihr Federmäppchen riecht noch immer nach Einschulung, dabei hat Julia dieses Jahr eine Empfehlung fürs Gymnasium bekommen. Sie war ganz aufgeregt, weil sie Angst hatte, ohne ihre Freunde auf eine neue Schule gehen zu müssen.

Auf dem Nachttisch liegt eine Ausgabe der *Brüder Löwenherz*. Aufgeschlagen ist es beim letzten Kapitel. Manchmal, so denke ich, ist die Welt voller Zeichen. Sie teilt sich einem durch kleine Dinge mit, man muss nur zuhören und genau hinschauen. Doch das will ich nicht. Ich klappe das Buch zu und stelle es zurück ins Regal. Wenn Julia wiederkommt, soll sie es weiterlesen. So lange werde ich einfach so tun, als hätte ich es nicht gesehen. Als ich gehe, lasse ich das Licht an, denn die Nacht bricht herein, dunkel und schwer.

Oben in meinem Arbeitszimmer liegt noch immer das weiße Blatt Papier auf dem Zeichentisch. Und diesmal fällt es mir auch ohne Musik leicht, den ersten Strich für dieses Kinderbuch zu setzen. Aber ich übernehme nicht die Skizzen, die ich bereits vor Wochen von den Monstern gemacht habe. Die sind zu niedlich mit ihren zottigen Haaren, runden Bäuchen, dicken Nasen und traurigen Augen. Ich zeichne Julia, allein. Sie ist nicht das mutige Mädchen der Geschichte, die ich illustrieren soll. Sie hat Angst. Sie ruft nach mir, aber ich höre sie nicht, finde sie nicht. Taub und blind, lasse ich sie im Stich. Ein Blatt füllt sich nach dem anderen, der Strich wird immer ungeduldiger, bis ich nur noch große Augen in einem schmalen Gesicht zeichne. So, als hätte Ralph Steadman einen besonders schlechten Trip erwischt.

Es klopft am Türrahmen. »Fabian?« Ich wirbele herum. »Was ist?«

»Dieser Schumacher geht«, sagt Wieland.

»Was heißt das: Er geht?«, will ich wissen und schaue auf die Uhr. Es ist kurz vor eins in der Nacht.

»Er macht Feierabend.«

Ich stehe auf und eile hinunter ins Wohnzimmer.

Das Haus hat sich geleert, die Nachbarn sind nach Hause gegangen. Claudia Matuschka liegt auf der Couch, ihr Kopf ruht auf der Seite, die Augen sind geschlossen. Rufus, der zusammengerollt auf ihrem Schoß liegt, spitzt kurz die Ohren. Auf der Terrasse tanzen zwei rote Lichtpunkte in der Nacht. Olivers gedämpfte Stimme ist zu hören, aber ich verstehe nicht, worüber er spricht.

Wieland und Astrid stehen bei Schumacher und seiner Kollegin, als würden sie einen Familienbesuch verabschieden.

»Herr Steilberg, wir müssen jetzt leider gehen«, sagt Schumacher und knöpft sich die Uniformjacke zu. Er sieht müde aus. Seine Gesichtsfarbe ist grau.

»Gehen? Wohin?«, frage ich.

»Wir sind seit heute früh auf den Beinen und müssen noch einen Bericht schreiben.«

Er fährt nach Hause, zu seiner Familie. Was habe ich erwartet? Dass er sich bei uns im Gästezimmer einquartiert? »Na dann«, sage ich hilflos, mir fällt keine bessere Antwort ein.

»Sie bleiben nicht alleine«, sagt Schumacher. »Vor der Tür stehen zwei Streifenwagen.«

»Wird denn weiter gesucht?«, fragt Wieland.

»Nicht in der Nacht, nein. Das hätte wenig Zweck. Sobald es hell wird, setzen wir die Suche fort. Dann sehen wir uns auch wieder.« Er reicht mir die Hand, und ich drücke sie. Auch Polizeikommissarin März wünscht mir eine gute Nacht, errötet aber, als sie merkt, wie unangebracht dieser Wunsch ist.

Dann gehen die Matuschkas. Robert bietet zwar an, bei uns zu bleiben, aber wir schicken beide nach Hause. Genau wie Oliver und Monique, die versprechen, sich für morgen freizunehmen.

Nur Wieland bleibt. Und obwohl es niemand ausspricht, wissen wir, dass uns eine lange, nicht enden wollende Nacht bevorsteht.

Als die Zehen ihres rechten Fußes auf einmal kalt wurden, ahnte sie schon, dass es gleich geschehen würde. Das Kribbeln stieg die Beine hinauf, der Körper fühlte sich mit einem Mal taub und wie eine leere Hülle an. Die Tüte mit den Einkäufen glitt aus ihren kraftlosen Fingern, fiel zu Boden und kippte um. Eine Milchflasche zerbrach mit einem dumpfen Klirren. Die weiße Flüssigkeit breitete sich auf dem Steinboden aus, floss in einem Rinnsal die Treppe hinab. Grüne Äpfel und rote Tomaten rollten herum und blieben wie tot liegen.

Yvonne hatte das Gefühl, als würde sie in diesem Moment ihren Körper verlassen. Es war keine neue Erfahrung, aber das hatte sie in diesem Moment bereits vergessen. Ihr Körper wurde steif, verkrampfte sich, dann knickten ihre Beine ein, und sie fiel. Natürlich hatte sie keine Gelegenheit, die Arme auszustrecken und den Sturz auf irgendeine Art und Weise abzufangen. Sie schlug mit der Stirn auf die Kante der dritten Stufe und rutschte dann, mit den Schultern voran, hinab zum Treppenabsatz, wo in den Ecken halb vertrocknete, dürre Birkenfeigen und ein armseliger Drachenbaum ihr kümmerliches, vernachlässigtes Dasein fristeten.

Sie spürte keinen Schmerz, denn der Körper gehörte

ihr in diesem Moment nicht mehr. Blut sickerte aus einer Platzwunde über der rechten Augenbraue und tropfte auf den kalten harten Boden. Sie sah die Spinnweben unter der Fensterbank, die Staubflocken und eine ausgetretene Zigarettenkippe. Ihr linker Arm lag in einer Milchpfütze. Die Spitzen der Finger berührten einen Apfel, der ebenfalls mit ihr die Treppe hinuntergerollt war. Sie hatte ihren unter Krämpfen zitternden Körper verlassen und betrachtete sich aus einer leicht erhöhten Perspektive, so als wäre sie gestorben und ihre Seele würde gen Himmel fahren. Alles sah friedlich aus. Nichts störte diese innere Ruhe, die sie erfüllte. Weder die Flugzeuge, die im Minutentakt über Sachsenhausen hinwegflogen. Noch der laute Fernseher aus der Wohnung einen halben Stock unter ihr. Eigentlich hatte man sie dazu eingeladen, die Eröffnungsfeier und das erste Spiel der Fußballweltmeisterschaft gemeinsam mit den Nachbarn anzuschauen. Doch sie machte sich nichts aus Fußball. Sie fand, dass zweiundzwanzig Männer, die hinter einem Ball herrennen, eine absurde Vorstellung bieten. Glücklicherweise würde die deutsche Mannschaft erst an einem anderen Tag spielen, sodass sie vom abendlichen Autokorso verschont bleiben würde.

Yvonne versuchte den Kopf zu bewegen. Das Blut lief ihr daraufhin ins Auge, aber sie zwinkerte nicht. Ihr Körper befand sich in einem Ausnahmezustand. Das System war abgestürzt und musste neu gebootet werden, das dauerte seine Zeit. Geduld war alles, also wartete sie.

Es war erstaunlich, welche Geräusche man hörte, wenn es still war. Man musste nur genau lauschen. So richtig ruhig war es in einem Haus wie diesem nie. Am lautesten waren die Kinder der Schröders unter dem Dach. Ständig hörte man das Trampeln der kleinen Füße, das laute Quietschen von Stimmen oder das Heulen, wenn die beiden Jungs mal wieder Streit hatten. Sie mochte die Kinder, obwohl es mit der Ruhe im Haus vorbei war, seit diese leicht dysfunktionale Familie eingezogen war. Sie selbst konnte sich nur noch schemenhaft daran erinnern, wie sie ihren Sohn großgezogen hatte, was nicht immer einfach gewesen war. Besonders, als ihr Mann gestorben war und sie damit dem Club der alleinerziehenden Mütter beigetreten war. Glücklicherweise hatten damals noch ihre Eltern gelebt, waren noch rüstig und vital gewesen. Ohne sie hätte sie es niemals geschafft, Kind und Beruf unter einen Hut zu bringen. Jetzt war Florian neunzehn Jahre alt. Er studierte hier in Frankfurt Jura, aber sie hatte ihn dazu gedrängt, sich ein kleines Zimmer in Bockenheim zu nehmen. Eigentlich verstanden sie sich recht gut, aber Yvonne fand, dass sie ihre Mission zufriedenstellend bewältigt und somit ein Anrecht auf ihr altes Leben erworben hatte.

Ihr altes Leben. Wenn sie gekonnt hätte, hätte sie jetzt gelacht.

Aus der Wohnung unter ihr hörte sie den gedämpften und ruhigen Singsang des Fernsehkommentators. Offensichtlich schien das Spiel niemanden vom Hocker zu reißen.

Langsam spürte sie, wie das Blut in ihrem Auge brannte. Das war ein gutes Zeichen. Es deutete darauf hin, dass ihre Lebensgeister, die die ganze Zeit gut einen halben

Meter über ihr geschwebt hatten, sich dazu entschlossen, in den verkrampften und zitternden Körper zurückzukehren. Yvonne fragte sich, ob ein Anfall wie dieser sich mit einer Nahtoderfahrung vergleichen ließ. Wahrscheinlich nicht, denn sie hatte weder das Licht am Ende eines Tunnels gesehen, noch hatten verstorbene Freunde und Verwandte zu ihr gesprochen. Vielleicht war das Leben nach dem Tod aber auch nur ein einziger Humbug. Eine Lüge, die einen glauben machen sollte, das Beste käme noch. Sie hatte lange im Koma gelegen, zwei Wochen. Und von dieser Zeit hatte sie nur eine große Leere in Erinnerung behalten, wie nach einem langen, tiefen und traumlosen Schlaf. Nicht gerade unangenehm. Jedenfalls besser als das, was sie in diesem Moment durchmachte.

Langsam senkte sich ihre Perspektive wieder, der innere Blick verschmolz mit dem, den sie durch ihre offenen Augen wahrnahm. Vorsichtig versuchte sie, eine Faust zu ballen. Sie wollte um Hilfe rufen, aber sie konnte sich noch nicht einmal räuspern. Und auch wenn sie ihre Stimme wiederfände, wusste sie nicht, ob man sie überhaupt hören könnte. Yvonne hatte keine andere Wahl. Sie musste abwarten.

Geduld war nie ihre Stärke gewesen. Jeder Mann, der versucht hatte, mit ihr zusammenzuleben, hatte das erfahren müssen. Yvonne hatte sich in eine Frau verwandelt, die die Gesellschaft von Menschen nicht mehr gut ertrug. Es hatte lange Jahre gedauert, bis sie sich das eingestehen konnte. Zu große Nähe machte sie nervös. Ihr Problem war nicht mangelnde Empathie, sondern ein Übermaß an Einfühlungsvermögen. Das war auch der

Grund gewesen, warum sie froh war, als ihr Sohn auszog. Nein, froh war vielleicht der falsche Ausdruck. Erleichterung traf es eher. Erleichterung darüber, dass sie es unter den schwierigen Bedingungen geschafft hatte, eine gute Mutter zu sein.

Glücklicherweise hing Florian nicht an ihrem Rockzipfel. Ganz im Gegenteil. Schon früh hatte er versucht, den Mann im Haus zu ersetzen und sich erwachsener zu verhalten, als er tatsächlich war. Das war seine spezielle Art, mit den Problemen fertigzuwerden, vor denen Yvonne nach ihrem Erwachen aus dem Koma gestanden hatte und die auch die Probleme ihres Sohnes hatten werden sollen. Nein, sie war nicht erleichtert, dass sie ihr Leben wieder zurückhatte. Sie war erleichtert, dass sie nicht mehr die Verantwortung für ihren Sohn tragen musste, der ohnehin selbstständiger und vernünftiger war als sie.

Der Schmerz machte sich bemerkbar. Also befand sie sich auf einem guten Weg. Es würde nicht lange dauern, und sie würde Arme und Beine bewegen können. Das hasste sie am meisten, diesen absoluten, allumfassenden, hundertprozentigen Kontrollverlust, der sich mit einer Aura ankündigte und dann wie ein Blitz in sie hineinfuhr. Wie bei einem Huhn, dem man den Kopf abgeschlagen hatte, was den restlichen Körper aber nicht daran hinderte, flügelschlagend weiterzuzucken. Ihre Finger tauten auf. Sie musste Florian anrufen, damit er sie ins Krankenhaus fuhr. Ungelenk tastete sie nach dem Handy in ihrer Hosentasche, doch es fehlte die Kraft, es herauszuziehen. Noch immer lief ihr das Blut ins Ohr.

Yvonne drückte den Handrücken auf ihre Stirn und stöhnte auf, als sie die dick geschwollene Platzwunde berührte. Mit jedem Atemzug füllte sie ihren leeren Körper wieder aus. Als sie sich kräftig genug fühlte, drehte sie sich auf die Seite und robbte an die schmutzig graue Wand, um sich anlehnen zu können. Die schmierige Blutspur, die sie dabei hinter sich herzog, war überraschend breit. Sie blickte hinab auf ihr hellgrünes T-Shirt, das jetzt auf der rechten Seite einen nassen schwarzen Fleck aufwies. Auch die Jeans war gesprenkelt. Die ausgelaufene Milch mischte sich mit dem Blut, das sich wie eine Wolke im dünnen Weiß der Flüssigkeit auflöste.

Hinter der Wohnungstür, ein halbes Stockwerk tiefer, hörte sie plötzlich eine Stimme. Die Tür wurde geöffnet, und ein Mann trat heraus, einen leeren blauen Rucksack unter den Arm geklemmt.

»He«, flüsterte Yvonne.

Der Mann wandte den Kopf zu ihr und stieß einen Fluch aus, als er sie sah. Augenblicklich ließ er den Rucksack fallen und eilte die Stufen zu ihr hinauf. »Oh Scheiße«, sagte er nur, als er das Blut und die Wunde sah.

»Ich glaube, ich brauche einen Krankenwagen«, flüsterte Yvonne.

»Wie hast du das denn angestellt?« Er holte aus der Tasche seiner Cargohose ein Paket Papiertaschentücher und begann, ihr das Blut aus dem Gesicht zu wischen.

»Ich habe eine Stufe verpasst.«

Der Mann schaute sie an, als hätte sie in diesem Moment seine Intelligenz beleidigt.

»Oh, Axel«, sagte sie mit leiser Stimme. »Bitte keine Diskussion. Nicht jetzt.«

»Hast du dir etwas gebrochen?«

Yvonne versuchte mit den Schultern zu zucken, aber selbst das fiel ihr noch schwer. »Keine Ahnung. Kann ich dir nicht sagen.«

Axel verzog das Gesicht, als er die Platzwunde über der rechten Augenbraue begutachtete. »Das muss genäht werden.«

Yvonne war zwar froh, dass sie die Schmerzen spürte. Aber nun war es auch gut, es reichte. Sie brauchte sich nicht mehr zu vergewissern, dass sie noch lebte.

Axel hastete die Treppe wieder hinunter und schloss die Wohnungstür auf. Keine Minute später erschien er mit einem Erste-Hilfe-Kasten, der noch in Plastikfolie eingeschweißt war. Hinter ihm tauchte seine Freundin Bianca auf und schlug sich erschrocken die Hand vor den Mund, als sie Yvonne sah. Axel warf ihr sein Handy zu. »Ruf bitte einen Krankenwagen.«

»Tut mir leid wegen der Sauerei«, flüsterte Yvonne.

Axel sah sie an, als hätte sie den Verstand verloren. »Sonst geht es dir noch gut, was?« Er säuberte die Wunde und klebte vorsichtig eine Kompresse auf die Stirn. Dann setzte er sich auf die Stufen und holte tief Luft.

»In zehn Minuten ist jemand da«, sagte Bianca, die wieder in der Wohnungstür erschienen war.

»Danke«, sagte Yvonne.

»Keine Ursache. Was ist denn überhaupt passiert? Bist du ausgerutscht?«, fragte Bianca.

»Sie sagt, sie hätte eine Stufe verpasst«, antwortete Axel.

»Hey, noch kann ich für mich alleine sprechen«, sagte Yvonne und wandte sich an Bianca. »Ich habe eine Stufe verpasst.«

Niemand lachte über diesen Witz. Sie alle wussten, was mit Yvonne los war. Und sie wussten auch, dass es ihr schlechter ging.

»Es war ein Fehler, dass du Florian rausgeschmissen hast«, sagte Axel.

»Ich habe ihn nicht rausgeschmissen. Er ist freiwillig gegangen.«

»Ja, nachdem du ihm keine andere Wahl gelassen hast«, sagte er. »Wenn du mich so behandelt hättest, hätte ich auch meine Sachen gepackt.«

»Manchmal muss man ein wenig nachhelfen, damit der Jungvogel sein Nest verlässt.«

»Erzähl doch keinen Quatsch«, fuhr Axel sie an. »Du und ich, wir beide wissen doch ganz genau, dass du nicht alleine leben solltest. Florian weiß es auch.«

»Wenn ich jemanden brauche, der sich um mich kümmern soll, dann suche ich mir schon jemanden«, sagte Yvonne.

Es klingelte. Yvonne konnte von ihrer halben Treppe aus durch die vergitterten Milchglasscheiben zwei orangerote Schemen erkennen. Bianca hastete den Flur entlang und öffnete die Haustür.

»Soll ich Florian anrufen?«, fragte Axel.

Yvonne zögerte, dann nickte sie.

Axel atmete erleichtert auf und drückte ihre Hand. »Okay«, sagte er nur.

Das Hauptgebäude des Universitätsklinikums Frankfurt, in dem sich auch die Notfallambulanz befand, war ein grauer, lang gezogener Hochhauskomplex aus den Siebzigerjahren, der wie ein düsterer Plattenbauriegel die Sachsenhäuser Seite des Mains am westlichen Stadtende beherrschte. Es war ein Ort, der, von außen gesehen, mehr Ähnlichkeit mit einem Verwaltungsgebäude als mit einem Krankenhaus hatte. Yvonne war mit dem westlichen Teil bestens vertraut, da dort das Gebäude 93 stand, wo sie sich regelmäßig zur Nachuntersuchung einfinden musste und dem sie wahrscheinlich auch heute noch einen Besuch abstatten würde. Die chirurgische Ambulanz im Gebäude 23, ebenjenem Waschbetonblock, war jedoch ein Ort, den sie seltener aufsuchte. Sie hatte mittlerweile so viel Erfahrung mit Krankenhäusern, dass der Geruch, der schon auf dem Außengelände anders war als in der Stadt, etwas in ihr auslöste. Keine Aura, kein Blitzschlag wie der, der sie im Treppenhaus vor ihrer Wohnung von den Füßen geholt hatte. Und trotzdem veränderte dieser Geruch ihre Wahrnehmung, so als ob sie die Grenze von einem Leben ins andere überschritt.

Hilflos lag Yvonne auf dem Rücken und starrte die stockfleckige Decke an, die über ihr hinwegzog, während um sie herum die geschäftige Betriebsamkeit eines Bahnhofs herrschte. Sie drehte den Kopf auf die Seite und versuchte sich zu entspannen. Jemand drückte einen Schalter. Mit einem leiernden Summen schwang eine Tür auf. Dann wurde sie in ein leeres Behandlungszimmer geschoben, und man ließ sie ohne ein weiteres Wort allein, als wäre sie eine Lieferung, die ihren Bestimmungsort erreicht hatte. Der Raum war relativ groß, grün gefliest und vollgestellt mit Vitrinenschränken, hinter deren gläsernen Türen Verbandsmaterial, Medikamente und sterile Instrumente zu sehen waren. Alles war in ein kaltes Licht getaucht. Eine der Leuchtstoffröhren flackerte unmerklich. Yvonne schloss die Augen, denn sie wusste, dass so etwas einen neuen Anfall bei ihr auslösen konnte. Sie biss die Zähne zusammen und versuchte an etwas anderes zu denken: Meeresrauschen, einen Sonnenuntergang, irgendetwas Kitschiges, um die nach Desinfektionsmittel riechende Realität auszusperren. Ihr Körperempfinden war komplett zurückgekehrt. Alles tat ihr weh, und sie hoffte, dass sie sich bei dem Sturz nichts Ernsthafteres als die Platzwunde auf der Stirn zugezogen hatte. Eine kleine Nebentür, die vermutlich zwei Behandlungsräume miteinander verband, wurde aufgerissen, und ein junger Arzt vielleicht Anfang dreißig flog herein, den weißen Kittel, unter dem er ein Eintracht-Frankfurt-T-Shirt trug, geöffnet. Um den Hals hatte er lässig ein Stethoskop gehängt.

»Hallo«, sagte er, während er mit einem Fuß nach einem Rollhocker angelte und sich vor ein Computerterminal setzte, vermutlich um ihre Krankenakte aufzurufen. Als der Bildschirm die gewünschten Informationen zeigte, hob er die Augenbrauen und drehte sich langsam zu Yvonne um.

»Eine Stammkundin«, stellte er fest und stand auf, um die klaffende Wunde genauer in Augenschein zu nehmen.

»Aber nicht in der chirurgischen Ambulanz«, antwortete sie.

»Sie hatten einen fokalen Anfall«, stellte er fest, während er die Haut um die Wunde herum reinigte. »Einfach oder komplex? Also ohne Bewusstseinseintrübung oder mit?«

»Komplex«, sagte Yvonne.

»Zum ersten Mal?«

Yvonne nickte. »Eine Premiere.«

Der Arzt machte eine leise Bemerkung, die Yvonne aber nicht verstand. »Was sagten Sie?«

»Das muss genäht werden.«

»Das hat mein Nachbar auch schon gesagt«, sagte Yvonne.

»Ach, wirklich? Was ist er von Beruf?« Der Arzt stieß sich mit seinem Stuhl ab und rollte zu einem Schrank, um ein kleines Kästchen hervorzuholen.

»Fotograf.«

»Na, dann muss ich mich wohl über kurz oder lang nach einem neuen Job umschauen. Wollen Sie eine Betäubung? Ohne geht schneller.«

»Dann nehme ich ohne. Schließlich möchte ich irgendwann nach Hause.«

Der Arzt lachte. »Ich glaube nicht, dass Sie heute noch das Krankenhaus verlassen. In der Neurologie wartet man schon auf Sie.« Er streifte sich sterile Handschuhe über, zog einen Faden durch eine gekrümmte Nadel und begann mit seinem Werk. Der Schmerz war stechend, aber erträglich.

»Sie haben Glück, dass ich mich auf solche Nähte spezialisiert habe«, sagte er konzentriert. »Man wird später kaum etwas sehen.«

»Was Sie nicht sagen.« Yvonne war es egal, ob sie eine Narbe davontrug oder nicht. Ihre eigentlichen Probleme waren ganz anderer Natur.

»So, fertig.« Der Arzt klebte ein weißes Pflaster auf die Wunde. »Passen Sie auf, wenn Sie sich die Haare waschen.« Er stand auf, streifte die blutigen Einmalhandschuhe ab und warf sie in den Mülleimer. »Dann schauen wir uns mal den Rest an.« Er zog ihr die Schuhe aus und drehte die Füße um ihre Gelenkachse.

»Tut das weh?«

Yvonne schüttelte den Kopf.

Der Arzt arbeitete sich an den Extremitäten nach oben. »Sie sagen, wenn es zwickt?«

Sie nickte und hielt die Luft an, aber sie schien Glück zu haben. Es war nichts gebrochen. Kein Band, keine Sehne war gerissen.

»Ein paar schöne Prellungen haben Sie sich zugezogen«, sagte der Arzt, als er endlich von ihr abließ. »Spätestens morgen werden Sie aussehen wie ein überreifer Apfel. Die Gehirnerschütterung allerdings, die Sie sich zugezogen haben, ist bei Ihrer Vorgeschichte bedenklicher.« Er setzte sich wieder vor seinen Terminal und gab den Befund ein. »Jemand wird Sie zum Gebäude 93 bringen.«

Yvonne stöhnte. Sie wusste, was sie dort erwartete.

Die Tür ging auf, und ein Pfleger schob einen Rollstuhl herein. Gemeinsam mit dem Arzt hob er Yvonne von der Liege. Als sie auf den eigenen Beinen stand, brannten alle Muskeln in ihrem Körper. Die Arme um die Schultern ihrer Helfer gelegt, humpelte sie zu dem fahrbaren Untersatz, der sie zur anderen Seite des Klinikgeländes bringen würde.

»Sie haben Glück im Unglück. Bei dem Sturz hätten Sie sich auch den Hals brechen können.« Der Arzt reichte ihr die Hand. Sein Griff war fest, er sah ihr in die Augen. »Alles Gute.«

»Danke«, murmelte Yvonne.

Der Pfleger schob sie hinaus auf den Flur, auf dem nun erstaunlich wenig los war. Die Hälfte der orangefarbenen Plastikstühle war leer. Der junge Bursche in der hellblauen Arbeitskluft schob Yvonne neben eine Sitzreihe und sagte: »Bin gleich wieder da. Ich muss nur noch etwas ausfüllen, dann geht es los.«

Yvonne machte sich keine Illusionen. In einem Krankenhaus tickten die Uhren anders. Wenn ein Arzt oder eine Pflegekraft sagte, ich bin gleich wieder da, konnte schon mal eine halbe Stunde oder mehr vergehen. Sie versuchte, es sich so bequem wie möglich zu machen, als ihr Blick auf den Mann fiel, der ihr schräg gegenüber saß.

Er war in einem erbärmlichen Zustand. Um die linke Hand trug er einen provisorischen Verband. Die Kleidung, eine beige Hose und ein blau kariertes kurzes Hemd, war schmutzig und zerrissen. Überall hatte er hässliche Schürfwunden, als wäre er aus einem fahrenden Auto gestoßen worden. Der Mann hatte ein Gesicht, das so unscheinbar war, dass es schwer zu beschreiben wäre. Die grauen Haare waren mittellang, schmutzig und blutverkrustet, der Bart akkurat geschnitten. Hemd und Hose entsprachen nicht der neuesten Mode, sahen aber auch nicht so aus, als hätte man sie in einer Kleiderkammer der Arbeiterwohlfahrt gekauft. Die Schuhe waren aus braunem Kunstleder, billig, jedoch nicht abgetragen.

Yvonne sah in zwei blaue Augen, die sie kühl und ausdruckslos musterten. Ihr Herz schlug durch das unvermutet ausgeschüttete Adrenalin heftiger, ihre Hände begannen zu schwitzen, die Beine zitterten.

Erst dachte sie, ein neuer Anfall kündigte sich an, aber das war es nicht. Sie spürte nicht die Aura, die sie sonst umgab, bevor sich ihre Gedanken verloren oder die Muskeln krampften. Es war dieser Mann, der sie an den Rand einer bodenlosen Panik stieß.

Ihr Atem ging schneller, und trotzdem glaubte sie, ersticken zu müssen. Die Hände umklammerten die Armlehnen des Rollstuhls. Sie wollte aufstehen, aber dazu fehlte ihr die Kraft.

Jetzt wurde auch ihr Gegenüber unruhig. Der Mann erhob sich langsam und machte einen Schritt auf sie zu. Das linke Bein zog er dabei nach. Er stellte sich vor sie hin, nicht unsicher, sondern neugierig, so als wollte er sich einer bestimmten, plötzlich aufkommenden Erkenntnis vergewissern.

Das Zittern ihres Körper wurde stärker, als er sein Gesicht nah an ihres brachte. Sie roch nichts. Keinen Schweiß, kein Aftershave, kein Deo. Selbst sein Atem hatte keinen Geruch. Und trotzdem löste sein Anblick etwas in ihr aus. Für einen kurzen Moment sah sie den grässlich zugerichteten Körper eines kleinen Mädchens, nackt und schmutzig. Im langen Haar, das zu einem Pferdeschwanz gebunden war, hatte sich Laub verfangen. Mücken surrten hell im Licht einer niedrig stehenden Sonne. Dann war das Bild verschwunden, wie bei einem Fernseher, den man ausgeschaltet hatte, weil man der Wiederholungen, die im Spätprogramm gezeigt wurden, überdrüssig geworden war.

Der Mann war fort, der Platz vor ihr leer. Yvonne reckte sich in ihrem Rollstuhl in die Höhe und schaute den Korridor hinab. Sie glaubte zu sehen, wie der Mann um die Ecke humpelte und verschwand.

»Tut mir leid, wenn es etwas länger gedauert hat«, sagte eine Stimme hinter ihr. Der Pfleger, der nun einen Stapel Papiere unter dem Arm trug, löste die Bremse an ihrem Rollstuhl. »Alles in Ordnung mit Ihnen?«

»Wer war das?« Ihre Stimme war schwach und rau.

»Wen meinen Sie?« Der Pfleger bugsierte den Rollstuhl von der Wand weg.

»Der Mann, der mir gegenübergesessen hat.«

Er zuckte mit den Schultern. »Keine Ahnung. Ich habe niemanden gesehen.« Der Pfleger warf ihr die Papiere in den Schoß, packte die beiden Griffe und schob Yvonne den Korridor hinunter, bis sie die Fahrstühle erreichten. Yvonne schaute sich um und verrenkte sich dabei fast den Hals. Aber der Mann war fort.

Der Pfleger drückte auf einen Knopf, und sie warteten. Mit einem leisen ›Ding‹ glitten die Türen auf. Es holperte ein wenig, als der Rollstuhl über die Schwelle gedrückt wurde. Das Innere des zweitürigen Lifts war verspiegelt, sodass sich die Reflexion in der Unendlichkeit verlor.

Yvonne erschrak, als sie sich sah. Das Blut in ihrem Haar war mittlerweile getrocknet und ließ es auf der rechten Seite nach allen Seiten abstehen. Der Arzt hatte zwar ihr Gesicht gesäubert, sich aber nicht sonderlich dabei angestrengt, denn ihr rechtes Ohr war dunkel verkrustet. Die Wunde auf der Stirn war dick geschwollen, das konnte man sogar unter dem Pflaster erkennen. Auf dem rechten Oberarm bildeten sich die ersten Hämatome. Das T-Shirt sah aus, als hätte sie in Blut gebadet.

Der Lift fuhr ein Stockwerk hinab ins Erdgeschoss. Zeit genug für den Pfleger, sich einen Streifen Kaugummi in den Mund zu schieben.

Yvonne hatte gedacht, sie würden das Hauptgebäude über die Lobby verlassen, aber offensichtlich kannte der Bursche eine Abkürzung, die nur für das Personal gedacht war. Sie verließen das Hauptgebäude auf der rückwärtigen Seite, und Yvonne musste die Augen schließen, als die tief stehende Sonne ihr genau ins Gesicht schien.

Yvonne hatte ein ungutes Gefühl, als sie Gebäude 93 betraten. Doch anstatt sie ins Untergeschoss zu bringen, fuhr der Pfleger mit ihr hinauf zur neurologischen Station, wo er den Rollstuhl vor dem Schwesternzimmer abstellte.

»Was soll ich hier?«, fragte Yvonne. »Ich dachte, Sie fahren mich zum CT!«

Der Pfleger runzelte die Stirn und schaute sie an, als hätte der Sturz mehr als nur eine Platzwunde bei ihr verursacht. »Es ist halb zehn. Um diese Zeit werden keine Untersuchungen mehr durchgeführt. Da müssen Sie schon bis morgen früh warten.«

Yvonne drehte sich zu ihm um. »Sie wollen mich hierbehalten?«

»Das hat Ihnen doch Dr. Bauer gesagt, oder etwa nicht?«

Sie schüttelte energisch den Kopf. »Das wüsste ich.«

»Na, wie dem auch sei, ich soll Sie auf die Neurologie bringen, und hier sind wir.«

»Aber wie stellen Sie sich das vor? Ich habe nichts dabei, kein Nachthemd, keine Zahnbürste, nichts!«

»Doch, hast du«, sagte eine bekannte Stimme neben ihr, die in diesem Moment eine Welle der Erleichterung in ihr aufsteigen ließ. »Ich bin in deiner Wohnung gewesen und habe alles Nötige eingepackt.«

Yvonne drehte sich um. Ihr Sohn Florian erschrak, als er seine Mutter sah, doch die Fassung verlor er nicht. Stattdessen hielt er eine Reisetasche in die Höhe. »Axel hat mir schon alles erzählt.«

Sie zog Florian zu sich heran und gab ihm einen Kuss. »Danke«, sagte sie leise.

Er holte tief Luft. »So, und jetzt will ich mal schauen, wo ich die Stationsschwester auftreibe.«

Es dauerte eine gute halbe Stunde, bis die Aufnahmeformalitäten erledigt waren und Yvonne ihr Quartier in einem Vierbettzimmer für die nächsten zwei oder drei Tage beziehen konnte.

Die neurologische Station eines Krankenhauses ist alles andere als ein Hotel. Die Patienten, die hier unfreiwillig ihre Tage und Nächte verbringen, sind in der Regel ältere Damen und Herren, die einen Schlaganfall oder ein Schädel-Hirn-Trauma erlitten haben. Yvonne hatte stets versucht, alle Behandlungen ambulant hinter sich zu bringen. Zwei Tage im Krankenhaus reichten aus, und sie fühlte sich schlechter als vorher. An Durchschlafen in der Nacht war nicht zu denken. Immer wieder stöhnte ein desorientierter Patient auf, schrie oder führte wirre Selbstgespräche. Um sechs Uhr in der Früh erschienen die Schwestern, um die täglichen Dosen Heparin an den Mann respektive die Frau zu bringen.

Yvonne hasste die Thrombosestrümpfe. Sie hasste es, den ganzen Tag im Nachthemd zu verbringen. Sie hasste die Gerüche, sie hasste die Geräusche. Und sie hasste das Krankenhauspersonal, das im Laufe der Jahre immer schlechter geworden war. Sie fragte sich, woher in drei Teufels Namen all diese tätowierten und gepiercten Mädchen kamen, die keinerlei Respekt vor den Patienten hatten und in der Regel mit einem IQ weit unter achtzig gesegnet waren.

Ein Vierbettzimmer, und ihr Bett stand auch noch direkt neben der Tür! Sie hätte kotzen können.

Florian schaltete das Licht nicht ein, als er ihre Sachen in den einzigen leer stehenden Schrank einräumte. Nur die Kulturtasche, ein Handtuch, frische Unterwäsche und ein langes T-Shirt legte er seiner Mutter auf den Schoß. Yvonne warf die Sachen auf ihr Bett und zog die Bremse an, klappte die Fußstützen hoch und drückte sich aus dem Rollstuhl. Florian hatte die Arme vor der Brust verschränkt und sich abwartend an die Wand gelehnt.

Yvonne war zwar ein wenig schwindelig, als sie endlich wieder auf den eigenen Füßen stand, doch sie würde den Weg zur Dusche, die sich draußen auf dem Korridor befand, alleine gehen. So viel Restwürde hatte sie noch. Sie blieb einen Moment stehen, dann ging sie zwei Schritte zum Waschbecken. Florian hob fragend die Augenbrauen, und seine Mutter nickte ihm zu. Er seufzte, klappte den Rollstuhl zusammen und stellte ihn an die Wand, damit er keinen behinderte.

»Ich dusche alleine, damit das klar ist«, sagte sie.

»Natürlich. Ganz wie du willst.«

Florian trat beiseite, damit sie an ihm vorbeigehen konnte. Yvonne wusste, dass sie ungerecht ihm gegenüber war. Florian war nun wirklich nicht der Sohn, der meinte, sie in einen fürsorglichen Belagerungszustand versetzen zu müssen. Er wusste ja nur zu gut, dass sie große Nähe nicht mehr ertrug. Es hatte lange gedauert, bis er sich damit abgefunden hatte, dass seine Mutter nach dem Koma nicht mehr die Frau war, die ihn bis dahin großgezogen hatte. Manchmal hasste sich Yvonne dafür.

Es gab Tage, an denen sie sich selber nicht besonders gut leiden konnte. Sie war reizbar und mürrisch geworden, vielleicht auch depressiv, was angesichts dessen, was ihr zugestoßen war, kein Wunder war. Die meisten Leute, die sich um sie sorgten, hatte sie auf ihre neu erworbene ruppige Art vor den Kopf gestoßen. Viele Freunde waren ihr ohnehin nicht geblieben. Und die wenigen, die ihr noch immer zur Seite standen, bewiesen bis auf den heutigen Tag eine beinahe übermenschliche Langmut.

Yvonne ging über den Flur, steuerte das Gemeinschaftsbad an, schloss die Tür hinter sich ab. Was sie im Spiegel sah, war nicht dazu angetan, ihre Laune zu heben. Viel schlimmer als die Platzwunde auf der Stirn war diese kreisrunde Narbe von vielleicht einem Zentimeter Durchmesser oberhalb des rechten Ohres, die man nur sah, wenn man das ergrauende Haar auseinanderhielt. Ein Zentimeter. Mehr war es nicht.

Doch das, was diese Narbe verursacht hatte, war noch immer da, steckte in ihr drin. Ein boshaftes rundes Stück Metall, durch den Zusammenprall mit dem Schädelknochen leicht verbeult.

Das Projektil war aus einer Kleinkaliberwaffe abgefeuert worden. Das war das Einzige, was man wusste. Um mehr zu erfahren, hätte man die Kugel untersuchen müssen, aber das war nicht so einfach, denn sie hatte sich so tief in eine ungünstige Stelle ihres Gehirns gebohrt, dass eine Operation höchst riskant war. Vier Jahre lebte sie nun schon mit diesem kleinen Biest, das nur einen knappen Millimeter vor ihrem Stammhirn haltgemacht hatte.

Es war bei einem Einsatz geschehen, damals, als sie noch bei der Polizei war. Das hatte man ihr zumindest gesagt, als sie aus dem künstlichen Koma erwacht war, in das man sie versetzt hatte. Wer auf sie geschossen hatte und warum er sie hatte töten wollen, war bis heute nicht geklärt worden.

Damals war sie als andere Frau erwacht. Sie hatte zwar noch ihren Namen gewusst, ihre Telefonnummer, ihre Adresse und dass ihr Mann irgendwann vor Jahren bei einem Autounfall ums Leben gekommen war. Aber ansonsten waren ihre Erinnerungen alles andere als zusammenhängend.

Besonders ihr Langzeitgedächtnis war nach einem nicht nachvollziehbaren Muster zerstört worden. Manche banalen Dinge waren noch präsent, andere wichtige Ereignisse hatte dieser bleierne Radiergummi erfolgreich ausgelöscht: Die Geburt ihres Sohnes lag ebenso im Dunkel des Vergessens wie die meisten Jahre, die sie mit Robert verbracht hatte.

Aber selbst damit hätte sie sich abfinden können, wenn diese epileptischen Anfälle nicht gewesen wären, deren Intensität in den letzten Monaten zugenommen hatte.

Begonnen hatte alles mit kleinen Absencen, so als hätten sich ihre Gedanken im Geflecht falsch geschalteter Neuronen verloren. Dann waren die Krampfanfälle gekommen. Erst waren es nur einzelne Muskelpartien gewesen, die plötzlich ein Eigenleben führten. Schließlich hatte ihr Gehirn dem ganzen Körper den Befehl gegeben, kurzzeitig den Betrieb einzustellen und unsinnige Dinge zu tun.

Natürlich hatte sie unter diesen Umständen nicht mehr arbeiten können. Seit dem Anschlag hatte Yvonne keine Uniform mehr getragen. Zum Glück war sie verbeamtet gewesen und hatte sich um die Krankenversicherung und diverse andere kleine Absicherungen keine Sorgen machen müssen.

Für Florian war es schwer gewesen, mit dieser neuen Yvonne zurechtzukommen, die wenig Lust verspürte, eine brave, frühpensionierte Polizistin zu sein, die ihren erwachsenen Sohn bemutterte, weil sie keinen anderen Sinn in ihrem Leben fand. Yvonne wusste nicht, ob ihr abweisendes Verhalten ihm und ihren Freunden gegenüber klug war oder dumm. Letztendlich war es ihr auch egal, denn sie wusste, dass sie keine andere Wahl hatte.

Sie lebte von geborgter Zeit. Eine falsche Bewegung, ein Schlag auf den Kopf, und die Kugel würde doch noch ihr zerstörerisches Werk vollenden. Dass sie es heute nicht getan hatte, war reines Glück gewesen. Oder Unglück, je nachdem, wie man es betrachtete.

Yvonne zog umständlich das blutverkrustete T-Shirt über den Kopf und untersuchte ihren schmächtigen Oberkörper, der nun übersät war mit blauen Flecken. Das Ziehen in der rechten Schulter hatte zwar nachgelassen, doch der Schmerz, den jede falsche Bewegung des Armes verursachte, war noch immer stechend. Sie entledigte sich der restlichen Kleidung und stieg in die Dusche, wo sie sich erst warm und dann kalt abbrauste. Die Haare zu waschen, ohne dabei die genähte Platzwunde in Mitleidenschaft zu ziehen, war schon etwas komplizierter, denn ihr Bewegungsradius war ziemlich eingeschränkt.

Dreimal musste sie Shampoo einreiben, bis sich auch der letzte Rest getrockneten Blutes aufgelöst hatte und durch den Abfluss verschwunden war. Dann öffnete sie den Duschvorhang und rieb sich mit dem Handtuch trocken.

Florian hatte vor der Tür gewartet.

»Kann ich sonst noch etwas für dich tun?«, fragte er.

Sie schüttelte den Kopf. »Ich gehe ins Bett. Drück mir die Daumen, dass ich heute Nacht schlafen kann.«

Florian grinste sie breit an. »Die Chancen stehen nicht schlecht«, sagte er und zauberte aus seiner Hosentasche ein kleines Plastikdöschen mit bunten Ohrenstöpseln, das er ihr entgegenhielt.

Jetzt musste sie wirklich lachen. »Du bist unbezahlbar«, sagte sie und umarmte ihn. »Ganz ehrlich, ich wüsste nicht, was ich ohne dich machen sollte.«

»Ist schon okay.« Er sah auf seine Uhr. »Ich fahre dann mal nach Hause, morgen muss ich früh raus. Wenn etwas ist und du mich brauchst, ruf mich an.«

»Das werde ich«, log sie.

Florian gab ihr zum Abschied einen Kuss und ging.

Leise schloss Yvonne die Zimmertür hinter sich und kroch ins Bett. Eine ihrer Zimmergenossinnen schnarchte unerbittlich, während eine andere beim Atmen pfeifende Geräusche von sich gab. Yvonne knetete zwei der Stöpsel zurecht und steckte sie sich in die Ohren.

Himmlische Stille erfüllte ihren Kopf. Nur das eigene Atmen und Schlagen ihres Herzens hörte sie noch. Die Vorhänge waren nur halb zugezogen und gaben den Blick auf die Lichter der nächtlichen Stadt frei. Ab und zu blinkte das Positionslicht eines Flugzeuges am dunklen Himmel. Yvonne schloss die Augen, zog die Decke hoch und drehte sich auf die Seite. Drei Atemzüge später war sie eingeschlafen und träumte.

Von dem unscheinbaren Mann mit dem grauen Bart.

Und dem toten nackten Mädchen, das verwesend am Ufer eines Sees lag.

Die Stunden der Nacht sind die schlimmsten, wenn die Gedanken um sich selbst kreisend den Tanz der Verzweiflung tanzen und man nichts, aber auch gar nichts dagegen tun kann. Wieland hat das Gästezimmer unter dem Dach bezogen und schläft. Wir werden ihn nicht wecken.

Astrid sagt, dass sie einen Kaffee braucht. Es ist ihr zehnter oder zwölfter, ich habe aufgehört zu zählen. Sie wahrscheinlich auch. Während ich höre, wie in der Küche die Maschine gurgelt, stehe ich wieder in Julias Zimmer.

Der Geruch meiner Tochter ist noch allgegenwärtig, eine vertraute Mischung aus Blumen und ungelüftetem Bett. Die Beamten haben ihr Zimmer auf der Suche nach irgendeinem verwertbaren Hinweis durchsucht. Sie sind vorsichtig und rücksichtsvoll vorgegangen, aber sie haben dennoch ihre Spuren hinterlassen. Ich bin wütend, auf eine hilflose Art und Weise. Ich weiß, dass sie alles in ihrer Macht Stehende tun, um meine Tochter zu finden, aber gleichzeitig habe ich das Gefühl, dass sie das Zimmer, in dem Julia noch so lebendig ist, entweiht haben. Ich räume nicht auf, sondern lösche das Licht und schließe die Tür. Dann gehe ich hinunter zu Astrid.

Sie hat den Kaffee mittlerweile in eine große Thermoskanne gefüllt, aus der sie sich eine Tasse einschenkt. Eine weitere Tasse steht leer auf der sauber gewischten Anrichte.

»Ich wusste nicht, ob du auch eine wolltest«, sagt sie. Astrid hat tiefe Schatten um die Augen und weint nicht mehr. Ich nehme ihr die Tasse aus der Hand und umarme sie. Sie fühlt sich schwach und zerbrechlich an.

Astrid spricht nicht viel. Das hat sie noch nie getan. Ohnehin teilen wir in diesem Moment dieselben Gedanken. Wir glauben zu wissen, dass Julia alleine in Todesangst nach uns ruft. Und dass ihr jemand etwas antut, von dem sie nicht versteht, warum er es tut. Diese Gedanken zerreißen mein Herz, denn die Angst treibt es an, schneller zu schlagen, atemlos zu hetzen, zu stolpern und sich wieder zu fangen. Astrid umschlingt meine Brust, aber nicht um mich festzuhalten, sondern um selbst nicht verloren zu gehen.

»Lass uns gehen«, sage ich.

»Wohin?«, fragt sie mich.

»Raus«, sage ich nur, denn ich weiß: Wenn ich diese schlaflose Nacht hier im Haus verbringe, werde ich wahnsinnig.

Ich hole aus der Küchenschublade eine Taschenlampe, dann gehen wir.

Auf der anderen Straßenseite steht ein Streifenwagen. Der Beamte, der hinter dem Lenkrad sitzt, lässt die Scheibe herunter. Ich hebe die Hand, um ihm zu signalisieren, dass alles in Ordnung ist. Er nickt nur, lässt die Scheibe aber unten.

Wir gehen den Weg, den ich an diesem Tag nun schon so oft abgesucht haben. Am Hort vorbei zum Supermarkt, vom Supermarkt zur Grundschule, dann durch die kleinen, rechtwinklig angeordneten Straßen zum Spielplatz im Park.

Früher war sie oft hier. Erst mit uns, als sie noch ganz klein war, und dann mit ihren Freundinnen.

Jetzt ist alles leer.

Das Klettergerüst und die Rutsche ruhen wie die dunklen Knochen eines gewaltigen Urzeittieres im fahlen Licht des abnehmenden Mondes. Astrid und ich setzen uns auf die einsamen Schaukeln, halten uns bei der Hand und schweigen. Es ist kalt. Wir frieren. Keiner von uns hat eine Jacke mitgenommen. Das haben wir vergessen. Und auch wenn wir sie dabeigehabt hätten, würden wir sie nicht anziehen. Unsere Tochter friert in diesem Moment auch, warum also sollten wir es uns leichter machen.

Als die Kälte schließlich bis in unsere Knochen vorgedrungen ist, stehen wir auf und gehen weiter. Immer wieder leuchte ich mit meiner Lampe unter Büsche, in Vorgärten, hinter Mülltonnen. Ich tue es, weil ich irgendetwas tun muss. Noch habe ich die Hoffnung nicht aufgegeben. Und ich werde es auch nicht tun, bis ich nicht weiß, was wirklich geschehen ist und die schlimmsten Befürchtungen sich bestätigt haben.

Wenn man Julia in ein Auto gezerrt hat, so denke ich, kann sie jetzt überall sein. Ich versuche, einen kühlen Kopf zu bewahren, logisch zu denken, mich nicht von meinen Gefühlen überrennen zu lassen. Die Kontrolle zu behalten.

Es fällt mir schwer, mein Gott. Es fällt mir so schwer.

Auch Astrid ist verstummt. Wir beide haben unser Leben immer wie ein Projekt gesehen, haben das getan, was getan werden musste. Manchmal frage ich mich, ob wir uns tatsächlich lieben. Aber wir passen zueinander. Denke ich. Das ist schon viel, doch ich frage mich, ob das reichen wird. Wir sind sprachlos. Es fehlen nicht nur die Worte, um uns gegenseitig zu trösten. Es fehlt uns auch die Vertrautheit. Ich weiß nicht, ob Astrid wirklich ihre postnatale Depression überwunden hat. Sie hat nie mit mir über diese schwere Zeit gesprochen, sondern immer nur stumme Hilfeschreie ausgesandt. Sie war eine Insel, die man nur schwer erreichen konnte. Eine Nadel der Kleopatra, schlank und schön und rätselhaft. Nähe lässt sie nur selten zu. Dieses Geheimnisvolle an ihr, das ich lange als Stärke und Unabhängigkeit gedeutet habe, hat mich magisch angezogen. Bis Julia geboren wurde.

Da musste ich mir eingestehen, dass Astrid nicht stark war, ganz und gar nicht, sondern das, was ich für Unnahbarkeit hielt, eigentlich Verschlossenheit ist. Auch jetzt öffnet sie sich mir nicht, obwohl ich mit ihr über meine Angst sprechen will. Doch was gäbe es zu sagen, das diese Angst erträglicher machte? Nichts, außer kleinen Gesten und dem gemeinsamen Schweigen, das ihr zu genügen scheint. Ich frage mich, ob sie gefasst oder innerlich erstarrt ist. Obwohl wir einander vielleicht noch nie so nah waren wie jetzt in dieser Nacht, fühle ich nur, was uns trennt, und nicht, was uns miteinander verbindet.

Es wird hell, als wir nach Hause kommen. Ich öffne

die Haustür, während Astrid stehen bleibt und Julias schwarze Schuhe, die achtlos vor einem Blumenkübel liegen, ordentlich hinstellt. Es ist eine automatische Geste, und ich glaube, dass sie in diesem Moment nicht darüber nachdenkt, was sie tut und warum sie es tut.

Noch immer ist im Haus alles still. Ich schenke zwei neue Tassen Kaffee ein. Wir haben noch Brot vom gestrigen Nachmittag übrig, aber keiner von uns beiden hat Hunger. Astrid setzt sich an den Esszimmertisch und starrt in ihren Becher, während ich die Terrassentür öffne.

»Glaubst du, dass Julia noch lebt?«, fragt sie, ohne aufzuschauen. Die eine Frage, die ich nicht beantworten kann. Auf die auch die Polizei keine Antwort hat.

»Ich weiß es nicht«, sage ich. Der Himmel ist im Osten violettrot gefärbt. Die Vögel singen und scheren sich einen Scheißdreck um uns.

»Haben wir alles richtig gemacht?«

»Wie meinst du das?« Ich nippe an meiner Tasse und drehe mich zu ihr um. »Machst du dir irgendwelche Vorwürfe?«

Astrid schweigt.

»Ich wüsste nicht, woran wir uns die Schuld geben sollten.«

Astrids Mund wird zu einem bitteren Strich.

»Oder bist du anderer Meinung?« Ich ging wieder hinein und schloss die Tür hinter mir. »Worüber hast du dich mit ihr gestern gestritten?«

Astrid zuckt kaum wahrnehmbar mit ihren Schultern. »Das Übliche.«

»Worüber?«

»Ich habe nur von ihr erwartet, was ich auch von mir selbst verlange«, sagt Astrid und sieht mich erst jetzt an.

Nun schweige ich, denn dies ist nicht der richtige Augenblick, um sich gegenseitig Schwächen vorzuwerfen, die ihre Wurzeln in falschen Erwartungen ans Leben haben. Ich nehme mich davon nicht aus. Aber wir streiten oft darüber, wie wir Julia erziehen sollen.

»Dass Julia nicht nach Hause gekommen ist, hat nichts mit dir oder mit mir zu tun. Dessen bin ich mir sicher.«

»Glaubst du, dass ich eine gute Mutter bin?«

»Du liebst deine Tochter.«

»Natürlich.«

»Dann bist du eine gute Mutter.«

»Du findest nicht, dass ich zu streng bin?«

»Hör auf, dir die Schuld zu geben.«

Sie sieht mich finster an. »Genauso gut kannst du auch sagen: Hör auf, Kopfschmerzen zu haben.«

Ich setze mich zu ihr und ergreife ihre Hand. Sie zieht sie nicht weg, erwidert aber auch nicht den Druck. »Wenn sie tot ist, bringe ich mich um.«

»Julia lebt!« Ärgerlich stelle ich die leere Tasse auf den Tisch. Astrid steht auf und geht nach oben. Die Tür zum Badezimmer wird geöffnet. Kurz darauf höre ich die Dusche rauschen. Ich bin müde, meine Augen brennen. Ich sehne mich danach, wenigstens für eine kurze Zeit all das hier zu vergessen. Die leeren Tassen lasse ich auf dem Tisch stehen, als ich Stufe für Stufe die Treppe hinauf in den ersten Stock steige. Das Rauschen der Dusche wird lauter. Die Badezimmertür ist nur angelehnt. Auf dem Boden liegen ein Slip und ein BH. Ich gehe in Julias Zimmer, gieße die Blumen mit der kleinen goldenen Kanne, die halb leer auf der Fensterbank steht, und lege mich bekleidet ins Bett meiner Tochter, vergrabe mein Gesicht in ihrem Kopfkissen. Dann schließe ich die Augen und versuche zu schlafen. Vergeblich. Ich erinnere mich an die Abende, an denen ich sie in den Schlaf sang, ihr Bücher vorlas oder wir gemeinsam Hörspiele hörten. Da war sie sieben oder acht Jahre alt. Ich spüre, wie sich die Zeit zurückspult, fürchte, dass ich dieses Uhrwerk der Gefühle überdrehe, eine Feder springt, ein Zahnrad sich verhakt. Der CD-Player läuft seit gestern leer im Pausenmodus. Die kleine silberne Scheibe rotiert schnell in einem sich ständig wiederholenden Rhythmus. Ich lasse sie weiterlaufen.

Astrid kommt aus dem Bad. Ich höre ihre nackten Füße auf dem Laminat. Es riecht nach Duschgel und Shampoo. Dann wird die Schlafzimmertür geschlossen. Ich setze mich auf und wickele mich in Julias leichte Bettdecke ein. Draußen ist es mittlerweile taghell. Die ersten Autos fahren auf der Straße vorbei. Ich möchte schlafen, kann es aber nicht. Werde es nie wieder können. Nicht, solange Julia da draußen ist. Es klingelt an der Tür.

Die Schlafzimmertür bleibt geschlossen, so stehe ich auf, gehe die Treppe hinunter und öffne. Es ist einer der Polizisten, die die ganze Nacht vor unserem Haus verbracht haben. Angst und Hoffnung keimen in diesem Moment in mir auf und lassen die Brust schmerzen, in der mein Herz schlägt. Sie haben sie gefunden! Sie haben sie gefunden, und jetzt übermitteln sie mir die Nachricht! Es tut uns leid, Herr Steilberg, aber Ihre Tochter ist tot.

»Entschuldigung«, sagt der Polizist. »Dürfte ich einmal Ihre Toilette benutzen?«

Langsam entweicht die Luft aus mir. Ich trete beiseite und lasse ihn herein. »Sie wissen ja, wo sie ist. Haben Sie schon gefrühstückt?« Eine törichte Frage, auf die der Polizist natürlich mit einem Kopfschütteln antwortet. »Ich mache für Sie und Ihren Kollegen einen Kaffee.«

Während ich in der Küche eine neue Kanne Espresso aufsetze, höre ich die Toilettenspülung. Fünf Minuten später stehen die beiden Beamten im Esszimmer. Sie sehen genauso übernächtigt aus wie ich. Wir decken gemeinsam den Tisch. Für Wieland gleich mit. Ich weiß nicht, wann er aufwachen wird, aber wenn er nichts essen will, findet sich bestimmt jemand anderes. Ab jetzt wird es in diesem Haus wieder wie in einem Taubenschlag zugehen.

Astrid bleibt im Schlafzimmer, und ich schaffe nur eine halbe Scheibe Toast mit Honig, dann wird mir schlecht. Die beiden Polizisten essen mit Appetit, schenken sich zweimal Kaffee nach und gehen dann auf die Terrasse, um eine Zigarette zu rauchen. Ich höre ihre gedämpften Stimmen, verstehe aber nicht, worüber sie reden. Als sie fertig sind, bedanken sie sich bei mir und beziehen wieder vor dem Haus Stellung. Ich frage mich, wo Schumacher und seine Leute bleiben.

Erst gegen acht Uhr klingelt es erneut an der Tür. Wieder die Hoffnung, wieder die Angst, wieder die Enttäuschung. Es ist die junge Beamtin, Schumachers rechte Hand. Mir fällt wieder auf, klein und zierlich sie ist. Sie hat tiefe Schatten um ihre geröteten Augen. Wie es scheint, hat auch sie in dieser Nacht nicht geschlafen.

»Gibt es etwas Neues?«, will ich von ihr wissen.

»Wir haben bei Sonnenaufgang damit begonnen, den Suchradius zu erweitern, und nehmen uns jetzt den Wald Richtung Offenbach vor«, sagt sie. »Außerdem befragen wir noch einmal die Angestellten des Supermarktes.«

Ich nehme den Haustürschlüssel vom Haken und will mir die Schuhe anziehen.

»Tun Sie das nicht.«

»Was soll ich nicht tun?«

»Gehen Sie nicht hinaus. Die Presse hat Wind von der Sache bekommen und ist bereits da. Wenn Sie nicht mit denen sprechen wollen, würde ich Ihnen dringend raten, das Haus nicht zu verlassen.«

Ich höre nicht auf sie, sondern binde meine Schuhe zu. Hier herumsitzen und einfach nur abwarten, das kann ich nicht. Ich muss raus. Selbst etwas tun. Ich öffne die Haustür und sehe, dass die Einfahrt der Stichstraße erneut abgesperrt worden ist. Ein gutes Dutzend Männer und Frauen, bewaffnet mit Kameras, richtet auf einmal die Objektive auf mich, Auslöser werden gedrückt, vereinzelt flammen Blitzlichter auf, die mich erstarren lassen.

Die Polizistin greift mich vorsichtig am Arm. »Kommen Sie rein. Tun Sie sich den Gefallen.«

Ich mache einige Schritte rückwärts, stolpere dabei beinahe über eine abgeflachte Bordsteinkante und rudere mit den Armen, um nicht das Gleichgewicht zu verlieren. Das Klicken der Auslöser wird hektischer. Ich drehe mich um und laufe wieder ins Haus.

»Was zum Teufel machen die da?«

»Ihre Arbeit«, sagt die Polizistin und versucht mich mit einem Lächeln zu trösten.

»Können Sie dafür sorgen, dass sie verschwinden?«

Die Polizeikommissarin schüttelt den Kopf. »Das wird nicht gehen.«

Ich werfe die schwere Haustür zu. Es gibt einen lauten Schlag, der den Spiegel im Flur klirrend erzittern lässt. Ich fühle mich ohnmächtig, gefangen in meinem Haus, zur Untätigkeit verurteilt.

»In einer halben Stunde wird jemand kommen, der sich um Sie kümmert«, sagt die Polizistin. Ich runzele die Stirn, denn im ersten Moment weiß ich nicht, wovon sie spricht, aber dann fällt es mir ein. Der Seelsorger, über den wir gestern gesprochen haben. Ich rolle innerlich mit den Augen.

»Außerdem warte ich noch auf einige Kollegen von der Spurensicherung«, fährt sie fort. »Wegen der Vergleichsproben.«

»Was für Vergleichsproben?«

»Falls wir Spuren finden, müssen wir die Möglichkeit haben, sie abgleichen zu können.«

»Was ist mit Ihnen? Bleiben Sie nicht hier?«

Die Polizistin schüttelt erneut den Kopf. »Ich bin dem Suchtrupp zugeteilt worden. Wie gesagt, ich warte mit Ihnen noch auf jemanden, der sich um Sie kümmern wird.«

Wieland kommt die Treppe herunter. Sein Haar steht wirr nach allen Seiten hin ab. Sein T-Shirt vom Vortag ist zerknautscht und ausgeleiert. »Tut mir leid«, murmelt er. »Aber ich glaube, ich habe verschlafen.«

»Du hast nicht verschlafen«, erwidere ich. »Das hier ist nichts, wozu man pünktlich erscheinen muss.«

Ich spüre, wie ich aggressiv werde. Am liebsten würde ich alle rausschmeißen, alleine sein, die Dinge selbst in die Hand nehmen. Es klingelt wieder an der Haustür. Ich vermute, dass es der Seelsorger ist, bin aber überrascht, auf einmal meine Eltern zu sehen. Ich muss meine Mutter in die Arme nehmen, die bei meinem Anblick hemmungslos zu weinen beginnt.

»Wir sind die ganze Nacht hindurch gefahren«, sagt mein Vater. Er ist blass, die Augen sind gerötet. Er weiß nicht, was er mit seinen Händen machen soll, so hilflos gestikuliert er herum. »Gibt es etwas Neues?«

»Nein.«

»Wo ist Astrid?«, fragt meine Mutter, die sich mit einem zusammengeknüllten Tempotaschentuch Nase und Augen abwischt.

»Oben im Schlafzimmer«, sage ich. »Ich glaube, sie möchte niemanden sehen.«

Meine Mutter ist eine klein gewachsene Frau mit altmodischer Dauerwelle. Sie trägt eine hellblaue Stretchhose und weiße Gesundheitsschuhe, die statt Schnürsenkeln einen Klettverschluss haben. Mein Vater ist ein Mann im Rentenalter, der zeit seines Lebens mit seinem Gewicht zu kämpfen hatte. Sein Herz ist schwer angeschlagen, drei Bypassoperationen hat er schon über sich ergehen lassen müssen. Sie lieben Julia abgöttisch, denn sie ist ihr einziges Enkelkind. Es war geplant, dass sie die zweite Hälfte der Sommerferien bei ihnen verbringt.

Und wieder klingelt es. Diesmal sind es die Männer

und Frauen der Spurensicherung, bekleidet in weißen Einmalanzügen. Ich begleite sie hinauf in Julias Zimmer, damit sie ihrer Arbeit nachgehen können. Die Schlafzimmertür ist noch immer verschlossen. Ich klopfe an und drücke die Klinke herunter. Astrid hat den Schlüssel von innen umgedreht. »Meine Eltern sind gekommen«, sage ich. Keine Antwort, also gehe ich wieder.

Wieland sitzt am Frühstückstisch. Er isst nicht viel, trinkt dafür aber umso mehr Kaffee. Meine Eltern stehen im Wohnzimmer herum und wissen nicht, was sie tun sollen.

Es klingelt erneut. Diesmal ist es Oliver. Ohne Monique. Er sieht mich fragend an.

»Nein, man hat sie noch nicht gefunden«, sage ich und kann meine gereizte Stimmung nicht verbergen.

»Scheiße«, sagt er nur.

Ich wende mich an Wieland. »Sag mal, kannst du dich um deine Schwester kümmern? Sie hat sich oben im Schlafzimmer eingeschlossen und öffnet niemandem, noch nicht einmal mir. Vielleicht hast du ja mehr Glück.«

»Natürlich«, sagt er, stellt seine halb volle Tasse ab und geht an mir vorbei.

Ich will die Haustür gerade schließen, als ich sehe, dass ein älterer Mann mit weißem Bart und runder Brille durch die Absperrung gelassen wird. Seine Bewegungen sind sportlich, fast jugendlich. Als er mich sieht, kommt er geradewegs auf mich zu und streckt seine Hand aus.

»Herr Steilberg?«

Ich nicke.

»Mein Name ist Bertram.« Sein Händedruck ist fest, aber nicht forsch.

»Sie sind der Mann, der sich um uns kümmern soll«, stelle ich fest.

»Ich bin der Mann, mit dem Sie sprechen können, wenn Ihnen danach ist«, korrigiert er mich.

»Okay«, sage ich und trete beiseite, um ihn hereinzulassen. Mittlerweile ist es im Haus so voll wie am gestrigen Abend. Irgendwie fühle ich mich dazu verpflichtet, mich um all diese Menschen zu kümmern, als wäre dies eine Party und ich ein schlechter Gastgeber. Meine Mutter ist in der Küche verschwunden. Meinen Vater kennt Oliver schon lange, denn wir beide sind zusammen in dieselbe Schule gegangen, haben dieselbe Klasse besucht, uns über dieselben Lehrer aufgeregt. Oliver ist über viele Jahre hinweg Gast an unserem Mittagstisch gewesen. Er gehörte damals zur Familie, und irgendwie tut er das immer noch.

Vater traut sich nicht, mich auf die Sache anzusprechen, und ehrlich gesagt, habe ich auch keine Lust, mit ihm über Julias Verschwinden zu reden. Die Zeiten, in denen er mich hatte trösten können, sind lange vorbei. Jetzt sind wir beide in einem Alter, in dem sich die Rollen langsam verkehren. Manchmal sucht er Rat bei mir, fragt mich um meine Meinung, wenn er sich einer Sache nicht sicher ist. Die Geschichte mit seinem Herzen hat ihm und mir endgültig gezeigt, dass er nicht unsterblich ist.

Manche werden in fortschreitendem Alter entspannter, gelassener. Eigentlich. Nicht mein Vater. Er hat es schon lange aufgegeben, die Welt um sich herum zu verstehen. Und dass Julia verschwunden ist, trifft ihn zutiefst.

»Wo sind denn die Bilder der Kleinen?«, fragt meine Mutter und deutet auf die lückenhafte Familiengalerie. Dort, wo Julias Fotos hängen, stehen nur einige dünne Nägel vor.

»Die Polizei hat sie mitgenommen.«

Sie holt tief Luft und schüttelt mürrisch den Kopf. Von meinen beiden Eltern war sie immer die Stärkere. Ich bin froh, dass sie da ist.

Die Schlafzimmertür geht auf und wird geschlossen. Schritte kommen die Treppe hinunter. Astrid hat sich angezogen. Sie trägt zu einem grauen Kostüm eine weiße Bluse. Das Haar ist frisiert, und sie ist dezent geschminkt. Kein Schmuck und auch kein Ring, wie ich feststelle. Sie sieht aus, als hätte sie einen geschäftlichen Termin. Alle sehen zu ihr herüber. Mein Vater nimmt sie in den Arm, meine Mutter ergreift ihre Hand. Astrids Gesichtsausdruck verändert sich nicht.

»Was hast du vor?«, frage ich.

»Mit der Presse sprechen.« Erst jetzt fällt mir auf, dass sie in ihrer rechten Hand einen zusammengerollten Zettel hält.

Ich sehe zu Bertram hinüber, der die ganze Zeit fast wie ein Möbelstück unsichtbar bei der Couch gestanden hat. Er fängt meinen Blick auf und kommt zu uns herüber. Ich frage mich, wie er sich fühlt. Eigentlich ist er eine vollkommen unbeteiligte Person. Er kennt uns nicht, und wir kennen ihn nicht. Und trotzdem soll er uns eine Stütze sein. Ob er sie auch wirklich ist, kann er jetzt unter Beweis stellen. Er scheint die Situation mit einem Blick zu erfassen.

»Darf ich einen Vorschlag machen, Frau Steilberg?«, sagt er vorsichtig. »Sprechen Sie bitte erst mit jemandem von der Polizei darüber. Gibt es da einen Ansprechpartner?«

»Frank Schumacher«, sage ich.

Bertram schaut meine Frau fragend an. Sie zögert einen Augenblick, dann nickt sie.

»Ich gehe raus und suche ihn«, sagt er. Ich bin froh, dass ich nicht vor die Tür treten muss.

»Warum tust du dir das an?«, will ich von Astrid wissen.

»Ich finde, wenn es um das Leben unserer Tochter geht, sollten wir alle bereit sein, ein Opfer zu bringen.« Ihre Stimme klingt hart, trotzig.

»Darf ich lesen, was du dir aufgeschrieben hast?« Ich strecke meine Hand aus. Astrid gibt mir den Zettel.

Er ist doppelt gefaltet und kein Redemanuskript. Astrid hat noch nicht einmal Stichworte niedergeschrieben. Was ich auseinanderfalte, ist eine Zeichnung, die Julia uns zum zehnten Hochzeitstag geschenkt hat. Es ist ein wunderschönes Bild von uns als Familie. Vater, Mutter und in der Mitte das Kind. Wir halten einander an den Händen, und man kann uns sogar erkennen. Am Himmel steht das fröhliche Gesicht einer Sonne. Die Strahlen sind lang und durchdringen alles. Julia hat auch einen Hund gezeichnet. Sie hat sich immer einen Labrador gewünscht, einen Familienhund. Ich wollte nie einen, weil ich befürchtete, dass Astrid und ich die beiden wären, die nachher die Hundehaufen aufsammeln müssten. Ich gebe mir das Versprechen, Julia diesen Hund zu kaufen, mag im Mietvertrag stehen, was will. Wenn sie lebt, soll sie diesen Labrador bekommen, und meinetwegen kann sie ihn dann auch Norbert nennen, wie sie es immer vorhatte.

Bertram kommt mit Schumacher zurück. Ich habe den Polizisten heute noch nicht gesehen und erschrecke, als ich in sein übernächtigtes Gesicht schaue.

»Sind Sie sicher, dass Sie das tun wollen?«, fragt er Astrid.

Sie nickt energisch. Wieland ist jetzt von seinem Platz aufgestanden. »Sollen wir dich begleiten?«

»Das muss ich alleine tun.«

Alle Blicke richten sich auf mich. Ich vergrabe die Hände in meinen Hosentaschen und wende mich ab. Bertram schaut uns an, als würde er sich im Geiste genau notieren, wie wir uns verhalten. Wir stehen unter Beobachtung. Von allen Seiten. Und nun öffnet Astrid eine Tür, von der ich nicht weiß, ob sie sich später wieder schließen lässt.

Schumacher begleitet sie hinaus. Ich folge den beiden bis zur Haustür, schließe sie nicht, sondern lehne sie so weit an, dass ich durch den Spalt hinausschauen kann. Von hier aus kann ich die Reporter nicht sehen, sondern nur hören. Es müssen viele sein. Astrid sehe ich nur von hinten.

Mikrofone werden ihr entgegengereckt. Kameras klicken. Scheinwerfer flammen auf. Wie viele es sind, kann ich nicht erkennen. Schumacher und Bertram stehen neben ihr, als wären die beiden Männer ihre persönliche

Prätorianergarde. Ich muss mich anstrengen, um Astrids Worte zu verstehen, denn sie spricht leise und stockend. Sie hat die Zeichnung tatsächlich wie ein Redemanuskript aufgefaltet.

»Wer immer meine Tochter entführt hat …« Sie stockt, räuspert sich und beginnt wieder von vorne. Diesmal etwas lauter. Ihre Stimme klingt dadurch nicht fester. »Wer immer meine Tochter entführt hat, ich flehe Sie an: Bitte, geben Sie uns unser Kind zurück. Ich spüre, dass sie im Moment an einem Ort ist, an dem sie Angst hat, Schmerzen erleidet, nach uns ruft.« Ihre Stimme bricht. Kameras klicken. »Julia ist ein gutes Kind, ein liebes Mädchen, das niemals jemandem ein Leid zugefügt hat. Sie braucht uns, genauso, wie wir sie brauchen. Ohne einander können wir nicht leben. Tun Sie unserer Kleinen nichts an. Lassen Sie sie gehen. Lassen Sie sie nach Hause kommen. Sie ist alles, was wir haben.« Die letzten Worte werden von einem lauten Schluchzen verschluckt. Ich habe einen Knoten im Hals. Meine Augen brennen. Mein Herz will aufhören zu schlagen.

Schumacher nimmt Astrid in den Arm. »Ich danke Ihnen«, sagt er zu den Reportern.

Gemeinsam mit Bertram bringt er Astrid, die ihr Gesicht in den Händen vergraben hat, wieder zurück. Die Farben der Zeichnung sind durch ihre Tränen verwischt worden. Ich nehme Astrid in den Arm und drücke sie, so fest ich kann. Diesmal lässt sie es zu.

Gemeinsam gehen wir zurück ins Wohnzimmer. Alle weinen jetzt. Vorsichtig, als handelte es sich dabei um einen wertvollen Schatz, legt sie die Zeichnung auf den

Wohnzimmertisch. Bertram versucht mit ihr zu sprechen, aber sie ignoriert ihn. Stattdessen schaut Astrid jeden von uns an. Dann geht sie wieder hinauf ins Schlafzimmer. Die Tür fällt ins Schloss. Ich lasse mich in einen Sessel fallen, beuge mich nach vorne und massiere meinen Nacken. Vierundzwanzig Stunden ist Julia jetzt verschwunden, einen ganzen Tag. Es wird kaum noch miteinander gesprochen. Alles, was es zu sagen gibt, ist gesagt. Der Rest wäre nur eine quälende Wiederholung. Wir können nur warten. Warten und hoffen, dass nicht das Schlimmste eintritt.

»Okay«, sagte die Stimme aus der Gegensprechanlage. »Nicht atmen. Nicht bewegen.«

Yvonne hatte die Arme an den Körper gelegt, ihr Kopf lag in einer Mulde, sodass sie ihn nicht drehen konnte. Sie schloss die Augen und versuchte, an etwas anderes zu denken. Etwas Schönes. Ihr fiel nichts ein.

Yvonne litt nicht an Platzangst, aber sie hatte einmal in einem beengenden, oberkörperlangen MRT gelegen, und das war eine Erfahrung gewesen, die sie nicht unbedingt ein zweites Mal machen wollte. Der Lärm war infernalisch gewesen.

Das CT war humaner, obwohl es mit Röntgenstrahlen arbeitete. Aber das war der Tatsache geschuldet, dass der Fremdkörper in ihrem Kopf metallisch war und in einem Magnetfeld dieser Stärke vermutlich ein tödliches Eigenleben entwickelt hätte.

Es klackte vernehmlich, ein Gebläse sprang an, und die Liege bewegte sich langsam auf den Ring zu, sodass der Fächerstrahl des Apparates den gesamten Kopf erfassen konnte. Die Prozedur dauerte nicht lange. Nach zehn Minuten war alles vorbei, und Yvonne konnte wieder aufstehen, um sich anzuziehen. Sie setzte sich hinaus auf den Flur und wartete darauf, dass die Tür aufging und der Arzt sie hereinbat, um ihr das Ergebnis mitzuteilen.

Es war eine Untersuchung, die sie jedes Vierteljahr über sich ergehen ließ. Der letzte Scan lag zwar erst einen Monat zurück, aber da waren ihre Anfälle auch noch nicht so dramatisch gewesen wie der, der sie im Treppenhaus von den Beinen geholt hatte. Sie ahnte, dass das Ergebnis diesmal anders ausfallen würde.

Ihre Gedächtnisleistung hatte sich in den letzten Monaten verschlechtert. Hinzu kamen Halluzinationen, die sich anfangs durch eine gestörte Geruchswahrnehmung manifestierten. Dann hatte sie Stimmen gehört und Menschen gesehen, die es nicht gab. Das alles war so real gewesen wie der Stuhl, auf dem sie saß. Fast wie Visionen, und sie hatte sich gefragt, ob all die Heiligen und Märtyrer, von denen man ihr früher in der Kirche immer erzählt hatte, einfach nur wie sie eine Kugel im Kopf gehabt hatten.

Die Monate in der Rehaklinik waren schrecklich gewesen. Glücklicherweise hatte das Sprachzentrum ihres Gehirns einige Zentimeter abseits des Schusskanals gelegen und war somit nicht zerstört worden. Sie hatte also lange und ausgiebig fluchen können, als sie mühsam wieder das Laufen gelernt hatte. Die Feinmotorik war noch länger beeinträchtigt gewesen. Das Essen mit Messer und Gabel war ihr erst nach einem halben Jahr gelungen und bereitete ihr immer noch Schwierigkeiten. Auch heute verzichtete sie auf Fleisch, das klein geschnitten werden musste, und aß am liebsten alles mit einem großen Löffel.

Nachdem sie die Reha verlassen hatte, war sie noch

weiter zur Ergotherapie gegangen. Trotzdem wusste sie, dass ihr Zustand alles andere als befriedigend war.

Solange diese Kugel sich noch in ihrem Kopf befand, war nichts gut. Und sie ahnte, dass sie sich an einem Scheideweg befand, als die Tür aufging und der Radiologe sie zu sich ins Sprechzimmer bat.

»Setzen Sie sich bitte«, sagte er und nahm hinter einem Schreibtisch Platz, der wie der ganze Raum alles andere als repräsentativ war. Doch nicht nur darin unterschied er sich von seinen niedergelassenen Kollegen. Yvonne kannte Dr. Baumann schon lange. Seit ihrer Rückkehr aus der Rehaklinik hatte er die Nachsorgeuntersuchungen vorgenommen, denn er war nicht nur Radiologe, sondern auch Neurologe, eine Mischung, die so ungewöhnlich wie selten war.

»Wie fühlen Sie sich?«, fragte er Yvonne, als sie auf dem lederbezogenen Freischwinger Platz genommen hatte. Sie mochte diese Stühle nicht, denn sie ließen in ihr einen leichten Schwindel aufkommen.

»Beschissen«, gab sie unumwunden zu.

»Das war Ihr erster Grand-Mal-Anfall, nicht wahr?« Dr. Baumann blätterte in ihrer Krankenakte, die so dick wie das Telefonbuch einer mittleren Kreisstadt war.

Yvonne nickte.

»Und Sie nehmen Ihre Medikamente immer noch weiter«, sagte er.

Yvonne schnaubte leise. »Natürlich. Ohne diese Pillen könnte ich meine Wohnung gar nicht erst verlassen.« An einem großen Leuchtschirm, der hinter Dr. Baumann an der Wand hing, waren Dutzende kleiner Schichtaufnahmen eines Gehirns zu sehen. Ihres Gehirns, wie sie annahm.

Dr. Baumann folgte ihrem Blick und stand auf. »Das hier«, sagte er und tippte dabei auf einen besonders hellen Punkt inmitten der grauen Wolke, die das Oval ihres Schädels ausfüllte. »Das hier ist die Kugel.«

»Ihre Lage hat sich nicht verändert«, sagte Yvonne, die sich in den letzten Jahren zu einer Expertin in Sachen CT-Auswertung entwickelt hatte. Zumindest, was ihren Kopf anging. Für Außenstehende sahen die Schichtaufnahmen mit Ausnahme des irritierenden Fremdkörpers vermutlich normal aus. Doch Yvonne konnte die Bilder mittlerweile wie eine Landkarte lesen. Sie stand auf und trat näher heran. Etwas hatte sich verändert. Die Konturen des Projektils waren hellgrau unterlegt.

»Stimmt«, sagte Dr. Baumann. »Die Lage hat sich nicht verändert, und das ist die gute Nachricht.«

»Aber es gibt auch noch eine schlechte, nicht wahr?«, fragte Yvonne.

Der Arzt nickte. »Ich befürchte, dass Sie einen Hirnabszess entwickeln.«

»Ein Hirnabszess? Was ist das?« Sie spürte, wie ihre Hände kalt wurden.

»Eine lokale Entzündung des Gehirns. Man nennt sie auch Herdenzephalitis. Die Ursache ist meist ein eingeschleppter Keim durch ein Schädelhirntrauma.«

Yvonne betrachtete die Röntgenaufnahmen genauer und fasste sich an die Stelle über ihrem rechten Ohr, wo die Kugel eingedrungen war. »Aber das ist jetzt vier Jahre her«, sagte sie.

»Das ist in der Tat etwas, was mich irritiert, aber es ist nicht ungewöhnlich«, sagte Dr. Baumann. Seine Stimme war sanft, doch nicht mitleidig. Dass er ihr stets die Wahrheit sagte, war ein Zug, den Yvonne sehr an ihm schätzte.

»Und was hat das für Konsequenzen?«, fragte sie und tastete sich wieder zu dem Stuhl, der ihr dieses unangenehme Schwindelgefühl bereitete.

»Ich müsste Sie operieren«, sagte er und hob die Hand, als Yvonne den Mund öffnete, um etwas darauf zu erwidern. »Ich weiß, wie Sie dazu stehen. Der Erfolg einer solchen Operation liegt bei fünfzig Prozent. Und damit ist immer noch nicht garantiert, dass nicht doch bleibende Schäden auftreten werden.«

»Was wäre die Alternative?«

Dr. Baumann runzelte die Stirn. »Die Einnahme von Antibiotika. Sie hätte in jedem Fall angestanden. Aber ohne eine Sanierung des Entzündungsherdes wird der Erfolg dieser Behandlung zweifelhaft sein.« Er schwieg einen Moment. »Wollen Sie meine ehrliche Meinung hören?«

»Ich bitte darum.« Das klang forscher, als sie sich fühlte.

»Die Wahrscheinlichkeit, dass Sie an diesem Abszess sterben, liegt höher als bei einer Operation. Glauben Sie mir das. Außerdem werden Sie spüren, wenn diese Entzündung wächst. Sie wird gesunde Gehirnmasse verdrängen. Anfangs sind die Ausfallerscheinungen gering, aber je nachdem, welcher Bereich Ihres Gehirns betroffen wird, kann Ihr Sterben auch hässlich werden.« Er beugte sich nach vorne und stützte sich auf die Unterarme. Eindringlich sah er in ihre Augen. »Ich kenne Sie jetzt schon so lange, und ich habe Sie immer als Kämpfernatur eingeschätzt. Ich rate dringend zu der Operation.«

»Ich möchte es erst einmal mit einem Antibiotikum versuchen«, sagte sie.

Dr. Baumann schaute sie einen langen Moment an. »Okay«, sagte er schließlich und schrieb etwas auf einen Rezeptblock. »Es wird eine langwierige Behandlung. Und Sie werden diese Tabletteneinnahme strengstens einhalten müssen.« Er schob ihr den grünen Schein über den Tisch. »In einer Woche sehen wir uns wieder?«

Yvonne nickte, faltete den Zettel zusammen und steckte ihn in ihre Hosentasche.

»Und sollte es Ihnen schlechter gehen, rufen Sie mich sofort an. Sie wissen, dass Sie auch immer kurzfristig einen Termin bekommen können?« Er stand auf und reichte Yvonne die Hand.

»Wann kann ich nach Hause gehen?«, fragte sie.

»Noch heute. Ich werde alles veranlassen.«

Yvonne hatte ihre Sachen schnell gepackt. Doch bevor sie zum Taxistand ging, machte sie einen erneuten Abstecher in die chirurgische Ambulanz, wo zu dieser Zeit des Tages zwei Dutzend Männer und Frauen darauf warteten, dass man sich um ihre größeren und kleineren Verletzungen kümmerte. Es war heiß und stickig in der Vorhalle. Manche der Patienten schienen schon länger zu warten, denn auf ihren Gesichtern zeigten sich Müdigkeit und Ungeduld. Yvonne stellte sich in die Reihe vor der Anmeldung und wartete, bis sie an der Reihe war. Die Frau hinter dem Schalter sortierte einige Blätter in die dazugehörigen Mappen und blickte dann zu ihr auf.

»Entschuldigen Sie, aber ich habe eine etwas ungewöhnliche Bitte«, sagte Yvonne. »Man hat mich gestern hier in die Ambulanz gefahren, weil ich eine Platzwunde am Kopf hatte.« Wie um ihre Worte zu unterstreichen, strich sie sich mit den Fingern über das Pflaster auf der Stirn. »Zur selben Zeit haben Sie einen Mann behandelt. Graue Haare, grauer Bart, Anfang oder Mitte fünfzig. Kariertes Hemd, beige Hose.«

Die Frau runzelte nachdenklich die Stirn. »Ja, und?«

»Der Mann ist ein Bekannter von mir«, log Yvonne. »Wir haben uns lange aus den Augen verloren, und bevor ich ihn ansprechen konnte, war er verschwunden.«

Die Schwester schaute sie aus schwarzen Knopfaugen misstrauisch an. »Dann kennen Sie ja sicher seinen Namen.« Sie war nicht groß und wirkte ein wenig plump, hatte aber das Selbstbewusstsein einer Frau, die den ganzen Tag mit fremden Menschen zu tun hat.

»Natürlich kenne ich den.«

Die Schwester machte eine auffordernde Geste, nachdem sie ein Krankenblatt aus einer Schublade gezogen hatte.

»Oliver Gerlach«, sagte Yvonne, obwohl der Name so falsch war wie jeder andere auch.

»Sind Sie sich da sicher?«

»Absolut«, sagte Yvonne mit einer Stimme, die jeden Zweifel aus dem Weg räumen sollte. »Immerhin haben wir drei Jahre im selben Büro gearbeitet.« Sie reckte vorsichtig den Kopf, um auf das Krankenblatt zu schauen.

Die Schwester, die auf einmal Yvonnes Neugierde bemerkte, drehte hastig das Krankenblatt um.

»Sie wissen, dass ich Ihnen diese Informationen nicht geben darf?«

»Oh, Entschuldigung. Nein, das wusste ich nicht.« Yvonne versuchte, so freundlich wie möglich zu lächeln, und das Gesicht der Frau entspannte sich. Yvonne hatte durch einen raschen Blick ohnehin erfahren, was sie wissen wollte. Der Mann, der gestern bei ihrem Anblick so hastig gegangen war, hieß Georg Winkler und wohnte in Bad Vilbel.

Georg Winkler, dachte Yvonne, als sie in den Kaffeeautomaten zwei Münzen steckte und den Knopf für Cappuccino drückte. Ein Plastikbecher fiel herunter in das Ausgabefach und füllte sich erst mit heißer, aufgeschäumter Milch, die dann mit einer dunkelbraunen Flüssigkeit versetzt wurde. Yvonne setzte sich auf einen Stuhl, der in der Besucherecke stand, und versuchte, sich das wenig markante Gesicht wieder in Erinnerung zu rufen, doch es gelang ihr nicht. Die grauen Haare und der sorgsam gestutzte Bart hatten den Gesamteindruck der Erscheinung dominiert. Außerdem hatten die Verletzungen, die er davongetragen hatte, zu sehr von den anderen Körpermerkmalen abgelenkt. Nur die blauen Augen, die sie so durchdringend fixiert hatten, hätte sie genau beschreiben können.

Ihre Arme zitterten, und dieses Zittern übertrug sich wie eine Wellenfront auf den ganzen Körper. Erstaunt betrachtete sie ihre Hände. Der Kaffee im halb vollen Becher schwappte gefährlich. Yvonne atmete flacher und hektischer, der Puls begann zu rasen. Das war kein epileptischer Anfall, der sich mit einer Aura ankündigte. Sie stellte den Becher ab, stieß ihn aber dabei um, sodass sich die hellbraune Flüssigkeit auf dem Tisch verbreitete, wo sie von den abgegriffenen Zeitschriften aufgesogen wurde. Blicke richteten sich auf sie.

Yvonne griff nach der Tasche, die ihr Florian gebracht hatte und in der ihre Habseligkeiten verstaut waren. Sie stand mit einer ruckartigen, steifen Bewegung auf, wobei sie beinahe über das bandagierte ausgestreckte Bein eines Mannes gestolpert wäre, der ihr gegenübersaß.

Yvonne murmelte eine Entschuldigung und hastete durch die Glastür hinaus ins Freie, wo die heiße Sommerluft sie augenblicklich umfing. Die Sonne brannte hell von einem blauen Himmel, und für einen kurzen Moment war sie wieder bei dem kleinen toten Mädchen, das ausgestreckt auf dem Bauch an diesem klaren See lag, eine von dicken Fliegen befleckte Unschuld. Jetzt glaubte sie sogar, den Geruch der Verwesung riechen zu können, schwer und braun und drückend. Speichel sammelte sich in ihrem Mund. Yvonne schluckte ein paarmal, dann übergab sie sich neben einem Mülleimer an einer Straßenecke, verspürte aber keine Erleichterung.

Keuchend wischte sie sich den Mund ab. Sie taumelte weiter, spuckte noch einmal aus und suchte im Seitenfach ihrer Tasche nach Tic Tacs oder einem Pfefferminzbonbon, doch natürlich hatte sie weder das eine noch das andere dabei. Es war lange her, dass sie eine dieser scheinbar grundlosen Panikattacken heimtückisch von hinten angefallen hatte, doch alte Bekannte machten gerne Überraschungsbesuche.

Yvonne wankte auf den Taxistand zu und stieg in einen Mercedes. Aus dem Radio plärrte die Liveübertragung eines Vorrundenspiels, die auch nicht leiser gedreht wurde, als sie sich auf den Rücksitz fallen ließ.

»In die Souchaystraße«, sagte sie. Der Fahrer beäugte sie kurz im Rückspiegel und schaltete das Taxameter ein.

Der Weg war nicht weit, eigentlich sogar eine Kurzstrecke, aber Yvonne sah sich nicht in der Lage, die wenigen Hundert Meter zu Fuß zurückzulegen, obwohl sie sich das eigentlich vorgenommen hatte. Drei Minuten später bezahlte sie zehn Euro, wobei sie noch ein deftiges Trinkgeld drauflegte, und stieg aus.

Im Gegensatz zu anderen Teilen der Stadt war dieses Viertel Sachsenhausens eine mehr oder weniger fußballfreie Zone. Nur einige Autos waren geschmückt, und die Balkone, von denen schwarz-rot-goldene Fahnen hingen, konnte man an den Fingern einer Hand abzählen.

Yvonne schloss die Haustür auf und betrat das Treppenhaus. Leise stieg sie die knarrenden Stufen hinauf zu ihrer Wohnung, die im ersten Stock lag. Sie war froh, dass sie damals nicht unters Dach gezogen waren, obwohl dort die Wohnung zwei Zimmer mehr hatte. Einmal hatten sie sich diesen Luxus auch mit Roberts Gehalt nicht leisten können, und zum anderen waren sechs Stockwerke in einem Altbau nicht zu unterschätzen, wenn man seine Einkäufe hinaufschleppen musste.

Yvonne konnte sich erstaunlicherweise noch an die Besichtigung erinnern, doch dass sie dann die kleinere Wohnung im ersten Stock genommen hatten, davon zeugte nur noch ihrer beider Unterschrift auf dem Mietvertrag. Da, wo normalerweise die Erinnerung an den Umzug hätte sein müssen, war nichts mehr. Noch nicht einmal ein schwarzes Loch. Wie so viele andere Dinge in ihrem Leben war auch diese Zeit einfach ausgelöscht worden.

Im Prinzip war ihr Leben wie ein Theaterstück, bei dem man den zweiten Akt gestrichen und den ersten nur unvollständig aufgeführt hatte. Der rote Faden erschloss sich ihr nicht, sosehr sie sich auch anstrengte und auf ihr fragmentarisches Leben zurückschaute. Kaum etwas passte zusammen. Zwar hatte Florian versucht, ihre Gedächtnislücken anhand von Fotos, Filmen und endlosen Gesprächen zu füllen. Aber meist hatte sie das Gefühl gehabt, etwas über das Leben einer Fremden zu erfahren. Einer Frau, die nur zufällig denselben Namen trug und dieselbe Steuernummer hatte.

Es berührte sie nichts. Weder die Bilder vom Urlaub an der Nordsee, als sie eine junge Familie gewesen waren, noch die Briefe, die Yvonnes verstorbener Mann ihr geschrieben hatte, als es noch keine E-Mails gab.

Yvonne hatte lange mit sich gekämpft und überlegt, was sie mit diesen Andenken und Erinnerungen aus zweiter Hand anfangen sollte. Eigentlich hätte sie sie am liebsten weggeworfen, hatte sich aber schließlich mit Florian darauf geeinigt, sie fein säuberlich in Kisten zu packen und im Keller zu verstauen, bis er eine Wohnung hatte, die groß genug für dieses Gerümpel war.

Sie öffnete die Wohnungstür, schloss sie hinter sich ab, schob die vier Riegel vor, die sie nachträglich hatte anbringen lassen, und warf den Schlüsselbund in den Schoß einer Porzellanfigur, die wie Sterntaler ihr Nachthemd ausgebreitet hatte und gen Himmel schaute. Die Tasche ließ sie achtlos unter die Garderobe fallen. Yvonne zog ihre Schuhe aus und tappte ins Wohnzimmer, wo sie die Jalousien so weit herunterließ, bis nur noch ein dämmeriges Zwielicht in die Wohnung fiel.

Einen kurzen Moment überlegte sie, Florian anzurufen, doch dann entschied sie sich, ihm stattdessen eine SMS zu schicken, dass sie wieder zu Hause sei und es ihr gut ginge. Natürlich würde er ihr das nicht glauben, aber Yvonne hatte keine Lust, am Telefon ihren Gesundheitszustand mit ihm zu diskutieren.

Sie ging in die Küche, die so aufgeräumt war, dass man sie für einen Möbelkatalog hätte fotografieren können, und nahm ein Glas aus dem Schrank. Das Wasser, das aus dem Hahn lief, war wegen der sommerlichen Hitze lauwarm. Mit Ausnahme des Krankenhausfrühstücks hatte sie heute noch nichts gegessen. Mit dem halb leeren Glas in der Hand stand sie unentschlossen vor dem geöffneten Kühlschrank, der bis auf einige Becher Joghurt und eine abgelaufene Packung Putenbrust in Scheiben leer war.

Yvonne kippte den Rest des Wassers in den Ausguss, wischte die Spüle mit einem Lappen trocken und stellte das Glas in die Spülmaschine. Dann ging sie ins Bad und schnitt sich die Haare ab.

Sie hatte nie die Narbe gesehen, die die Kugel hinterlassen hatte. Als sie aus dem Koma erwacht war, waren die Haare bereits zu sehr nachgewachsen. Man konnte zwar die Verdickung und die Unebenheiten im Schädelknochen ertasten, aber von außen waren keine Spuren zu entdecken.

Strähne für Strähne fiel ins Waschbecken, Stück für Stück arbeitete sie sich zum Grund der Dinge vor. Als die Haare nur noch borstige Stoppeln waren, verteilte sie Rasiergel auf dem Kopf und ließ ihren Ladyshave den Rest der Arbeit erledigen. Die Kopfhaut brannte, als sie sie mit einem Handtuch abwischte. Yvonne war enttäuscht, als sie die kleine Erhebung über dem rechten Ohr sah, die so harmlos, so unbedeutend wie eine Hautveränderung aussah.

Doch darunter löste sich das, was ihre Persönlichkeit, ihr Wesen, ihren Charakter ausmachte, langsam auf.

Sie hatte einmal gelesen, dass das Gehirn die Konsistenz von weicher Butter hat. Diese Butter schien jetzt von innen heraus zu schmelzen. Erstaunt stellte Yvonne fest, dass sie weinte. Sie nahm sich ein Stück Klopapier und schnäuzte sich die Nase. Sie würde sterben.

Nüchtern ging sie noch einmal alle möglichen Optionen durch. Es war eine ganz einfache Rechnung.

Entweder konnte sie den Dingen ihren Lauf lassen, doch dazu hatte sie nicht die Kraft. Das wusste sie.

Oder sie konnte die Sache beschleunigen und selber in die Hand nehmen. Wenn sie diesen Weg ging, musste sie sich vielleicht beeilen, denn Yvonne wusste nicht, wie lange sie noch Herrin ihres Verstandes sein würde. Sie konnte sich von einer Brücke stürzen, vor einen Zug werfen, sich erhängen oder aber erschießen. Yvonne war noch immer im Besitz einer Waffe. Das Resultat wäre eine alles andere als schöne Leiche. Nicht, dass sie das gestört hätte, aber sie dachte an die Menschen, die sie finden würden. Yvonne mochte zwar verzweifelt sein, verantwortungslos war sie nicht.

Die dritte Möglichkeit war jene riskante Operation, zu der sie Dr. Baumann schon seit Jahren drängte, deren Erfolg aber mehr als ungewiss war. Jedenfalls hatte sie keine Lust, den Rest ihres Lebens, so lang oder so kurz er auch sein mochte, hilflos in geistiger Umnachtung zu verbringen.

Sie nahm die Haare aus dem Waschbecken und stopfte sie in den kleinen Mülleimer, der neben dem Badezimmerschrank stand. Erst als sie die letzten Strähnen entfernt und das Becken mit einem feuchten Stück Klopapier ausgewischt hatte, zog sie den Stöpsel aus dem Ausguss. Sie fühlte sich müde, so müde, dass sie sich ins Schlafzimmer schleppte und ins Bett legte.

Der Schlaf war ihre Zuflucht geworden, schon seit Langem. Sie wickelte sich in die Bettdecke, schloss die Augen und hoffte, dass sie eventuell nicht mehr aufwachen würde. Es war ein frommer Wunsch, von dem sie wusste, dass er nicht in Erfüllung gehen würde.

Die Hölle ist schwarz wie die Nacht, die ich ein weiteres Mal schlaflos verbringe. Astrid und ich haben uns gestritten. Im Gegensatz zu ihr muss ich über Julia sprechen, über ihr Lachen, das mir fehlt, ihre altkluge Art, in der sie mit uns redete. Wie sie sich morgens immer ihre Nutellabrote schmierte und dabei unentwegt plapperte und lachte, weil sie sich auf den Tag freute, der auf sie wartete. Ihre Bemühungen, erwachsen zu sein und dabei doch Kind zu bleiben.

Zehn Jahre ist ein wunderbares Alter. Man glaubt noch an Wunder, fühlt sich unsterblich und voller Leben. Sicher und geborgen.

Unter der Woche war es schwer, sie zu wecken, aber am Wochenende war Julia immer vor uns auf, krabbelte in unser Bett und scherte sich einen Teufel darum, ob wir noch schlafen wollten oder nicht. Dann erzählte sie uns von ihren Träumen, die sie in der Nacht hatte.

Noch vor zwei Tagen waren diese Nächte ohne Schrecken gewesen, sondern nur lange Pausenzeichen zwischen sonnenhellen Tagen, die alles versprachen und für Julia alles hielten. Sie war ein groß gewachsenes Mädchen, lange Beine und kurze Arme. Kastanienbraunes Haar, das nach einer sorglosen Kindheit roch. Mit Augen, denen nichts entging. Immer suchte sie Nähe, warmen Körperkontakt und schenkte kindliche Zuneigung. Sie wusste, dass sie die Sonne war, um die wir uns drehten, in deren Schein wir glücklich waren. All das will ich Astrid sagen, doch sie hört nicht zu, sondern weint und sagt, ich solle endlich still sein. Sie könne es nicht ertragen. Ich frage sie, was sie nicht ertragen könne. Wir liegen auf unserem Bett, jeder auf seiner Seite. Als sie mir keine Antwort gibt, frage ich, warum sie nicht mit mir sprechen will.

Sie antwortet nur, dass sie es unerträglich findet, wenn ich von Julia spräche, als sei sie schon tot.

In dieser Nacht, der zweiten ohne Schlaf, sind wir allein im Haus. Wieland ist schon am Nachmittag gefahren, kurz nachdem Astrid zur Presse gesprochen hat. Er wollte suchen helfen. Meine Eltern wurden von Astrid in ein Hotel einquartiert, nicht weit von unserem Haus entfernt. Auch diesen Bertram, der uns eigentlich zur Seite stehen sollte, hat sie rausgeschmissen, nachdem er den ganzen Tag versucht hat, mit uns ins Gespräch zu kommen.

Eigentlich hat Astrid alle vergrault, so als wolle sie mit sich und ihrem Schmerz allein sein.

Ich hingegen muss reden, Worte für all das Unaussprechliche finden, das ich empfinde. Meine Tochter ist da draußen, allein, voller Angst. Und mit ihr ein Teil von mir.

Ich stehe auf und hätte am liebsten laut geschrien, denn ich erkenne meine Frau nicht mehr wieder. Wir befinden uns im selben Haus, im selben Raum, und trotzdem fühle ich mich allein wie noch nie in meinem Leben.

Doch ich bin zu erschöpft. Ich will nicht mehr streiten. Ich will endlich wieder meine Tochter in den Armen halten.

Ich gehe hinauf in mein Atelier, schalte den Rechner ein und erstelle ein neues Suchplakat, drucke es hundertmal aus, nehme eine Rolle Klebeband und verlasse das Haus. Es ist früher Morgen.

Die Journalisten haben sich verzogen. Nur das Polizeiauto steht noch am Straßenrand. Ich schwinge mich auf mein Fahrrad und beginne, die Zettel an Laternenpfähle, Stromkästen und Plakatwände zu kleben. Ich begegne keinem Menschen. Die Straßen sind wie ausgestorben. In der Ferne rauscht die Autobahn. Es klingt, als hätte die Nacht einen Tinnitus.

Ich fahre nach Mühlheim, Dietesheim und in alle angrenzenden Orte. Bald sind die Zettel aufgebraucht. Ich ärgere mich, dass ich nicht noch mehr ausgedruckt habe. Also radele ich zurück nach Hause und spüre einen stechenden Schmerz in meiner Brust.

Nach Hause.

Eigentlich will ich nirgendwo sein.

Ich halte an einer Tankstelle, die zu dieser frühen Stunde schon geöffnet hat, und kaufe die neuesten Tageszeitungen. Von den überregionalen Blättern hat keines etwas über das Verschwinden meiner Tochter geschrieben. Alle anderen bringen die Meldung erst auf der zweiten Seite, wenn nicht sogar im Lokalteil. Da ist sie allerdings ein großes Thema. Ansonsten gibt es interessantere Dinge. Die WM verdrängt alles. Scheiß Fußball. Ich habe diese stumpfe Kickerei noch nie gemocht. Kinder verschwinden, Menschen werden getötet, die Welt wird von Katastrophen heimgesucht, aber wichtig ist nur, wie die deutsche Mannschaft gespielt hat.

Die Luft ist kühl und angenehm frisch so kurz vor Sonnenaufgang. Lastwagen dröhnen auf der B43 Richtung Autobahn.

Ich merke, dass ich nicht auf direktem Weg zurückfahre, sondern Umwege nehme, Orte aufsuche, die nichts mit Julia zu tun haben, um den Schmerz zu lindern, der mich innerlich versteinern lässt. Ich fahre über Feldwege und Landstraßen, durch Orte, die gerade erst erwachen, während ich immer müder werde. Bei einer Bank unter einer weit ausladenden Buche, die die Kreuzung zweier Feldwege markiert, steige ich ab. Es ist die Station eines Kreuzweges. Gott kümmert sich nicht um seine Geschöpfe. Was für eine Scheiße. Jeder Herr geht besser mit seinem Hund um. Ich lasse mein Fahrrad ins Gras fallen, setze mich unter die Buche und lehne mich an den Stamm. Der Wind rauscht in den Blättern. Die Sonne kriecht über den Horizont. Kein Mensch weit und breit. Zum ersten Mal seit Julias Verschwinden komme ich zur Ruhe. Die Augen fallen mir zu. Ich schlafe ein und träume.

Träume von Julia, die den Feldweg vom Wald herunterkommt. Sie trägt ein rotes T-Shirt, abgeschnittene Jeans, rote Turnschuhe. Der Kies knirscht unter ihren Sohlen. Sie verlangsamt ihren Schritt und bleibt schließlich stehen, als sie mich erblickt. Sie sieht aus, wie ich sie für den Rest meines Lebens in Erinnerung behalten werde. Doch ihr Gesicht ist anders. Ihre Augen blicken mich erwachsen an.

»Hallo, Papa«, sagt sie und runzelt die Stirn.

»Hallo, Schatz.«

Wir sehen einander schweigend an. »Wohin gehst du?«, frage ich schließlich.

Julia zuckt mit den Schultern und streicht sich eine Strähne aus dem Gesicht, die der Wind dorthin geweht hat.

»Wann kommst du nach Hause?«, will ich wissen. Ich spüre die raue Rinde in meinem Rücken und die Wurzeln, auf denen ich sitze. Das Korn steht hoch dieses Jahr.

Julia schaut mich an, als hätte ich noch nicht bemerkt, dass alle Chancen verspielt sind. »Ich glaube nicht, dass ich wiederkommen werde«, sagt sie. »Ich habe jetzt ein neues Leben. Eines ohne euch.«

Ich beginne zu weinen, schluchze hemmungslos und will meinen Arm ausstrecken, aber ich kann mich nicht bewegen. »Warum lässt du uns alleine?« Es ist die einzige Frage, die mich interessiert.

Julia zuckt erneut mit den Schultern und blinzelt in die Sonne, die auf einmal hoch am Himmel steht. »Es wird heiß heute. Ich muss weiter.« Und sie geht.

Ich weine jetzt wie noch nie in meinem Leben. Meine Seele ist eine einzige offene Wunde, die blutet, blutet, blutet. Ich sitze unter dem Baum und kann nicht aufstehen. Ich rufe ihren Namen. Julia. Ich schreie ihn, bis meine Stimme nur noch ein Kreischen ist.

Julia dreht sich nicht um. Als sie hinter der Kuppe des Hügels verschwindet, erwache ich.

Es dauert fünf, sechs Herzschläge, bis ich weiß, wo ich bin. Es ist warm im Schatten und heiß in der Sonne. Ich wische mir mit dem Handrücken über das Gesicht und sehe die Tränen. Dann blicke ich auf meine Uhr. Es ist kurz vor halb drei. Fluchend kämpfe ich mich auf die Füße. Ich habe mehr als acht Stunden geschlafen! Mit wackeligen Beinen setze ich mich auf mein Fahrrad und lasse mich den Hügel hinabrollen, hinter dem Julia in meinem Traum verschwunden ist.

Eine Stunde später biege ich in unsere Straße ein. Mehr Menschen als sonst haben sich versammelt. Die Presse ist wieder da. Die Polizei hat jeden freien Parkplatz zugestellt. Irgendetwas liegt in der Luft. Als mich jemand sieht und ruft und mit dem Finger auf mich zeigt, richten sich alle Blicke und Kameras auf mich. Schumacher kommt auf mich zugerannt, damit er vor den anderen bei mir ist.

»Wo haben Sie gesteckt?«, fragt er mich atemlos. Schweißperlen glitzern auf seiner breiten Stirn, sein Kopf ist hochrot, als würde sein Herz schneller schlagen, als ihm guttut. »Wir haben überall nach Ihnen gesucht.«

»Ich habe Suchplakate aufgehängt«, sage ich und sehe in die Gesichter der Leute, die keine zwanzig Meter entfernt von mir herüberstarren. Mein Herz setzt für einen langen, sehr langen Moment aus. Das Blut weicht aus meinem Gesicht.

»Sie haben sie gefunden?«, frage ich atemlos.

Ich muss nur in Schumachers Augen schauen, und ich weiß die Antwort, bevor er sie mir gibt.

»Sie ist tot«, stelle ich fest. Ich lasse mein Fahrrad los, und es fällt auf die Straße. Das Glas der Lampe zerbricht.

»Ja«, sagt Schumacher.

»Wo?«

»Am Grünen See«, sagt er.

Mein Körper fühlt sich taub an, als wären meine Nerven erfroren. Ich stehe in der Mitte der Straße, und alle sehen zu mir herüber. Die Nachbarn, die Freunde, die Polizisten. Die Journalisten, die immer und immer wieder auf die Auslöser ihrer Kameras drücken. Ich spüre nicht den Boden unter meinen Füßen, als ich zum Haus gehe. Die Menschen machen eine Gasse für mich frei.

Ich zwinge mich dazu, nicht in Tränen auszubrechen. Nicht hier. Nicht vor den anderen.

Schumacher schließt die Haustür hinter mir. Meine Eltern sind da, Wieland, Oliver. Als Astrid mich sieht, springt sie von ihrem Stuhl auf, fällt mir um den Hals und weint. Ich drücke sie. Zum ersten Mal geben wir einander Halt. Alle haben Tränen in den Augen.

Mein Vater sitzt auf der Couch. Jede Farbe ist aus seinem Gesicht gewichen. Er sieht aus, als müsste er seine verbliebene Kraft aufs Atmen konzentrieren.

Wieland ist so verstört, dass er das Glas, aus dem er getrunken hat, immer wieder in seinen Händen dreht. Die Zeit ist in diesem Moment zu einem Block aus Eis gefroren. Alles ist still, als wäre ich alleine in diesem Raum. Nur die Flugzeuge, die verdammten Flugzeuge, fliegen dröhnend über unser Haus hinweg.

»Kann ich sie sehen?«, frage ich mit einer Stimme, die so leise ist, dass ich sie selbst kaum höre.

»Ich weiß nicht, ob das so eine gute Idee ist«, sagt Schumacher, der genauso mitgenommen ist wie wir alle.

»Sie ist in einem Zustand …« Weiter kommt er nicht, denn auch ihm versagt die Stimme.

»Bitte«, flehe ich. »Bitte bringen Sie mich zu ihr.«

Schumacher holt tief Luft und nickt schließlich. »Okay. Ich werde fragen, wann …«

»Jetzt«, sage ich. »Ich möchte Sie jetzt sehen.«

»Steilberg, bitte. Das wird nicht gehen.«

»Dann machen Sie es möglich«, schreie ich ihn an. »Ansonsten erzähle ich draußen der versammelten Presse, dass Sie mich daran hindern wollen, von meiner Tochter Abschied zu nehmen!«

Schumacher zuckt tatsächlich zusammen. Schließlich nickt er knapp und verlässt das Haus.

Ich halte Astrid noch immer im Arm. »Kommst du mit«, flüstere ich in ihr Ohr. Ich spüre, wie sie den Kopf schüttelt.

»Okay«, sage ich nur und streichele ihr übers Haar. »Okay.«

Wir fahren mit einem neutralen Dienstwagen der Polizei nach Frankfurt. Schumacher sitzt am Steuer, ich habe hinten Platz genommen und schaue zum Fenster hinaus. Meine Tochter, mein Kind ist ermordet worden. Ihre Leiche wartet auf mich. Für alle anderen, die wir auf der Autobahn nach Frankfurt überholen, ist heute ein ganz normaler Tag. Sie kehren heim von ihrer Arbeit zu ihren Familien. Zu ihren Kindern. Zu ihrem Leben, das sie haben, während ich in die entgegengesetzte Richtung fahre.

Schumacher schweigt, und es ist gut so. Worüber sollten wir reden? Über Fußball? Seine Tochter, die heute Abend auf ihn warten wird? Oder mich, meine Familie, die keine mehr ist, nie wieder eine sein wird? Astrid möchte Julia gerne so in Erinnerung behalten, wie sie sie das letzte Mal gesehen hat. Aber ich kann immer noch nicht glauben, dass meine Tochter tot ist. Ich muss es mit eigenen Augen sehen, mit meinen eigenen Händen fühlen.

Ich achte nicht auf den Weg, den Schumacher nimmt, noch weiß ich, was unser Ziel ist. Wir fahren durch die Stadt. Menschen tanzen auf den Straßen, schwenken Fahnen, trinken Bier und feiern. Ich schließe die Augen und lehne mich zurück.

Schumacher biegt in die Abfahrt einer Tiefgarage und stoppt den Passat an einer Säule. Er lässt das Fenster herunter, steckt einen Schlüssel in ein Schloss und dreht ihn um. Eine Ampel springt auf Rot, mit einem lauten Rattern fährt ein Rolltor hoch. Erst als die Ampel auf Grün schaltet, löst Schumacher die Bremse und fährt hinunter. Durch das geöffnete Fenster rieche ich Benzin, Gummi und abgestandene Luft. Schumacher steuert den Wagen auf einen Parkplatz und schließt das Fenster. Dann steigt er aus und öffnet die hintere Tür.

Ich frage nicht, wo wir sind. Aber ich weiß in diesem Moment, dass der Polizist mein Führer in die Hölle ist. Wir gehen durch mehrere Brandschutztüren, steigen eine Treppe hinauf und melden uns bei einem Portier an, der offensichtlich schon Bescheid weiß. Wir müssen nicht warten.

Eine Tür wird geöffnet. Ein Mann mit einem weißen

Kittel und beginnender Glatze kommt zu uns. Er sieht aus wie ein Arzt. Doch die Menschen, die zu ihm gebracht werden, können nicht mehr geheilt werden. Ein scharfer Geruch nach Desinfektionsmitteln geht von ihm aus. Er streckt mir die Hand entgegen.

»Herr Steilberg.« Kein herzliches Beileid, keine aufrechte Anteilnahme. Was im ersten Moment vielleicht unhöflich aussieht, wirkt auf mich sehr taktvoll. »Wenn Sie mir bitte folgen würden.«

Wir fahren mit einem Fahrstuhl hinunter, nur einen Stock. Als die Tür aufgeht, weiß ich, wo ich bin. Die Wände sind weiß gekachelt, damit man sie besser reinigen kann. Bahren stehen aufgereiht in einem langen Korridor. Sie sehen nicht bequem aus und sollen es wahrscheinlich auch nicht sein. Helles Neonlicht taucht alles in ein lebloses helles Grün.

Am Ende des Korridors schließt er eine schwere Tür auf, und wir treten in einen kleinen Raum, der außer zwei Stühlen und einem Tisch leer ist. Unsere Sohlen quietschen auf dem gekachelten Boden. Ich muss an ein Schlachthaus denken.

»Wenn Sie hier bitte einen Moment warten würden«, sagt der Mann, der wie ein Arzt aussieht, und verschwindet. Schumacher bleibt bei mir. Wir setzen uns nicht. Ich habe keine Ahnung, wie oft er schon an diesem Ort war und was dieser Keller aus ihm gemacht hat. Jenseits der Tür, hinter der der Mann im weißen Kittel verschwunden ist, befindet sich der Tod. Oder das, was von ihm noch übrig geblieben ist, wenn die Manner und Frauen hier unten ihre Arbeit erledigt haben.

Der Mann im weißen Kittel ist schnell zurück. »Kommen Sie bitte«, sagt er.

Der Raum, den wir betreten, ist so weiß und hell, dass ich für einen kurzen Moment meine geblendeten Augen schließen muss. »Wenn Sie uns etwas mehr Zeit gegeben hätten, hätten wir einen anderen Ort gefunden«, sagt Schumacher.

Ich öffne die Augen und sehe vier Tische, die wie riesige Nirosta-Spülen aussehen. Auf einem liegt ein Körper, klein und zierlich. Ein grünes Tuch ist bis zum Hals hochgezogen. Die Arme und die Hände sind nicht zu sehen. Die rechte Hälfte des Gesichts wurde ebenfalls abgedeckt.

Und so sehe ich nur Julias linkes Ohr, linkes Auge, die Nase und den Mund. Das Gesicht, der Teil, der nicht verhüllt ist, hat eine Farbe, die zwischen Gelb, Grün und beinahe Schwarz wechselt. Der Augapfel ist in der Höhle zusammengesunken, die Brauen sind wie die Wimpern verklebt. Im verfilzten Haar haben sich Laub und trockenes Gras verfangen. Ich schlage die Hand vor den Mund, um das Schluchzen, das mich wie ein Würgeanfall überfällt, zu unterdrücken. Schließlich strecke ich meine Finger aus, um sie zu berühren.

»Bitte tun Sie das nicht«, sagt der Arzt, der keiner ist.

»Ist das Ihre Tochter Julia?«, fragt mich Schumacher.

Ich nicke. »Was ist mit ihr geschehen?«, will ich wissen. »Warum hat ihr Gesicht solch eine Farbe?«

»Es sind Blutergüsse.«

»Ich möchte sie anfassen«, sage ich.

Der Mann im weißen Kittel schaut Schumacher an, der daraufhin sagt: »Ich glaube, wir sollten gehen.«

Ich schüttele den Kopf, energisch, und stoße Schumacher weg. »Ich will mich von meiner Tochter verabschieden! Und ich will wissen, was mit ihr geschehen ist!«

»Das können wir nicht mit Bestimmtheit sagen!«, sagt der Mann im weißen Kittel.

Ich schlucke schwer. »Wurde sie vergewaltigt?«

»Wir haben sie noch nicht untersucht.«

Bevor mich jemand daran hindern kann, greife ich das grüne Tuch, mit dem man meine Tochter zugedeckt hat, das Leichentuch, und ziehe es mit einem Ruck weg. Das zweite, kleinere Tuch, das den Kopf verhüllt, fällt zu Boden.

Ich weiß nicht, wie lange ich schreie. Und ich weiß auch nicht, wer mich alles aus diesem Saal zerrt. Doch was ich nie, nie vergessen werde, ist das, was man meiner Tochter angetan hat.

Es war heiß und drückend schwül. Sand und Steine knirschten unter ihren Füßen, als sie atemlos einen von Bäumen umsäumten Weg entlanghetzte. Yvonne sah an sich hinab. Sie trug eine kurze abgeschnittene Jeans, ein rotes T-Shirt und rote Turnschuhe. Ihr Körper war nicht der einer Frau, sondern der eines heranwachsenden Mädchens.

Angst schnürte ihre Kehle zu, denn sie wusste, dass sie sterben würde, wenn es ihr nicht gelänge, dem Verfolger zu entkommen. Sie wagte es nicht, sich umzuschauen, sondern konzentrierte sich darauf, so schnell wie möglich zu laufen, ohne dabei über die eigenen Füße zu stolpern.

Das Atmen war ein heiseres, jämmerliches Wimmern. Die heiße, trockene Luft brannte in ihren Lungen. Sie gab alles, was sie konnte, und trotzdem wusste sie, dass es nicht genug sein würde. Dass der Verfolger sie schnappen würde, Dinge mit ihr machen würde, die sie sich noch nicht einmal vorstellen konnte.

Ihr Wimmern ging in ein Schluchzen über. Dann stürzte sie, über einen Stein oder ihre Füße, es war egal, denn es war vorbei. Der Mann war über ihr und schlug ihr ins Gesicht. Einmal. Zweimal. Dreimal. Mit der flachen Hand. Mit der Faust. Sie spürte, wie der Stoff ihres

T-Shirts riss. Verzweifelt versuchte sie, sich frei zu strampeln, doch die Schläge hörten nicht auf. Mit einem lauten Schrei schreckte Yvonne hoch.

»Mutter?«, kam es von der anderen Seite der Wohnungstür. »Mutter, ist alles in Ordnung mit dir?«

Yvonne schaute an sich hinab. Der Schweiß ließ ihren nackten, grätendürren Oberkörper glänzen. Irgendwann in der Nacht musste sie sich ihrer Kleidung entledigt haben, weil es so heiß war. Das Kopfkissen war nass, die Bettdecke lag auf dem Boden.

»Mutter, mach auf! Ich weiß, dass du da bist!«

Yvonne keuchte, als sie versuchte, die Bilder des Traumes abzuschütteln, die so real und so schrecklich gewesen waren, dass sie noch immer am ganzen Leibe zitterte. Sie strich sich mit der Hand über das Gesicht und erwartete schon, ein geschwollenes Auge zu spüren, Blut zu ertasten. Aber da war nichts.

»Ich trete gleich die Tür ein!«

»Einen Moment«, rief sie mit möglichst fester Stimme. »Ich muss mir erst etwas anziehen.« Sie stand auf und nahm sich den Bademantel, der an einem Haken an der Tür hing, nahm den Schlüsselbund aus der Sterntalerschale und entriegelte die vier Schlösser, die nur von innen geöffnet werden konnten. Florian riss die Tür auf und erstarrte.

»Oh mein Gott.« Er schaltete das Licht im Flur an. Alle Farbe wich aus seinem Gesicht, als er seine Mutter sah. »Was hast du getan?«

Yvonne blinzelte Florian irritiert an, dann strich sie sich mit der Hand über den kahlen Kopf. Sie errötete.

»Warum in drei Teufels Namen hast du dir die Haare abgeschnitten?«, fragte er.

Sie zuckte mit den Schultern. Wenn sie ehrlich war, wusste sie es auch nicht mehr.

»Was ist bei der Untersuchung herausgekommen? Warum werden deine Anfälle schlimmer?«

Yvonne presste die Lippen aufeinander. »Komm, ich mach uns erst mal einen Kaffee. Wie spät ist es eigentlich?«

Florian drückte die Wohnungstür hinter sich zu. »Kurz nach halb zehn. Du hast das Klingeln des Telefons nicht gehört.«

Sie hatte beinahe achtzehn Stunden geschlafen! Yvonne verriegelte die Schlösser und legte den Bund wieder Sterntaler in den Schoß. »Ich war müde. Hast du meine SMS nicht gelesen?«

»Doch. Natürlich.«

»Na also, wo ist das Problem? Willst du überhaupt einen Kaffee?«

Florian schnaubte ungläubig, als er seiner Mutter in die Küche folgte. Yvonne nahm zwei Tassen aus dem Schrank und stellte sie unter den Kaffeeautomaten. Florian setzte sich an den Küchentisch und rieb sich müde die Augen. »Hat man dir im Krankenhaus die Haare abgeschnitten?«

»Nein, das war ich selbst.« Sie drückte einen Knopf, und die Saeco erwachte zum Leben.

»Was ist bei der Untersuchung herausgekommen? Sag es mir verdammt noch mal, ich bin kein kleines Kind mehr.«

»Espresso oder Cappuccino?«

Florian schlug mit der flachen Hand so laut auf den Tisch, dass Yvonne zusammenzuckte. Einen langen Moment schaute sie ihren Sohn an. »Sie haben einen Hirnabszess entdeckt. Man hat mir zwar ein Antibiotikum verschrieben, aber keiner weiß, ob es helfen wird.«

»Kann man ihn operieren?«, fragte Florian.

»Genauso wenig, wie man die Kugel aus meinem Kopf entfernen kann, ohne dass die Gefahr besteht, dabei zusätzlichen Schaden anzurichten«, sagte Yvonne.

Florian rang nach Worten. »Und du sagst das einfach so, als müsstest du einen Wagen verschrotten, weil er sich nicht mehr reparieren lässt?«

»Wie soll ich es sonst sagen? Soll ich heulen und mich auf den Boden werfen? Mir die Haare raufen?« Sie strich sich über die Glatze.

»Du könntest kämpfen, wie wäre es damit?«, sagte Florian. »Früher hast du nie so schnell aufgegeben.«

»Früher war eine andere Zeit«, antwortete Yvonne kühl. »Eine andere Zeit mit anderen Menschen.«

»Oh bitte, schieb nicht alles auf deine Scheißkugel im Kopf!«, fuhr Florian sie an. »Sie ist mittlerweile eine wunderbare Entschuldigung für alles geworden. Du hast es dir bequem gemacht, dich mit ihr eingerichtet.«

»Florian ...«

»Nein, jetzt hörst du mir einmal zu.« Seine Stimme wurde laut. »Ich weiß nicht, warum du mich so aus deinem Leben ausschließt, als wäre ich eine Belastung für dich. Vielleicht denkst du, du musst mich vor irgendetwas beschützen.«

»Florian!«

»Ich könnte besser damit umgehen, wenn du ehrlich zu mir wärst und aufhören würdest, diese beschissenen Spiele zu spielen. Weißt du, ich reiß mir den Arsch für dich auf, mache mir Sorgen um dich, und das Einzige, was ich von dir höre, sind diese Sprüche. Ich kann sie nicht mehr hören, verstehst du mich?«

Er stand auf.

»Schau dich doch einmal an!« Er packte sie bei den Schultern und drehte sie so um, dass sie in den Spiegel schauen konnte, der im Flur neben der Garderobe stand. »Du hast dich aufgegeben!«

Yvonne riss sich los. »Ich habe keine Kraft mehr«, schrie sie ihn an und trommelte mit ihren knochigen Fäusten gegen seine Brust. Florian packte sie bei den Handgelenken. Erst als der Widerstand nachließ, lockerte er den Griff.

»Geh«, sagte sie mit leiser, zitternder Stimme.

Florian zögerte.

»Geh. Bitte.« Sie hielt sich den Kopf und sah zu Boden. Er wandte sich von ihr ab und ging. Erst als er die Tür leise hinter sich zugezogen hatte, brach sie weinend zusammen.

Sie hatte alles verloren: ihren Mann, ihre Erinnerungen, ihre Gesundheit, ihr Leben. Und jetzt schien es, als würde sie auch noch ihren Sohn verlieren. Etwas in ihr schrie sie an, hinter ihm herzulaufen, ihn aufzuhalten und sich bei ihm zu entschuldigen. Aber sie konnte es nicht. Yvonne war innerlich zu Stein erstarrt. Sie setzte sich auf den Küchenstuhl und wartete, bis das Schluchzen ein Ende gefunden hatte. Erst als sie sich wieder gefasst hatte, atmete sie tief durch und wischte sich mit einem Stück Küchenkrepp die Nase ab.

Sie musste raus, die Wohnung verlassen, die auf einmal eng und bedrückend war. Yvonne überlegte, ob sie eine Mütze oder eine Kappe aufsetzen sollte, um ihren kahlen Kopf zu bedecken. Sie hasste es, im Mittelpunkt zu stehen, alle Blicke auf sich gerichtet. Es war schon schlimm genug, wenn sie in der Öffentlichkeit eine ihrer Absencen hatte. Aber mit den abgeschnittenen Haaren war es etwas anderes. Sie gehörte nicht mehr zu den Lebenden, sondern hatte sich auf eine unfreiwillige Reise begeben, die im schlimmsten Fall mit ihrem Tod enden würde.

Yvonne war schon früher ziellos durch die Stadt gestreift, wenn sie es in ihrer Wohnung nicht mehr ausgehalten hatte. Sie hatte ihre Lieblingsorte, wo sie ungestört Menschen beobachten konnte. Das war ihre bevorzugte Art des Zeitvertreibs. Früher hatte sie viel gelesen, die Regale in ihrem Wohnzimmer standen noch immer voller Bücher, deren Inhalt sie längst vergessen hatte, aber für die ihre Konzentration nicht mehr ausreichte.

Einzig in den Gesichtern von Menschen konnte sie noch lesen, und manchmal erzählten sie ihr Geschichten. Wenn diese Geschichten interessant waren, folgte sie der entsprechenden Person. Wahrscheinlich ein Relikt aus der Zeit, als sie noch Polizeibeamtin war. Aber dieses Spiel war immer noch interessanter, als am Mainufer oder in einem Museum die Zeit totzuschlagen.

Yvonne stellte sich dabei geschickt an. Jedenfalls war sie bei dem, was sie Observation nannte, noch nie erwischt worden. Einmal hatte sie einen Mann verfolgt, einen ganzen Vormittag lang, und auf diese Art und Weise sehr viel über ihn erfahren. Sie hatte sich vorgestellt, wie sich sein Leben anfühlte, wenn sie in seiner Haut steckte. Empathie – sie glaubte, so hieß das Wort – war ihre Stärke. Yvonne konnte sich immer noch in fast jede Person hineinversetzen, obwohl ihre eigenen Reaktionen auf die so gewonnenen Erkenntnisse nicht mehr adäquat waren. Sie wusste, wie sich Florian fühlte, sie spürte seine Hilflosigkeit ihr gegenüber, doch die Kugel in ihrem Kopf ließ ihr keine andere Wahl, als ihn abzuweisen und zu verletzen.

Aber heute würde sie das wahllose Verfolgungsspiel nicht spielen. Heute hatte sie ein Ziel.

Nur selten verließ sie das Viertel, in dem sie lebte, oder gar die Stadt. Es fiel ihr immer noch schwer, sich außerhalb der gewohnten Umgebung zu bewegen. Ihre Orientierungsfähigkeit war eingeschränkt, und manchmal verlief sie sich, obwohl sie nur wenige Straßen von ihrer Wohnung entfernt war. Deswegen hatte sie stets einen dieser seltsamen gefalteten Stadtpläne, den sie manchmal an jeder Straßenecke konsultieren musste. Sie hasste es, nach dem richtigen Weg zu fragen. Meist bekam sie sowieso keine brauchbare Antwort. Und wenn doch, hatte sie sie nach wenigen Metern wieder vergessen.

Ihr Kurzzeitgedächtnis war wie das Ruinengelände einer zerbombten Stadt. Wenn es etwas Wichtiges gab, das sie nicht vergessen durfte, trug sie es in ein schwarzes Notizbuch ein. Im Laufe der Jahre hatten sich auf diese Art eine Vielzahl dieser kleinen, in Leder eingebundenen Kladden angesammelt und auf diese Weise ein Kompendium von Tagebüchern gebildet, die weniger wichtige Ereignisse festhielt, sondern eher eine Sammlung von Wegmarken war, die in der Rückschau ein verwirrendes Muster bildeten.

Pläne bestimmten ihr Leben außerhalb der schützenden vier Wände ihrer Wohnung. Stadtpläne. U-Bahn-Pläne. Fahrpläne. Mit ihnen versuchte sie Orientierung in einer Welt zu finden, die nicht mehr die ihre war. Und je weiter sie sich von den Orten entfernte, zu denen sie noch eine Verbindung hatte, desto unruhiger und nervöser wurde sie.

Mit der U-Bahn fuhr sie nur, wenn es sich nicht vermeiden ließ. Mittlerweile hatte sie so viel für Taxifahrten ausgegeben, dass sie sich von dem Geld auch ohne Weiteres hätte ein Auto leisten können. Doch sie hatte den Führerschein abgegeben. Die Gefahr, im Auto einen Anfall zu erleiden, war einfach zu groß. Außerdem hätte sie den dichten Stadtverkehr in Frankfurt niemals mehr bewältigen können.

Yvonne trat vor die Haustür und steckte den Schlüssel in ihre Handtasche. Sie blinzelte in die Sonne und zuckte zusammen, als ein mit Fahnen geschmücktes Auto hupend an ihr vorbeifuhr. Junge Männer im weißen Trikot der deutschen Fußballnationalmannschaft riefen ihr etwas zu, doch sie verstand nicht, was sie brüllten. Dann sah sie das Taxi, das an der Straßenecke auf sie wartete.

Der Fahrer sah sie misstrauisch an, als Yvonne auf dem Rücksitz Platz nahm. Sie ignorierte den Blick und teilte ihm die Adresse mit, zu der er fahren sollte. Von dem, was sie auf dem Krankenblatt hatte erkennen können, wohnte dieser Georg Winkler in Bad Vilbel, einem nördlichen Vorort Frankfurts.

Der Mann drehte den Zündschlüssel um und fuhr los. Doch nach fünfzig Metern steuerte er den Wagen an den Straßenrand.

»Sagen Sie mal, kennen wir uns?«, fragte er.

»Vielleicht. Es ist nicht das erste Mal in meinem Leben, dass ich ein Taxi benutze«, sagte Yvonne.

»Gestern an der Uniklinik habe ich Sie mitgenommen. Kann das sein?« Er hatte sich jetzt zu ihr umgedreht und musterte sie unverhohlen. Der Mann war vielleicht zehn Jahre jünger als sie. Sein dichtes, kurz geschnittenes braunes Haar ergraute bereits an den Schläfen. Ein leichter Bauch wölbte sich unter einem blauen T-Shirt, das eine Spur zu eng war. Zu viel schlechtes Essen, zu wenig Bewegung.

»Ja, das kann sein«, erwiderte Yvonne und wich seinem Blick aus. Sie gab vor, etwas in ihrer Handtasche zu suchen. »Könnten wir jetzt bitte weiterfahren?«

»Natürlich«, sagte der Mann. Mit einem kaum wahrnehmbaren Motorengeräusch setzte sich der Mercedes wieder in Bewegung. »Stört es Sie, wenn ich das Radio einschalte?«

»Nein«, sagte sie und schaute zum Fenster hinaus, als sie den Livekommentar eines Fußballmatches hörte. Es war irgendein unbedeutendes Vorrundenspiel, Serbien gegen Ghana. Sie überquerten den Main und fuhren die Konrad-Adenauer-Straße hinauf, bis sie die Friedberger Landstraße erreichten. Als sie an einer Kreuzung halten mussten, suchte der Fahrer im Rückspiegel ihren Blick.

»Was?«, fragte Yvonne gereizt.

»Nichts«, sagte der Mann und richtete den Blick wieder auf die Straße. Die Ampel sprang auf Grün, und er gab Gas.

Yvonne verfluchte sich innerlich, sie hätte doch eine Kappe aufsetzen sollen. Mit dem kahl geschorenen Kopf lenkte sie alle Blicke auf sich. Sie durchwühlte ihre Handtasche in der Hoffnung, dass in einer der vielen Seitenfächer noch ein Halstuch war. Tatsächlich fand sie einen Seidenschal, den sie im Winter immer als eiserne Reserve mitgenommen hatte. Sie wickelte ihn umständlich um den nackten Schädel und band ihn im Nacken zusammen, doch er war zu schmal, als dass er ihren Kopf komplett hätte bedecken können. Wütend stopfte sie das Tuch wieder zurück in die Tasche und starrte zum Fenster hinaus. Sie schloss die Augen. Durch die geschlossenen Lider nahm sie das Wechselspiel von Licht und Schatten wahr. Etwas begann in ihrem Kopf zu summen, wie die Ahnung einer Aura. Sie wusste, dass rhythmisch pulsierendes Licht einen epileptischen Anfall auslösen konnte, also rutschte sie auf die andere Seite des Rücksitzes, der im Schatten lag.

Eigentlich war es kompletter Unsinn, was sie da tat. Die Visionen des Kindes, die sie gehabt hatte, mochten sich zwar beängstigend real angefühlt haben. So beängstigend wie der Blick des Mannes, der ihr in der chirurgischen Ambulanz des Krankenhauses gegenübergesessen hatte. Sie wusste aber auch, dass ihre Erkrankung manchmal zu einer übersteigerten Wahrnehmung führte. Dann nahm sie Farben intensiver wahr, Gerüche, Geräusche.

Alles bekam in diesen Momenten eine neue, tiefere Bedeutung, die sich ihr aber nie erschloss.

Immer mehr kam es Yvonne absolut töricht vor, was sie tat. Am liebsten hätte sie den Fahrer angewiesen, umzukehren und sie zurück in die Souchaystraße zu bringen. Aber jetzt war es zu spät, sie hätte sich lächerlich gemacht.

Sie hatten Bad Vilbel erreichte, und das Taxi bog rechts ab. Vor einem Haus in der Bergstraße hielt es. Der Fahrer drehte sich zu ihr um.

»Wir sind da«, sagte er. »Macht 27,60 Euro.«

Yvonne schaute zum Fenster hinaus und betrachtete das Mehrfamilienhaus. Es war alt, bestimmt vierzig Jahre. Aber alles war gepflegt und passte in dieses Vorortidyll.

»Würde es Ihnen etwas ausmachen, fünf Minuten auf mich zu warten?«

Der Fahrer zuckte mit den Achseln. »Wenn Sie sich nicht aus dem Staub machen.«

Yvonne hielt ihre Handtasche so hoch, dass er sie sehen konnte, und warf sie ihm auf den Beifahrersitz. Dann stieg sie aus.

Vier Parteien wohnten in dem grau gestrichenen Haus mit den pfirsichfarbenen Balkonen. Der Vorgarten war gepflegt, aber einfallslos bepflanzt. Yvonne öffnete das kleine schmiedeeiserne Tor und stieg die Treppe zur Haustür hinauf, wo sie einen Blick auf die Klingelschilder warf. Ursprung, Brandt, Eisenstein und Arnold. Kein Winkler. Kurz entschlossen drückte sie den untersten Knopf. Fünf Sekunden später summte der Öffner, und sie stieß die Tür auf. Kühle Treppenhausluft schlug ihr entgegen. Eine ältere Dame hatte ihre Wohnungstür geöffnet und schaute Yvonne an, als wäre sie ein Kalb mit zwei Köpfen.

»Entschuldigen Sie bitte die Störung, aber ich habe eine Frage, die Sie mir vielleicht beantworten können.«

Die alte Dame nickte stumm und konnte den Blick nicht von Yvonnes Glatze wenden.

»Ich suche einen Georg Winkler.«

Die alte Dame blinzelte, als wäre sie gerade aus einer Trance erwacht. »Wie, sagten Sie, war der Name?«

»Winkler. Georg Winkler.«

»Der wohnt hier nicht.«

»Sind Sie sich da sicher?«

»Natürlich bin ich mir das«, sagte die alte Dame, und es klang beinahe entrüstet. »Ich lebe jetzt schon mein halbes Leben hier in diesem Haus. Glauben Sie mir, ich weiß, wer hier wohnt.«

Ja, das glaube ich auch, dachte Yvonne. Und wer die Kehrwoche nicht einhält, den meisten Dreck macht und das Kellerfenster im Winter nicht schließt. »Vielleicht hat man mir nur die falsche Hausnummer gegeben.«

»Nun, vielleicht ist ja die ganze Adresse falsch«, sagte die Frau. »Wenn hier in der Straße ein Georg Winkler wohnte, wäre er mir bekannt. Wie soll er denn aussehen?«

»Graue Haare, grauer Bart, blaue Augen. Um die sechzig Jahre alt. Ein Meter fünfundsiebzig groß, stämmige, leicht untersetzte Figur. Sieht ziemlich mitgenommen aus, so als wäre er in eine Schlägerei geraten. Die linke Hand ist bandagiert. Als ich ihn das letzte Mal sah, trug er eine beige Hose und ein kariertes Hemd.«

Die Frau schüttelte erneut den Kopf, diesmal energischer. »Kenne ich nicht. Habe ich nie gesehen.« Sie starrte wieder Yvonnes Glatze an. »Sind Sie von der Polizei oder was?«

»Nein, bin ich nicht. Entschuldigen Sie bitte die Störung«, sagte Yvonne. Sie drehte sich um und ging.

»Und was wollen Sie dann?«, rief ihr die alte Frau hinterher.

Yvonne riss die Haustür auf und trat hinaus in das gleißende Sonnenlicht. Trotzdem fühlte sie eine kribbelnde Kälte, die ihre Füße und Hände ertauben ließ. Sie atmete flach und schnell. Hinter ihr fiel mit einem Klacken die Tür ins Schloss.

Alles schien auf einmal ganz weit weg zu sein, so als wenn man durch das falsche Ende eines Fernglases schaut. Sie blickte nach unten. Vorsichtig setzte sie den rechten Fuß auf die erste Stufe, die hinabführte. Die linke Hand stieß gegen etwas Hartes. Das Treppengeländer. Sie wusste, gleich wird es geschehen, doch irgendwie war es ihr gleichgültig. Es gab kein Oben und Unten mehr, sie spürte nicht, wie die Welt sich auf den Kopf stellte, der Absatz ihres Fußes die marmorne Kante verfehlte. Alles, was sie in diesem Moment ausmachte, schnurrte zu einem nadelfeinen Punkt zusammen, der nur aus Bewusstsein, aber nicht mehr aus Persönlichkeit bestand.

Wieder roch sie die Waldluft, hörte sie, wie die Dünung des Sees gegen einen Felsen plätscherte. Das Mädchen lag auf dem Bauch, den Kopf zur Seite gewandt, das eine verbliebene Auge weit aufgerissen. Wie in einer endlosen, unaufhaltsamen Kamerafahrt bewegte sich Yvonnes

Blick auf die Pupille zu, die so trübe war, dass sich nichts mehr in ihr spiegelte. Dann nahm die Iris eine andere Farbe an, wechselte von braun zu blau, einem Blau von der Farbe des Himmels, der sich über diesen ganz und gar nicht schönen Tod spannte. Und dieser Tod hatte Augen, kalte Augen, erbarmungslose Augen. Sie gehörten zu einem anderen Gesicht. Zum Gesicht eines Mannes, des Mannes, den Yvonne nur einmal gesehen hatte. Sein Anblick hatte ausgereicht, um etwas in ihr auszulösen. Diese Vision von sommerlichem Sterben.

Tote Blätter auf unschuldiger Haut.

Dieser Mann und dieses Mädchen standen sich nahe, sehr nahe. Zu nahe, als dass alles ein Zufall sein könnte. Wenn sie erwachte, würde Yvonne nicht mehr wissen, wie dieses Gesicht aussah, das überhaupt keine Merkmale aufwies, an die man sich erinnern konnte.

Mit Ausnahme natürlich der Augen.

Doch jetzt, wo sich das Bewusstsein von ihrem Körper gelöst hatte, sah sie den Mann so deutlich, so überdeutlich, dass jedes Haar, jede Falte spitz und scharf wie ein kaltes Messer war. Sie versuchte, von diesen Zügen ein Gedächtnisbild zu machen, ein Erinnerungsfoto in des Wortes ursprünglicher Bedeutung, sodass sie sich, wenn der Anfall nachließ, nur noch hinsetzen und es zu Papier bringen musste. Lange starrten sie sich an. Zeit existierte nicht.

Alles dauerte ewig und eine Sekunde.

Yvonne schritt um ihn herum, obwohl sie Angst hatte, dass der Mann sie angreifen und verletzen könnte. Aber das war natürlich Unsinn, denn dies war ja nicht die reale

Welt, die Ecken und Kanten und Zähne hatte, an denen man sich verletzen konnte, sondern dies war ein imaginärer Ort in ihrem Kopf. Einer der wenigen, der nicht von der Kugel in Mitleidenschaft gezogen worden war. Und trotzdem flackerte die Erscheinung vor ihrem inneren Auge auf, wurde unscharf und löste sich dann in ein allumfassendes Weiß auf. Das Geräusch, das sie dabei zu hören glaubte, erinnerte an reißenden Stoff.

Yvonne schlug die Augen auf. Und sah ein Gesicht, das sich über sie beugte.

»Alles in Ordnung mit Ihnen?«, fragte der Taxifahrer erschrocken.

Yvonne nickte und versuchte etwas zu sagen, wusste aber natürlich, dass sie noch etwas warten musste, bis ihr die Stimmbänder wieder gehorchten.

»Ich glaube, es ist wohl besser, wenn ich einen Krankenwagen rufe«, sagte er und richtete sich auf.

Yvonne schüttelte energisch den Kopf.

Der Mann sah sie überrascht an. »Natürlich werde ich das tun! Haben Sie eine Vorstellung davon, wie Sie aussehen?«

Yvonne nickte.

Der Taxifahrer zögerte und blieb unentschlossen stehen. Yvonne hob matt eine Hand. »Bitte«, krächzte sie. »Bitte keinen Krankenwagen.«

»Haben Sie so etwas öfter?« Der Taxifahrer ging neben ihr in die Hocke und half Yvonne, sich aufzusetzen. Sie sah, wie sich im Erdgeschoss die Küchenvorhänge bewegten.

Yvonne war noch immer nicht in der Lage, eine vernünftige Antwort zu geben. Sie packte den Arm des Mannes und ließ sich von ihn hochziehen. »Es ist alles gut«, flüsterte sie und versuchte sich an einem Lächeln.

»Das können Sie Ihrem Arzt erzählen, aber nicht mir.« Der Mann wollte sie zum Auto führen, doch Yvonne wehrte sich, so gut es ihr schwacher Zustand erlaubte.

»Kein Arzt. Kein Krankenhaus.«

Der Mann sah sie eindringlich an. »Okay«, sagte er schließlich. »Also dann kein Krankenhaus.«

Diesmal nahm sie auf dem Beifahrersitz Platz. Der Fahrer schlug die Tür zu, ging um den Wagen herum, setzte sich hinter das Lenkrad und schnallte sie an, denn Yvonnes Finger waren noch immer steif und zittrig.

Erst jetzt fielen ihr die Einzelheiten an dem Mann auf. Er war dünn und kräftig. Seine sehnigen Arme waren stümperhaft tätowiert, so als hätte jemand im Vollrausch eine Stricknadel missbraucht. Yvonne erkannte ein Kreuz mit einer nicht identifizierbaren Jahreszahl, mehrere ineinander verschränkte Muster und drei Punkte zwischen Daumen und Zeigefinger der rechten Hand. Nichts hören, nichts sehen, nichts sagen, schoss es ihr durch den Kopf. Sie hatte keine Ahnung, warum sie das auf einmal wusste, aber sie war sich sicher, dass der Mann eine Knastkarriere hinter sich hatte. Es musste irgendein dunkles Wissen aus ihren Jahren bei der Polizei sein, das ihr das sagte. Yvonne betrachtete sein verlebtes Gesicht. Es war unmöglich zu sagen, wie alt der Mann war. Zwischen 35 und 50 war alles drin. Das Gesicht hatte die faltige Haut eines Menschen, die viel Zeit im Freien verbracht hatte, und das bei jedem Wetter. Das ergrauende

Haar war sorgfältig geschnitten, das Kinn glatt rasiert. Sein Mund bewegte sich und zeigte zwei Reihen Zähne, die so falsch wie ebenmäßig waren. Er sagte etwas, doch Yvonne verstand ihn nicht.

»Soll ich Sie zurück nach Hause fahren?«, wiederholte er seine Frage.

»Ich weiß nicht«, antwortete sie. Ein pelziger Geschmack im Mund ließ ihre Zunge taub und schwer werden. »Haben Sie vielleicht etwas zu trinken für mich?«

Er schüttelte den Kopf. »Aber ich habe auf dem Weg hierher in der Nähe eine Trinkhalle gesehen. Dort können Sie eine Flasche Wasser kaufen.« Er startete den Motor und fuhr los. Yvonne lehnte den Kopf an die kühle Fensterscheibe und schloss die Augen. Ihr war hundeelend. Durch die geschlossenen Lider nahm sie wieder das Wechselspiel von Licht und Schatten wahr und wandte das Gesicht ab. Immer wieder blitzten Bilder vor ihrem inneren Auge auf. Der Mann. Und das tote Mädchen. Yvonne wurde übel. Sie betätigte den Fensterheber, damit frische Luft ins Wageninnere gelangen konnte.

Der Mann stellte den Mercedes in einer Taxibucht ab, schaltete den Taxameter aus und öffnete nach einem kurzen Blick über die Schulter die Fahrertür. Dann ging er zu einem kleinen Büdchen, wo er zwei Flaschen Wasser kaufte.

»Hier«, sagte er und reichte ihr eine geöffnete Flasche durch das Beifahrerfenster. Yvonne trank gierig mehrere Schlucke. Sie merkte, wie ein Teil von ihr wieder zum Leben erwachte, wischte sich den Mund ab und hielt ihrem spendablen Gönner die halb geleerte Flasche entgegen.

»Danke. Ich habe mir selber eine gekauft.«

Yvonne lächelte matt. »Setzen Sie es mit auf die Rechnung.«

»Worauf Sie sich verlassen können.« Der Mann trank nun selbst. Es war heiß, drückend und schwül. Dichte Wolken schossen wie Blumenkohl in den offenen Himmel. Bald würde es ein Gewitter geben.

»Darf ich Ihnen eine Frage stellen?«

Yvonne zuckte mit den Schultern und nickte.

»Warum sind Sie hier herausgefahren?«

»Ich suche einen Mann.«

Der Taxifahrer runzelte die Stirn und verzog den Mund zu einem Lächeln. »Aha«, sagte er nur.

Yvonne verzog ärgerlich das Gesicht und presste die Lippen aufeinander.

»Entschuldigung. Ich wollte mich nicht über Sie lustig machen.«

Yvonne schwieg. Mit ihrem Sohn konnte sie nicht über ihre Visionen sprechen, aber vielleicht mit einem fremden Menschen. Einem Menschen, den sie ohnehin nicht wiedersehen würde. Dem es egal sein konnte, was sie sagte, tat oder wer sie war.

»Ich suche einen Mann, der sich vor zwei Tagen in der chirurgischen Ambulanz der Uniklinik behandeln ließ.«

»Und Sie hatten diese Adresse hier?«

»Sie war falsch. Wahrscheinlich genau wie der Name des Mannes, den ich suche.«

Der Taxifahrer nahm wieder einen Schluck aus der Flasche und sah sie nachdenklich an.

»Können Sie ihn beschreiben?«

Yvonne lachte. »Ich weiß, als Taxifahrer kommen Sie ziemlich weit herum, aber ich glaube kaum, dass Sie ihn kennen.«

»Das habe ich auch nicht behauptet. Also?«

»Es ist schwierig«, sagte sie hilflos. »Jedes Mal, wenn ich versuche, ihn mir vorzustellen, entgleitet er mir. Er ist einer dieser Männer, deren Gesicht man sofort wieder vergisst. Unscheinbar. Nichts an ihm ist in irgendeiner Art und Weise bemerkenswert. Seine Schuhe waren durchschnittlich, seine Hose war durchschnittlich, sein kariertes Hemd war durchschnittlich.«

»Aber nichts von dem, was er trug, war teuer.«

Yvonne runzelte die Stirn. »Neu, aber billig.«

»Er schien nicht viel Geld zu haben, nicht wahr?«

»Nein, den Eindruck machte er nicht.«

»Vielleicht konnte er sich noch nicht einmal eine Krankenversicherung leisten?«

Yvonne sah ihn überrascht an. »Jeder hat eine Krankenversicherung. Auch die, die kein Geld haben.«

»Wenn sie Hartz IV beziehen und irgendwo gemeldet sind. Der Rest nicht.«

»Sie glauben, er war obdachlos?«

Der Taxifahrer nahm einen weiteren Schluck aus seiner Flasche. »Vielleicht.«

»Entschuldigung, aber er sah nicht so aus, als würde er auf der Straße leben.«

Er lachte. »Obdachlosigkeit sieht man nicht jedem an.«

»Sprechen Sie da aus Erfahrung?«, sagte Yvonne und hätte im selben Moment am liebsten die Worte wieder zurückgenommen. Der Taxifahrer musterte sie kühl.

Yvonne stöhnte. »Verzeihen Sie. Manchmal ist mein Verstand nicht so schnell wie mein Mund.«

»Ich glaube, ich fahre Sie jetzt besser wieder nach Hause«, sagte er und stieg ein.

Den Rest der Fahrt wechselten beide kein Wort miteinander. Yvonne ärgerte sich über ihre taktlose Bemerkung. Sie selber legte allergrößten Wert darauf, dass ihr niemand zu nahetrat, doch sie hatte soeben jene Grenze, die sie für sich selbst so eifersüchtig bewachte, bei einem anderen gedankenlos verletzt.

Als der Wagen in der Souchaystraße hielt, holte sie ihr Portemonaie aus der Handtasche. »Was bin ich Ihnen schuldig?«

Der Fahrer las den Betrag vom Display im Rückspiegel ab. »Siebenundvierzig achtzig.«

Sie drückte ihm einen Fünfzig-Euro-Schein in die Hand. »Stimmt so.«

»Brauchen Sie eine Quittung?«

Yvonne schüttelte den Kopf.

»Ich nehme an, Sie fahren öfter Taxi.«

»Ja. Ich habe keinen Führerschein mehr.«

Der Mann holte unter einigen Verrenkungen eine Visitenkarte aus der Gesäßtasche seiner Hose und gab sie ihr. »Taxifahren ist eine Teilzeitbeschäftigung von mir, um meinen anderen Beruf zu finanzieren. Stammkunden bekommen bei mir Rabatt. Rufen Sie einfach die Handynummer an.«

»Thomas Kistler«, las Yvonne auf der Visitenkarte. »Die Schleuse e.V., Schleusenstraße 15.« Sie blickte auf. »Was ist das?«

»Die Schleuse ist ein Obdachlosenprojekt im Gallus, für das ich arbeite«, sagte er. »Wenn Sie wirklich etwas über Penner erfahren wollen, schauen Sie doch einfach mal vorbei.«

Jetzt, wo man Julias Leiche gefunden hat und es ein Mord ist, hat meine Tochter es doch noch auf die Titelseiten der Zeitungen geschafft. Wenn auch nur als kurze Notiz und nicht in die Schlagzeilen. Aber die Anteilnahme, die Astrid und mir entgegengebracht wird, ist überwältigend. Wenigstens klingelt niemand an der Tür, um sich bei uns darüber auszuheulen, wie schlimm diese Welt doch ist. Aber die Beileidskarten füllen mittlerweile einen Wäschetrog.

Zwar treiben sich noch einige Reporter im Ort herum, aber Nachbarn und Freunde tun alles, um ihnen die Arbeit so schwer wie möglich zu machen.

Schumacher hat uns ein Versprechen gegeben. Er hat geschworen, dass er alles tun wird, um denjenigen zu finden, der dies unserer Tochter angetan hat.

Ich habe Astrid nicht erzählt, was ich in der Gerichtsmedizin gesehen habe. So schrecklich der Anblick auch war, gleichzeitig hat mich eine seltsame Erleichterung ergriffen, als ich Julias toten Körper berührte. Hoffnung ist die Hölle. Das heißt jetzt nicht, dass mir die Gewissheit ihres Todes Frieden beschert hat. Aber die Angst um sie hat ein Ende gefunden.

Die Nächte verbringen wir immer noch zum größten

Teil schlaflos. Astrid ist vollkommen verstummt. Den ganzen Tag liegt sie im Bett, weint, starrt vor sich hin und nickt ein, nur um kurz darauf wieder zu erwachen, weil sie sich in schrecklichen Bildern verliert, die ihre gequälte Phantasie hervorbringt. Ich weiß nicht, ob das, was sich in ihrem Kopf abspielt, schlimmer ist als das, was ich im Keller der Gerichtsmedizin gesehen habe. Es ist auch egal. Astrid geht durch die Hölle und ich mit ihr. Julias Zimmer haben wir noch immer nicht angetastet. Ich weiß nicht, ob wir die Tür nicht einfach abschließen und alles so lassen sollen, wie es ist. Bis ans Ende unserer Tage.

Astrid hat die Fotoalben aus dem Wohnzimmer geholt und blättert sie durch, immer und immer wieder. Das erste Bild, das wir von Julia haben, ist eine Polaroidaufnahme, die die Hebamme kurz nach der Geburt gemacht hat. Julia war kein hübsches Baby, aber es ist ein Bild, das sehr viel über uns sagt. Astrid hält Julia im Arm, ein rosa, zerknautsches Bündel, eingewickelt in eine Decke. Astrids Augen sind groß und rund, aber nicht vor Freude. Vielmehr sieht sie aus, als hätte sie hohes Fieber. Das Lächeln in ihrem Gesicht wirkt angestrengt. Ich sitze neben den beiden auf der Bettkante und habe meinen Arm um ihre Schulter gelegt, während Julia meinen kleinen Finger ergriffen hat. Sie drückt so fest zu, dass ihre winzigen Knöchel weiß hervorstehen. Damals zeichnete sich schon ab, dass Astrid diese postnatale Depression entwickelte, die sie für ein halbes Jahr fest im Griff behalten sollte.

Auch danach sollte das Verhältnis zu ihrer Tochter nie von dieser schwerelosen Liebe bestimmt sein, die man bei einer jungen Mutter fast schon selbstverständlich voraussetzt.

Diese Polaroidaufnahme, die ich in Händen halte, ist das einzige Bild, das ich betrachten kann, ohne dass dieses Entsetzen mich wieder schüttelt, das mich in der Gerichtsmedizin ergriffen hat und mich wahrscheinlich nie mehr loslassen wird.

Während Astrid Julia wohl mit diesen Fotos für sich am Leben erhalten will, muss ich einen anderen Weg gehen. Ich beginne, in meinem Atelier aufzuräumen.

Ich packe alle Bilder, die Julia gezeichnet hat, zusammen mit ihren Stiften in einen Karton. Doch diesen Karton bringe ich nicht auf den Dachboden oder gar in den Keller, sondern gebe ihm einen speziellen Platz auf einem Regal, wo ich ihn immer wieder hervorholen kann. Während ich das tue, frage ich mich, ob mit mir tatsächlich alles in Ordnung ist.

Ich spüre den Verlust, natürlich. Er brennt sich wie ein Tropfen Säure durch mein Herz. Aber ich weiß nicht, ob ich trauern kann. Tatsächlich regt sich ein anderes Gefühl in mir. Es ist Wut. Wut auf den Menschen, der meiner Tochter das angetan hat, der sie so bestialisch umgebracht hat.

Ich muss zeichnen, malen, dieser Wut ein Antlitz geben. Ich nehme also ein Blatt Papier und beginne. Normalerweise arbeite ich mit Tusche und Feder, mit Gouache und Acrylfarben. Keiner meiner Pinsel geht über die Stärke zwei hinaus.

Ich beginne mit einem harten Bleistift, skizziere die Umrisse und deute die Perspektive an, aber der Raum ist nicht wichtig. Wichtig ist nur das, was er umgibt. Diesen Tisch, auf dem Julias Körper aufgebahrt ist.

Sie ist noch bekleidet, der Mann im weißen Kittel hat noch nicht die Hose aufgeschnitten, das T-Shirt und die Unterhose. Er hat noch nicht in ihr Innerstes geschaut. Ich kenne Julias Proportionen auswendig, so oft habe ich sie gezeichnet. Doch als die Skizze fertig ist, radiere ich die Umrisse des Tisches, auf dem sie liegt, wieder weg. Es ist der falsche Ort. Der falsche Kontext.

Stattdessen zeichne ich einen See, Bäume, kniehohes Gras, das sie einrahmt und bettet. Es soll ein friedliches Bild werden, das ihr die Unschuld wiedergibt, die ihr geraubt wurde. Schicht für Schicht trage ich die Farbe auf, um so auf den Grund der Dinge zu gelangen.

Ich zeichne und male, während Astrid im Bett liegt und heult. Strich für Strich ziehe ich mit höchster Akribie, lasse Farben ineinander verlaufen, Rot und Grün. Jedes Detail ist zu erkennen. Es fällt nicht schwer, alles zu Papier zu bringen, denn es ist in meinem Kopf, der ein Gefäß ist, aus dem das Entsetzen überläuft und auf das Blatt vor mir tropft. Ich wische mir die Tränen aus dem Gesicht und von der Nasenspitze.

Als das Bild schließlich am frühen Morgen fertig ist, wasche ich die Pinsel aus und verlasse mein Atelier. Ich schließe die Tür hinter mir ab und gehe in Julias Zimmer, wo ich mich in ihr Bett lege, die Pausentaste des CD-Players löse und aus den Gebrüdern Löwenherz Seite für Seite herausreiße.

Die Nächte waren heiß und stickig, laut und hell. Autokorsos fuhren bis weit nach Mitternacht laut hupend durch die Straßen. Auch Sachsenhausen wurde von dieser Plage nun nicht mehr verschont. Und als der mitternächtliche Verkehr sich langsam beruhigte, waren es Fußballfans zu Fuß, die, angezogen von Kneipen im Viertel, betrunken grölend unter Yvonnes Fenster vorbeiwankten oder gegen die parkenden Autos pinkelten.

Doch auch wenn es kühler und stiller gewesen wäre, so hätte sie keinen Schlaf gefunden. Yvonne lag ausgestreckt auf der durchgeschwitzten Bettdecke und spürte, wie ihr der Schweiß den kahlen Kopf hinab auf das Kissen tropfte. Sie hatte die schmale Hand auf den flachen Bauch gelegt, so als müsste sie sich vergewissern, dass sie überhaupt noch atmete. Egal, ob sie die müde brennenden Augen geschlossen oder offen hielt: Die Bilder des Mannes und des Kindes verfolgten sie nun auch in den wachen Stunden, wenn sie mit sich und ihren Gedanken alleine war.

Und sie gewannen an Deutlichkeit, verschmolzen miteinander und wurden dabei so bedrohlich, dass Yvonne nicht mehr schlafen konnte. Ihr Gehirn und ihr Verstand, auf die sie sich beide nicht mehr verlassen konnte, konstruierten immer wieder eine Verbindung zwischen ihm und der kindlichen Leiche. Die Realität verbindet sich mit dem Wahn, dachte Yvonne und wischte sich den salzigen Schweiß aus dem Gesicht.

Ihre Hirnverletzung hatte viele Folgen gehabt. Hellsichtigkeit oder Visionen hatten eigentlich nicht zu ihnen gehört. Und dennoch fühlte sie diese fleischliche Existenz, roch den Gestank der Verwesung, hörte das Summen der Fliegen, sah die klaffenden Wunden, und es zerriss ihr das Herz.

Yvonne stand auf, ging zur Toilette und dann in die Küche, um sich ein Glas Wasser einzuschenken. Sie schaltete das Licht an, es war ihr egal, ob man sie, nur mit einem Slip bekleidet, von der Straße durch das Küchenfenster sehen konnte. Die Uhr über der Tür zeigte Viertel vor drei. Sie füllte das Glas ein zweites Mal mit Wasser, aber anstatt es zu trinken, streckte sie den Kopf über die Spüle und goss es sich über den Nacken.

Sie hatte keine Vision, nein, das war es nicht, sie sah die Dinge nicht von außen. Sie waren in ihr drin, in ihrem Kopf, so als wäre sie von ihnen besessen. Der Mann und das Mädchen waren wie zwei Krebsgeschwüre, die alles andere verdrängten. Yvonne musste wissen, woher diese Bilder kamen, warum sie sie immer wieder sah, warum sie von ihnen verfolgt wurde und sie ihr Seelenheil raubten, Stück für Stück.

Sie ging ins Wohnzimmer und setzte sich an den kleinen Schreibtisch, wo sie aus der Schublade ein leeres Blatt Papier nahm. Yvonne konnte gut zeichnen. Früher hatte sie gerne mit Pinsel und Aquarellfarben gearbeitet und imaginäre Landschaften gemalt. Auf dem Schrank im Schlafzimmer lag eine dicke Mappe mit ihren Werken, die sogar Florian beeindruckt hatten. Ihr Gefühl für Formen und Bildkomposition war einmal sehr ausgeprägt gewesen. Seit dem Vorfall wurde sie ihren eigenen Ansprüchen nicht mehr gerecht, deswegen hatte sie seit Langem keinen Stift mehr angerührt.

Der dünne Bleistift fühlte sich ungewohnt in ihrer ungelenken rechten Hand an, trotzdem begann sie zu zeichnen. Erst den groben Umriss des Kopfes, dann ein dünnes Kreuz, das die Koordinaten von Auge und Nase festlegte. Obwohl ihr Strich unsicher war, tastete sich Yvonne immer weiter voran und konzentrierte sich auf die Augen, die noch immer am lebendigsten in ihrer Erinnerung waren. Dann versuchte sie, sich den Mund vorzustellen, eine dünne, scharf gezogene Linie, umrahmt von einem grauen Bart, den sie nur mit wenigen Strichen skizzierte. Es war schwierig, sich das Gesamtbild vorzustellen. Immer wieder griff sie zum Radiergummi, korrigierte die Wangenknochen, den Ansatz der Ohren, die Form des Schädels. Doch es wollte ihr nicht recht gelingen. Nur die Augen schauten sie halbwegs lebendig an.

Die Sonne war schon lange aufgegangen, als sie schließlich mit dem Ergebnis einigermaßen zufrieden war. Sie räumte die Zeichenutensilien wieder weg, faltete das Blatt Papier akribisch zweimal und steckte es zwischen die Seiten ihres Notizbuches. Dann duschte sie lange. Um acht Uhr verließ sie das Haus und machte sich auf den Weg in die Schleusenstraße.

Die U-Bahn, die vom Schweizer Platz Richtung Hauptbahnhof fuhr, war um diese Zeit des Tages so voll, dass Yvonne nur einen Stehplatz weit ab von einer der Türen ergatterte. Sie hasste es, wenn so viele Menschen um sie herum waren. Die verbrauchten Gerüche, die wechselnden Eindrücke, die Gesprächsfetzen, die sie aufschnappte, überforderten sie. Es fiel ihr schwer, wichtige Informationen von unwichtigen zu unterscheiden. Yvonne versuchte wegzuhören, die Augen zu schließen, aber trotzdem machten die Geräusche sie aggressiv. Sie war froh, als sie endlich hinaus auf den Bahnhofsvorplatz trat und den Weg zum Baseler Platz einschlug, von wo aus es nicht mehr weit zur Schleusenstraße war.

Yvonne achtete darauf, dass sie den Menschen nicht zu nahe kam, egal, ob es eilige Geschäftsleute waren oder zerstörte, von der Nacht erschöpfte Existenzen, die nicht wussten, wo sie im schonungslosen Tageslicht ihren Platz finden sollten.

Das Obdachlosenprojekt befand sich in einem zugewachsenen Hinterhof und sah auf den ersten Blick wie ein kleines, gemütliches Café aus. Man hatte draußen einige Tische und Stühle aufgestellt, auf denen aber nur ein Mann und eine Frau saßen, die sich eine Zigarette drehten.

Der Mann sah aus wie ein Großstadtcowboy. Auf dem Kopf saß eine graue Südstaatenkappe, das Licht spiegelte sich auf den Gläsern einer runden Sonnenbrille. Der Schnauzbart, der die Form eines Fahrlenkers hatte und bis zum Kinn hinunterreichte, war grau und nikotingelb. Das T-Shirt drohte mit einem »Don't mess with Texas«.

Die Frau, deren dünnes, blond gefärbtes Haar zu einem straffen Zopf geknotet war, hatte einen eingefallenen Mund, so als ob sie keine Zähne mehr hätte. Auch sie trug ein T-Shirt, das aber einen heulenden Wolf vor einem riesigen Mond zeigte. Ihre Jeans sahen neu aus, die Füße steckten in schwarzen Chucks. Sie blickten nur kurz auf, als Yvonne an ihnen vorbeiging. Dann widmeten sie sich wieder ihren Zigaretten.

Das Innere der Anlaufstelle war hell und freundlich eingerichtet. Eine mannshohe Birkenfeige, deren abgefallene Blätter sich in einem Terrakottatopf sammelten, sorgte für das nötige Grün. Am Schwarzen Brett hingen die Hausordnung sowie eine Reihe wichtiger Telefonnummern aufgelistet.

Yvonne klopfte an eine Tür, an der ein Schild mit der Aufschrift »Büro« hing. Als niemand antwortete, drückte sie die Klinke hinunter, musste aber feststellen, dass die Tür abgeschlossen war. Ein wenig verloren und unsicher schaute sie sich um. Sie fühlte sich fehl am Platz. Wie ein Mensch, der mit verbotener Neugier ein fremdes Reich betrat. Dies war nicht die, in der sie sonst lebte. Was wollte sie hier?

»Thomas ist in der Küche, wenn du den suchst«, rief eine Stimme von draußen, die dem Anhänger der konföderierten Staaten von Amerika gehören musste.

»Danke«, rief Yvonne zurück. Jetzt bemerkte sie auch die leise Musik, die durch eine geöffnete Türe zu ihr drang. Sie betrat einen Raum, der eingerichtet war wie der Essenssaal einer Jugendherberge. Die Möbel waren schlicht, aber robust.

»Hi!«, rief eine Stimme aus der Küche. »Mit Ihnen hätte ich gar nicht gerechnet. Zumindest nicht so bald.«

Yvonne versuchte ihre Nervosität mit einem Lächeln zu überspielen.

»Hallo«, sagte sie.

»Hallo«, erwiderte Thomas den Gruß und strahlte sie an. »Ich bin gerade dabei, die Reste des Frühstücks wegzuräumen und das Mittagessen vorzubereiten. Wollen Sie eine Tasse Kaffee?«

»Gerne.«

Thomas öffnete einen Schrank und nahm ein Paket mit Keksen heraus, von denen er ein halbes Dutzend auf einer Untertasse verteilte. Im Vorübergehen drückte er den Knopf einer Kaffeemaschine, die gurgelnd zum Leben erwachte. »Milch? Zucker? Vielleicht Süßstoff?«

»Ja«, antwortete Yvonne.

»Entschuldigung, aber ›ja‹ was?«

»Milch und Zucker. Kein Süßstoff.«

Thomas schenkte zwei große Tassen ein und stellte sie auf einen der Tische. Dann holte er die Kekse, ein kleines Porzellankännchen mit Kaffeesahne und eine Blechkiste mit Würfelzucker. »Setzen Sie sich doch.«

Yvonne nahm Platz und legte ihre Handtasche auf den Tisch.

»Ich weiß noch immer nicht, wie Sie heißen.« Thomas gab etwas Milch in seinen Kaffee, nahm aber keinen Zucker.

»Entschuldigung, mein Name ist Yvonne.«

Thomas blies über die heiße Tasse. »Nur Yvonne?«

»Ja. Nur Yvonne.«

Er schob ihr den Teller mit den Keksen herüber. Es waren mit Hagelzucker bestreute dänische Kaffeekränze, wie man sie in jedem Discounter kaufen konnte. »Wie ich sehe, haben Sie sich dazu entschlossen, lieber eine Mütze aufzusetzen.«

Yvonne nahm die Kappe ab und legte sie neben der Handtasche auf den Tisch. »Stimmt, das macht manches einfacher.« Nachdenklich drehte sie die Tasse in ihrer Hand. »Sie fragen mich ja gar nicht, warum ich hier bin.«

»Ich denke, Sie werden es mir schon früh genug sagen. Vielleicht sind Sie ja auch nur gekommen, um mit mir ein Schwätzchen zu halten. Aber wenn ich ehrlich bin, schätze ich Sie nicht so ein.«

Yvonne runzelte die Stirn, als hätte sie den Sinn der Bemerkung nicht so recht verstanden.

»Ich wollte damit sagen, dass Sie bestimmt nicht meinetwegen hier sind. Habe ich recht?«

Yvonne öffnete ihre Handtasche, um die Zeichnung hervorzuholen, über der sie die halbe Nacht gesessen hatte. Sie faltete das Blatt Papier auf und schob es ihrem Gegenüber zu.

»Mir ist Ihre Bemerkung nicht mehr aus dem Kopf gegangen«, sagte sie. »Vermutlich ist es wirklich so, dass dieser Mann keine Krankenversicherung hatte und deswegen falsche Angaben bei der Notfallambulanz gemacht hat.«

Thomas nahm das Blatt in die Hand und betrachtete die Gesichtszüge genauer.

»Haben Sie diesen Mann schon einmal gesehen?«, fragte Yvonne.

»Sie haben recht. Er hat wirklich ein Allerweltsgesicht. Nur die Augen sind ein wenig ungewöhnlich, nicht wahr?«

»Kennen Sie ihn?«, wiederholte Yvonne ihre Frage.

»Nein.«

»Schade«, sagte Yvonne und wollte nach dem Blatt greifen, doch Thomas gab es ihr nicht.

»Nur weil er mir noch nicht über den Weg gelaufen ist, heißt es nicht, dass er nicht existiert«, sagte er. »Darf ich fragen, warum Sie sich so sehr für ihn interessieren?«

Yvonne schwieg. Sollte sie sich diesem Fremden anvertrauen? Ihr Kaffee wurde kalt. Schließlich überwand sie sich und sagte: »Er verursacht mir Albträume.«

»Albträume? Welcher Art?«

Yvonne spürte, wie eine Welle Adrenalin sich in ihrem Körper ausbreitete. »Ich sehe ihn immer zusammen mit einem toten, grässlich zugerichteten Mädchen.«

»Von welchem Mädchen sprechen Sie?«

»Von dem toten Mädchen am See«, sagte Yvonne in einem Tonfall, als läge die Antwort auf der Hand.

»Haben Sie die Leiche gesehen?«, fragte Thomas.

Yvonne erstarrte. »Okay«, sagte sie und streckte die Hand aus. »Geben Sie mir das Blatt wieder zurück. Vielleicht war es ein Fehler hierherzukommen.«

Thomas faltete es wieder zusammen, behielt es aber in seiner Hand. »Warum haben Sie sich die Haare abrasiert?«

»Ich habe nicht den Verstand verloren«, sagte Yvonne im ruhigsten Tonfall, den sie noch zustande bringen konnte. »Ich bin nicht wie diese Typen, die jeden Tag hier bei Ihnen aufkreuzen.«

»Wie sind denn diese Typen?«, fragte Thomas, immer noch die Gelassenheit in Person, was Yvonne nur noch wütender machte.

»Leute, die sich um den Verstand gesoffen haben. Junkies. Was weiß ich. Geben Sie mir das Blatt zurück.«

»Ich war auch einmal einer von ihnen. Es gehört nicht viel dazu, um ganz schnell ganz unten anzukommen. Glauben Sie mir das.« Er sah Yvonne an, als könnte das auch ihr, gerade ihr, passieren.

Sie atmete schwer, dann entspannten sich die Hände, die sie zu Fäusten geballt hatte. »Ich bin nicht verrückt. Ich bin nicht drogenabhängig. Ich bin keine Alkoholikerin«, sagte sie.

»Aber Sie machen gerade eine ziemlich schwierige Zeit durch.«

»Um das zu sehen, muss man kein besonders guter Beobachter sein, glaube ich.«

»Nein, das muss man in der Tat nicht.« Thomas nahm sich einen Keks.

»Ich werde sterben«, sagte Yvonne.

»Sie haben Krebs?«, fragte Thomas. Es klang nicht mitleidig, allenfalls interessiert. So, wie er reagierte, schien er öfter Gespräche dieser Art zu führen. Vielleicht aber auch nicht. Vielleicht war er auch einfach nur abgebrüht.

»Wegen meiner Haare? Nein, ich habe eine Kugel im Kopf, und die bringt mich langsam, aber sicher um.«

»Entschuldigen Sie die Frage, aber wie fängt man sich denn so etwas ein?«

»Berufsrisiko. Ich war Polizistin.«

Thomas hob nur kurz die Augenbrauen. »Haben Sie jemanden, mit dem Sie darüber reden können?«

»Ich finde, das geht Sie gar nichts an.«

Er trommelte mit den Fingern auf der Tischplatte, trank dann einen Schluck aus seiner Tasse und stand auf. »Ich bin gleich wieder da«, sagte er und verschwand.

Yvonne hörte, wie die Bürotür aufgeschlossen und ein Kopierer in Betrieb genommen wurde. Kurz darauf kehrte er zurück, gab ihr das Original und legte einen Stapel mit Kopien auf die Küchentheke. »Ich werde mich einmal umhören.«

Yvonne stand auf. »Danke.«

»Wie kann ich Sie erreichen, wenn ich etwas erfahren habe?«

Sie nahm einen Kugelschreiber aus ihrer Handtasche und schrieb ihre Handynummer zusammen mit ihrem Namen auf eine Serviette, die neben dem Salzstreuer auf dem Tisch lag.

»Danke«, sagte sie noch einmal, stand auf und ging.

Mein Vater hatte heute Nacht einen Herzinfarkt. Meine Mutter rief mich aus dem Hotel an, kurz nachdem der Notarzt da war und ihn nach Hanau ins Krankenhaus gebracht hatte. Schon all die Tage, seit er die Nachricht von Julias Verschwinden erhalten hatte, ging es ihm schlecht. Mutter ist vollkommen durcheinander.

Immer wieder räumt sie den kleinen Koffer ein und aus, überlegt, was sie vergessen haben könnte, und beginnt wieder von vorne. Schließlich nehme ich ihr die Sachen aus der Hand, lege alles fein säuberlich zusammen und hole den Kulturbeutel aus dem Bad. Es riecht nach Rasierschaum, Tabak Original und Haarwasser, und schlagartig bin ich wieder zu Hause bei meinen Eltern, bin wieder das Kind, der kleine Junge, der ohne Geschwister aufwuchs und deswegen die Liebe seiner Eltern nie mit jemand anderem teilen musste. Ich hatte eine glückliche Kindheit.

Uns machten sie immer zum Vorwurf, dass wir das Kind zu sehr verwöhnten. Sie selbst aber ließen keine Gelegenheit aus, um ihre Julia auf Händen zu tragen. Ich bin mir sicher, dass meine Tochter meinem Vater das Leben gerettet hat, als man ihm die drei Bypässe an den Herzmuskel nähte. Er wollte sehen, wie sie aufwuchs, vielleicht die Fehler korrigieren, die er damals bei mir gemacht hat, obwohl ich mich an keine erinnern kann.

Jetzt ist Julia tot, und es sieht so aus, als könnte mein Vater auch noch sterben. So, als würde der Tod ihm den Aufschub, den ihm meine Tochter geschenkt hatte, nicht mehr gönnen.

Mutter sitzt auf der Bettkante und weint, wie sie es schon seit Tagen tut. Sie trägt noch immer die helle Stretchhose und die blaue Bluse und die Gesundheitsschuhe mit den Klettverschlüssen. Ihre Haare müssten dringend gewaschen werden. Ich werfe den Kulturbeutel zur Unterwäsche und dem Schlafanzug und schließe den kleinen Koffer, dann rufe ich ein Taxi.

»Warum fährst du nicht mit deinem Wagen?«, sagt sie zwischen zwei Schluchzern. »Das Taxi ist doch so teuer.«

Was soll ich darauf sagen? Dass ich mich im Moment außerstande sehe, mich hinter ein Steuer zu setzen, ohne dabei dem schier unwiderstehlichen Drang nachzugeben, auf der Autobahn mit Tempo zweihundert gegen einen Betonpfeiler zu fahren? Dass ich mich noch nicht einmal nachts um drei auf den Verkehr konzentrieren kann? Dass im Auto noch die Tasche mit ihrem Schlafanzug und der Zahnbürste ist, da sie in der Nacht vor ihrem Verschwinden bei ihrer besten Freundin Sandra übernachtet hat?

Also gebe ich ihr keine Antwort, nehme den Koffer und halte ihr die Tür auf. Sie steht auf, als würde sie ihre letzte Reise antreten, was natürlich Unsinn ist. Wenn einer heute Nacht vielleicht seine letzte Reise antritt, dann ist es mein Vater.

Wir stehen an einer dunklen Straßenecke und warten auf das Taxi, als wären Mutter und ich die einzigen Menschen auf dieser Welt. Es beginnt zu regnen. Wir haben keinen Schirm dabei. Plötzlich tut meine Mutter etwas, was sie noch nie getan hat. Sie ergreift meine Hand und drückt sie ganz fest, so als hätte sie Angst, ich könne sie loslassen. Zehn Minuten später ist das Taxi da.

Wir steigen ein, und ich nenne dem Fahrer das Ziel. Leise Radiomusik ist zu hören. Der Scheibenwischer rubbelt über die Windschutzscheibe. Der Asphalt glänzt im Schein der Straßenlampen. Mutter hält noch immer meine Hand fest umklammert.

Der Fahrer stoppt an der Pforte des Klinikums. Ich bezahle und helfe meiner Mutter aus dem Wagen, gebe ihr meine Jacke, die sie sich über den Kopf hält, während wir uns auf den Weg zum Haupteingang machen.

An der Rezeption weist man uns den Weg zur Intensivstation. Wir klingeln und warten, bis man uns öffnet. Mutter will vom Arzt wissen, wie es meinem Vater geht, und er schildert uns mit knappen Worten die Situation. Zwei Bypässe hätten sich geschlossen, der dritte sehe auch nicht gut aus. Man habe meinen Vater jetzt stabilisiert. Ich blicke auf den Koffer in meiner Hand. Mutter fragt den Arzt, ob wir zu meinem Vater dürften. Er überlegt kurz, schließlich nickt er und bittet uns hinein. Bevor wir die eigentliche Intensivstation betreten dürfen, müssen wir uns sterile Kittel und Schuhe überziehen. Den Koffer lassen wir im Schwesternzimmer stehen.

Der Arzt führt uns in einen Raum, der vollgestellt ist mit Apparaten, die leuchten, blinken und flimmernde

Zahlen anzeigen. Beide Betten sind belegt. Mein Vater liegt in dem, das nahe an der Tür steht. Man hat ein halbes Dutzend Messfühler auf seine Brust geklebt und sich vorher noch nicht einmal die Mühe gemacht, die weißen Haare abzurasieren. Er ist an mehrere Infusionsbeutel angeschlossen, auf der Kuppe seines rechten Zeigefingers steckt ein Pulsmessgerät. Eine Manschette misst kontinuierlich den Blutdruck. Mittlerweile bin ich mir nicht mehr so sicher, ob die Besuchserlaubnis, die uns der Arzt erteilt hat, ein gutes oder schlechtes Zeichen ist.

Der Atem meines Vaters ist flach, der Brustkorb bewegt sich kaum. Eine Schwester stellt uns zwei Stühle hin, dann geht sie. Kein »Nur 10 Minuten«. Oder »Er darf sich nicht aufregen«. Vielleicht wundert mich das nur deswegen, weil ich mit Ausnahme von Julias Geburt noch nie ein Krankenhaus von innen gesehen habe.

»Fabian.« Die Stimme ist schwach, nur ein heiseres Flüstern. »Wie schön, dass du da bist.«

Ich nehme Vaters Hand und erschrecke, weil sie so kalt ist.

»Wie geht es dir, Walter?«, sagt meine Mutter und schnieft.

Doch mein Vater scheint die Frage zu ignorieren.

»Ich wollte dir nur sagen, dass ich froh bin, dass du mein Sohn bist.«

Ich glaube, nicht richtig zu hören.

»Du weißt ja, dass ich nie so richtig mit dem einverstanden war, was du aus deinem Leben gemacht hast.«

»Was? Worauf willst du hinaus?«

»Du bist ein guter Junge«, fährt mein Vater schwach,

aber ungerührt fort. »Mir tut es so leid, so leid …«, er wiederholt diese Worte tatsächlich zweimal, »… was Julia zugestoßen ist.«

Ich schlucke schwer.

»Du hattest noch nicht einmal Gelegenheit, dich von ihr zu verabschieden. Ich meine, so richtig. Ihr zu sagen, wie stolz du auf sie bist. Dass du alles für sie tun würdest.«

Mein Gesicht wird so kalt wie die Hand, die ich halte. »Du wirst nicht sterben!«

»Fabian, bitte.«

»Du wirst nicht sterben!«, wiederhole ich. Mir fallen dabei Astrids Worte ein. Kannst du es beschwören? Kannst du es versprechen? Wenn nicht, halte einfach den Mund.

»Fabian, hör mir doch bitte zu!«

Ich lasse die Hand meines Vaters los. Das hier ist mehr, als ich ertragen kann. Ich stehe auf, der Stuhl fällt klappernd um, und ich schüttele den Kopf, erst langsam, dann energisch. »Du wirst nicht sterben.«

Mutter fängt wieder an zu heulen. Die Schwester erscheint, um nach dem Rechten zu schauen. Ich stoße sie einfach beiseite. »Du wirst nicht sterben, hörst du?«

Die Schwester fasst mich am Arm, aber ich schüttele sie ab, reiße die Hände hoch, als wolle ich mich ergeben, und renne hinaus.

Das Klingeln riss Yvonne aus der Umarmung einer viel zu kurzen Nacht. Es dauerte einen Moment, bis sie wusste, wo sie sich befand und wer sie war. Sie angelte nach der Jeans, die über der Lehne eines Sessels lag, und holte das Handy aus der Hosentasche.

»Ja?« Yvonne rieb sich den Schlaf aus den Augen und zog die Vorhänge weiter zu.

»Ich hoffe, ich habe Sie nicht geweckt.«

Es dauerte einen Moment, bis sie die Stimme erkannte. »Thomas?«

»Erinnern Sie sich noch an die Zeichnung, die Sie von Ihrem großen Unbekannten angefertigt haben?«

»Natürlich.« Sie klemmte das Handy zwischen Schulter und Ohr, öffnete die Flasche Mineralwasser, die neben ihrem Bett stand, und trank einen warmen Schluck.

»Es sieht so aus, als würde ihn jemand kennen.«

Yvonne setzte die Flasche ab. Sie war wie elektrisiert. »Wer? Wo?«

»Ich bringe Sie zu ihm.«

Yvonne strich sich mit der Hand über den Kopf, dessen Haut sich wie ein unrasiertes Kinn anfühlte. »Okay, lassen Sie mir etwas Zeit. Ich muss mich noch frisch machen, dann komme ich in die Schleusenstraße.«

»Das wird nicht nötig sein. Ich warte bereits vor Ihrem Haus.«

Yvonne stand auf und spähte durch den Vorhang hinaus auf die Straße. An der Ecke stand ein Taxi. Der Mann, der neben dem Mercedes stand, hob die Hand und winkte ihr zu. »Ich hätte geklingelt, aber ich kannte Ihren Nachnamen nicht.«

Yvonne nahm reflexartig eine Abwehrhaltung ein. »Woher wissen Sie, wo ich wohne?«

»Ich habe Sie gestern hier eingesammelt, erinnern Sie sich nicht mehr?«

Wütend legte Yvonne auf. Verdammt, was bildete dieser Kerl sich ein? Wieso stand er einfach vor ihrer Tür? Es hätte vollkommen ausgereicht, wenn er ihr die nötige Information am Telefon mitgeteilt hätte! Sie duschte nicht, sondern benutzte nur ihr Deo, zog sich an, schnappte sich ihre Handtasche, überlegte kurz, ob sie die Kappe aufsetzen sollte, entschied sich aber dagegen. Die Wut ließ ihren Puls rasen.

»Was wollen Sie von mir?«, herrschte sie Thomas an, als sie vor die Haustür trat.

»Ich wollte Sie wiedersehen«, sagte Thomas nur.

»Warum? Sammeln Sie Freaks?«

»Vielleicht. Glauben Sie, dass Sie einer sind?«

»Damit das von vornherein klar ist: Sie sind nicht mein Typ, ganz und gar nicht«, fuhr sie ihn an. »Und wenn ich etwas auf den Tod nicht ausstehen kann, dann sind es Menschen, die den Hobbypsychologen raushängen lassen und mir helfen wollen.«

Sie ging an ihm vorbei und setzte sich auf die Rückbank des Taxis. Bevor Thomas die Tür schließen konnte, hatte sie sie mit einem lauten Knall zugezogen. Er stieg ein und startete den Motor.

»Ich zahle für die Fahrt«, sagte Yvonne, und Thomas schaltete seufzend den Taxameter ein.

»Sagen Sie, treten Sie eigentlich jedem vors Schienbein, der einfach nur nett zu Ihnen sein will?«, fragte er, als sie an einer roten Ampel hielten. Yvonne antwortete nicht, sondern drückte auf ihrem Handy herum. Florian hatte eine SMS geschickt und wollte wissen, wie es ihr ging. Sie schaltete das Telefon aus und steckte es zurück in die Handtasche.

»Wenn es wirklich stimmt, was Sie mir über diese Kugel in Ihrem Kopf erzählt haben, werden Sie vermutlich sehr einsam sterben«, sagte er.

Yvonne antwortete nicht, sondern schaute zum Fenster hinaus. Überall sah sie Deutschlandfahnen, die meisten Autos waren geschmückt. Sogar einige Rückspiegel hatten einen schwarz-rot-goldenen Überzug.

»Vielleicht werde ich wirklich alleine sterben«, sagte sie. »Aber auf der anderen Seite tun das die meisten. Wenn sie nicht gerade ermordet werden.«

»Sie sagten, Sie haben bei der Polizei gearbeitet«, sagte Thomas. »Wahrscheinlich haben Sie dort einiges zu sehen bekommen.«

»Ja, vermutlich. Aber das meiste habe ich vergessen.«

»Kann ich mir denken.«

»Ach, können Sie das?«, fragte Yvonne. »Und wieso?«

Thomas setzte den Blinker, und es begann leise zu klicken. »Ich mache Ihnen einen Vorschlag. Wenn Sie mir von sich erzählen, berichte ich Ihnen auch von mir.«

Yvonne beugte sich vor und stützte sich auf die beiden Rückenlehnen der Vordersitze. »Warum?«

»Warum was?«

»Warum bemühen Sie sich so um mich?«

Er zuckte mit den Schultern. »Ich weiß es nicht. Vielleicht, weil ich Sie sympathisch finde.«

Jetzt musste Yvonne laut lachen. »Dann sind Sie ein Masochist. Sie kennen mich kaum.«

»Das kann man ändern«, sagte er gleichmütig.

»Entschuldigung, aber ich glaube, Sie haben ein ausgewachsenes Helfersyndrom.«

Thomas runzelte die Stirn und betrachtete Yvonne im Rückspiegel. »Das mag wohl so sein.«

Er flirtet mit dir! Sofort zog sich Yvonne wieder in sich zurück, aber gleichzeitig fühlte sich ein kleiner Teil von ihr geschmeichelt. Wie lange war es her, dass sich ein Mann für sie interessiert hatte und sie so nahm, wie sie war? Der sich nicht von ihrer rauen Art abschrecken ließ? Geduldig war? Sie nicht bevormundete oder mit guten Ratschlägen bombardierte? Yvonne beschloss, sich auf das Spiel einzulassen. Ein wenig.

»Also gut. Ich denke ohnehin, dass ich Ihnen für Ihre Hilfe etwas schuldig bin.«

»Wenn Sie das denken, ist das okay.«

Sie schaute aus dem Fenster. »Wo fahren wir eigentlich hin?«

»Kennen Sie die Containersiedlung am südlichen Ende des Ostparks?«

»Ich glaube, ja. Es ist eine Notunterkunft für Obdachlose, nicht wahr?«

»Der Mann, den wir treffen wollen, lebt dort. Sein Name ist Hermann.«

»Was wissen Sie sonst noch über ihn?«

Thomas musste grinsen.

»Stimmt etwas nicht?«, fragte Yvonne ärgerlich.

»Sie klingen jetzt, als würden Sie noch immer in Ihrem alten Beruf arbeiten. Hermann lebt schon seit über vierzig Jahren auf der Straße. Eine verdammt lange Zeit. Die meisten machen es nicht so lange. Er ist ein misstrauischer Kerl, erzählen Sie ihm also nicht, womit Sie früher Ihre Brötchen verdient haben.«

»Einen Teufel werde ich tun«, sagte Yvonne.

»Gut.«

Kurz darauf stellten sie den Wagen in einer Seitenstraße ab und gingen die letzten Meter zu Fuß. Yvonne hatte sich etwas anderes unter dieser Containersiedlung vorgestellt. Sie kannte noch die Asylantenheime aus den Neunzigerjahren, in denen man eigentlich noch nicht einmal Tiere hätte unterbringen dürfen. Hier sah alles auf den ersten Blick sauber und ordentlich aus. Die Wohncontainer, die aufeinandergestapelt waren, wirkten wie ein dauerhaftes Provisorium, für eine überschaubare Ewigkeit errichtet. Man hatte stählerne Balkone, Geländer und Treppen angebracht. Alles war in hellen und freundlichen Farben gehalten, doch wenn man genauer hinschaute, war alles schon mehrmals gestrichen worden. Der Lack schien nicht lange zu halten. Zudem lag ein Geruch nach Ammoniak und gedünstetem Kohl in der Luft.

»180 Menschen, verteilt auf 55 Unterkünfte«, erklärte Thomas. »Gewalt, Drogen, Alkohol, psychische Verwahrlosung. Hier finden Sie das ganze Repertoire. Die meisten, die hier fürs Erste eine Zuflucht finden, haben sich in ihrem früheren Leben nicht vorstellen können, einmal an solch einem Ort zu landen. Fast alle kommen aus normalen Verhältnissen, hatten einen Beruf und eine Familie.«

»Wie dieser Hermann?«, sagte Yvonne.

Er zeigte auf einen Container, an dessen Tür die Zahl 36 angebracht war. »Hoffentlich ist er da. Normalerweise ist Hermann zuverlässig. Darin unterscheidet er sich von den meisten anderen Obdachlosen. Aber wenn er einmal einen schlechten Tag oder, noch schlimmer, eine schlechte Woche erwischt, dann kann es schon passieren, dass er ohne Vorwarnung von der Bildfläche verschwindet.«

Er klopfte an die Tür und trat einen Schritt zurück. Nichts geschah. Thomas versuchte es noch einmal, aber als sich noch immer nichts rührte, zuckte er mit den Schultern. »Tut mir leid. Es scheint wohl heute einer dieser Tage zu sein.«

Sie wandten sich gerade zum Gehen ab, als die Tür geöffnet wurde und ein alter Mann herausschaute. Yvonne dachte im ersten Moment, er wäre nackt, aber es war nur sein dicker bleicher Bauch, der die Unterhose verdeckte. Arme, Hände und Gesicht waren tief gebräunt. Das Haar war wie der lange Bart grau und ungepflegt.

»Moment. Immer ruhig mit den jungen Pferden. Was ist denn los?« Seine Stimme klang wie ein Sack voller Walnüsse, der geschüttelt wurde. Er hustete rasselnd und zog die Nase hoch.

»Morgen, Hermann. Wir waren verabredet.«

Der dicke alte Mann kniff die Augen zusammen, sah aber noch immer nicht richtig.

»Hol dir erst mal deine Brille, dann weißt du auch, mit wem du sprichst.«

Hermann brummelte etwas und ging wieder hinein.

»Und bei der Gelegenheit könntest du auch deine Blöße bedecken!«

»Was soll ich?«, grollte es von drinnen.

»Dir was anziehen!«

Fünf Minuten später erschien der alte Mann wieder, diesmal steckten seine erstaunlich dünnen Beine in einer Jeans, die leidlich gewaschen war. Er hatte sich ein weites T-Shirt angezogen, stopfte es nun in den Bund der Hose und sah daraufhin wie ein Ballon auf Zahnstochern aus. Seine Füße steckten in ausgelatschten Birkenstocksandalen. Hermann setzte eine Brille auf, deren Gläser so zerkratzt waren, dass Yvonne sich wunderte, wie er damit überhaupt noch etwas sehen konnte.

»Ah, Damenbesuch. Wenn ich das gewusst hätte, wäre ich noch duschen gegangen.«

Yvonne wusste nicht, ob Hermann nur einen Witz machte oder es ernst meinte. Tatsächlich roch er ein wenig abgestanden nach kaltem Rauch und altem Schweiß.

»Was ist? Habt ihr Lust, mich auf einen Kaffee einzuladen?«

»Klar«, sagte Thomas. »Wo willst du denn hin? Zu Starbucks?«

Hermanns Lachen steigerte sich zu einem Husten. »Ja«, sagte er, nachdem er wieder genug Luft in seinen Lungen hatte. »Und dann setzen wir uns in einen dieser schicken Sessel, trinken Latte Trallala und tun so, als wären wir Graf Koks. Ein Kaffee drüben vom Kiosk reicht. Wir können uns in den Park setzen und zuschauen, wie die Tauben hier alles vollkacken.«

Hermann bekam seinen Latte Trallala, doch war er To go und nicht in einer Tasse. Sie ließen sich auf einer Bank nieder. Hermann stellte seinen Becher neben sich und begann, mit nikotingelben Fingern eine Zigarette zu drehen. »Was hast du eigentlich mit deinen Haaren gemacht?«, fragte er, ohne aufzuschauen. Es war klar, dass er damit Yvonne meinte.

»Ich hab sie mir abrasiert«, sagte sie nur.

»Ich weiß zwar nicht, wie du vorher ausgesehen hast, aber ich finde es gut. Du hast eine schöne Kopfform.«

»Ach wirklich?«

»Ja, klassisch. Fast ägyptisch.« Er zündete seine Zigarette an. »Komplimente sind nicht dein Ding, was?«

»Nein, nicht wirklich.«

Hermann sah von ihr zu Thomas, nippte an seinem Becher und zog noch einmal an seiner Zigarette. Dann holte er eine Kopie der Zeichnung aus seiner Hosentasche. »Eigentlich rede ich nicht über Kollegen. Ich bin ein Freund der Omertà, wenn du weißt, was ich meine.«

Yvonne sah auf seiner Hand drei Punkte zwischen Daumen und Zeigefinger. Wie Thomas.

»Aber ich bin meinem Freund noch einen Gefallen schuldig.« Er zog noch einmal die Nase hoch und räusperte sich. »Jedenfalls kenne ich den Kerl, den du suchst.«

Yvonne drückte ihren Rücken durch. Ihr Herz schlug schneller. »Wie heißt er?«

»Keine Ahnung. Ich weiß auch nicht, wo er Platte macht. Aber ich kann mich noch ziemlich gut an ihn erinnern. Er mochte nämlich Kinder.«

Fliegen auf nackter Haut.

Ein zerrissenes T-Shirt.

Blut. So viel Blut.

Yvonne spürte, wie ihre Füße wieder zu kribbeln begannen.

»Was heißt das: Er mochte Kinder?«, fragte Thomas.

»Na ja«, sagte Hermann und kratzte sich am Arm. »Der Kerl saß auf meinem Stammplatz, einer sehr einträglichen Ecke oben in Bornheim. Das konnte ich natürlich nicht auf mir sitzen lassen, also habe ich versucht, ihn zu vertreiben. Er ließ sich aber nicht von mir beeindrucken. Saß einfach da und starrte geradeaus. Am liebsten hätte ich ihm eine verpasst, aber der Typ war mir nicht geheuer.« Hermann deutete mit zwei Fingern auf seine Augen. »Ich habe seinen Blick gesehen. Mir wird jetzt noch kalt, wenn ich daran denken muss. Da war kein Funken Leben mehr in ihnen, so sah es zumindest für mich aus. Ich kenne solche Typen, ich war mal im Knast, da laufen noch mehr von diesem Kaliber herum. Sie essen und trinken und scheißen und pissen, wie jeder andere Mensch auch. Aber innerlich sind sie tot wie ein überfahrener Köter.«

»Aber Sie sagten, dass er anders war«, erwiderte Yvonne.

Hermann nickte. »Da war dieses kleine Mädchen,

sechs oder sieben Jahre alt. Ganz süßer Fratz, mit großen Augen und knubbeligen Knien. Es stand vor ihm, mit einem Eis in der Hand, das langsam zu schmelzen begann. In der anderen hielt es zwei Euro, die das Kind ganz behutsam in die Mütze tat, die der Kerl vor sich hingelegt hatte.« Hermann hielt inne, als versuchte er, dieses Bild noch einmal vor seinem inneren Auge zu betrachten. »Und dann tat der Typ etwas, womit ich überhaupt nicht rechnete. Er hockte sich auf seine Knie, so hatten beide in etwa dieselbe Größe, und er umarmte das Kind, drückte es fest an sich, und es war ihm egal, dass das Eis sein Hemd vollschmierte. Das Kind begann zu weinen.« Hermann hustete so heftig, dass sein runder Bauch wackelte und zu platzen drohte. »Die Mutter kam angerannt, riss das Kind zurück und schrie den Mann an, was ihm einfiele, ihre Tochter anzufassen, und ob sie die Polizei rufen solle. Sie nannte ihn einen Perversen, der seine Finger nicht bei sich halten konnte. Das Kind weinte noch immer.« Hermann neigte sich zur Seite und holte aus seiner Hosentasche Tabak hervor, um sich eine neue Zigarette zu drehen.

»Hat er ihr wehgetan?«, fragte Thomas.

»Es sah nicht so aus.« Hermann schüttelte den Kopf. »Nein, da bin ich mir eigentlich sicher. Er hat sie nur ganz liebevoll in die Arme genommen.«

»Und was ist dann geschehen?«, fragte Yvonne.

»Die Mutter beruhigte sich überhaupt nicht mehr. Mittlerweile waren auch noch andere Leute stehen geblieben, die gar nicht mitbekommen hatten, was eigentlich passiert war. Jedenfalls schien der Kerl zu spüren, dass die Lage für ihn ein wenig brenzlig wurde. Also packte er wortlos seine Sachen zusammen und verschwand.«

»Einfach so?«, fragte Thomas.

»Ja, einfach so. Der Kerl hatte ein Dutzendgesicht. Und wahrscheinlich hätte ich mich auch nicht mehr an ihn erinnern können, wenn diese Sache nicht passiert wäre.«

»Was für einen Eindruck machte er auf Sie?«, fragte Yvonne, die auf einmal auch Lust auf eine Zigarette verspürte.

»Er war anders als alle anderen Kollegen. Ich weiß nicht, wie oft hattest du es schon mit Pennern zu tun?«

Yvonne war überrascht, dass Hermann dieses Wort in den Mund nahm. Aber politische Korrektheit interessierte ihn wohl am allerwenigsten.

»So gut wie nie«, gab Yvonne zu. Früher hatte es mal ein paar Situationen gegeben, in denen sie als Polizistin hatte einschreiten müssen. Doch die Erinnerung daran war blasser als eine Fotografie, die zu lange in der Sonne gelegen hatte.

»Die meisten sind Wracks. Sie saufen, viele nehmen Drogen, und alle gehören eigentlich in die Klapse. Ein ordinäres Volk.«

»Entschuldigen Sie bitte, aber wenn mich nicht alles täuscht, sprechen Sie auch von sich.«

Hermann lachte und konnte nur mühsam einen neuen Hustenanfall unterdrücken. »Natürlich tue ich das. Aber ich bin kein Penner, darauf lege ich Wert.«

»Sondern?«

»Ein Berber. Ich betreibe Körperpflege, wasche meine Klamotten, wenn ich das Geld dazu habe. Ich trinke in

Maßen und lasse die Finger von allen Sachen, die, in kleinen Tütchen verpackt, für teures Geld geschnupft, gespritzt oder inhaliert werden. Nein danke. Dann kann ich mich gleich vor die S-Bahn werfen. Der Typ, der sich dem kleinen Mädchen so unsittlich genähert hatte, war von einem ähnlichen Schlag. Er war sauber und ordentlich angezogen. Nicht unbedingt teure Klamotten, aber auch nicht der letzte getragene Dreck aus einer Kleiderkammer. Die Schuhe waren billig, aber neu. Das Haar war ordentlich geschnitten. Und er trug eine Brille, durch die man wirklich etwas sehen konnte. Nicht so ein Schrott, wie ich ihn da auf der Nase habe. Er war kein Trinker, so viel steht fest. Der Kerl war so abstinent wie ein gläubiger Moslem.«

»Woher wollen Sie das wissen?«, fragte Yvonne.

Hermann lachte müde, als er sich seine nächste Selbstgedrehte ansteckte. »Für so etwas habe ich einen Blick. Ich erkenne Abstinente, Trockene, Quartalssäufer, Spiegeltrinker und Korsakowkandidaten, ohne dass sie auch nur den Mund aufmachen müssen. Nein, der Kerl achtete auf sich, so viel war sicher.«

»Wie lange ist das jetzt her?«, fragte Yvonne.

»Zwei, drei Jahre.«

»Und haben Sie ihn danach noch einmal gesehen?«

Hermann blies den Zigarettenrauch aus und schnippte die Asche ab. »Ja, aber das sollte dauern. Ich hatte ja bereits gesagt, dass unter Kollegen zwar viel getratscht wird, man echte Geheimnisse aber für sich behält. Schließlich weiß ja keiner, ob sie nicht irgendwann einmal auf einen zurückfällt, diese Schwatzhaftigkeit. Aber egal. Jedenfalls habe ich mich einmal umgehört, denn der Typ war so ungewöhnlich, dass er mich eine Zeit lang nicht mehr losgelassen hat. Er fiel komplett aus dem Schema heraus, wenn man ihn sieht, dann denkt man automatisch an eine Doppelhaushälfte, einen Carport und einen Kombi. Irgendetwas Spießiges jedenfalls.«

Yvonne versuchte sich den Mann noch einmal vorzustellen, den sie in der chirurgischen Ambulanz gesehen hatte. Die Beschreibung passte in allen Details auf ihn.

»Nun, zumindest ein Mal ist es ihm nicht gelungen, sich Ärger vom Hals zu halten«, sagte sie. »Als ich ihn in der Notaufnahme der chirurgischen Ambulanz gesehen hatte, sah er aus, als hätte man ihn ziemlich übel zusammengeschlagen.«

»Oh ja. Gerade jetzt, zu dieser Zeit, kann es für unsereinen ziemlich gefährlich sein. Es ist Fußballweltmeisterschaft. Und es ist Sommer. Viele Leute saufen mehr, als ihnen guttut. Auch ich sehe zu, dass ich bestimmte Ecken abends meide. Dieses beschissene Public Viewing kann mir jedenfalls komplett gestohlen bleiben.«

»Du hast gesagt, dass du ihm noch einmal über den Weg gelaufen bist«, sagte Thomas.

Hermann machte eine entschuldigende Handbewegung. »Ja, richtig. Also, nachdem die Geschichte mit dem Mädchen passiert war, hatte ich versucht, mich ein bisschen schlauzumachen, aber kaum jemand wusste etwas über ihn. Er vermeidet die üblichen Treffpunkte, und keiner weiß, wo er Platte macht, also die Nacht über schläft. Aber er ist schon sehr lange hier in der Stadt, länger als ich. Und vielen ist er unheimlich. Manche nennen ihn nur den Buchhalter, weil er wie jemand aussieht, der jeden

Morgen in seinem Büro die Blätter seines Gummibaums abwischt. Nur dass er eben nicht arbeiten geht.«

»Vielleicht ja doch«, sagte ich.

»Dann aber schwarz und auf Tagesbasis, sonst würde er nicht die Mütze aufhalten. Nein, für die meisten von uns existiert er einfach nicht.«

»Sie haben ihn noch einmal gesehen«, versuchte Yvonne Hermann wieder aufs Thema zu bringen.

»Er scheint es wirklich mit kleinen Kindern zu haben«, sagte er. »Vor einem halben Jahr trieb er sich mal vor einer Grundschule im Westend herum. Er saß auf einer Bank, hatte sein Frühstück mitgebracht und verbrachte wohl den ganzen Vormittag damit, den Kindern beim Spielen zuzuschauen.«

»Sie haben nicht mit ihm gesprochen?«

»Natürlich nicht. Ich saß in einem Bus, der an der Schule vorbeifuhr.« Er trat seine Kippe aus und stand auf. »Wenn Sie den Kerl wirklich suchen, werden Sie ihn wahrscheinlich da finden, wo es auch jede Menge Kinder gibt. Aber nehmen Sie sich in Acht. Er ist gefährlich, glauben Sie mir das.«

»Ein Mann, Mitte bis Ende fünfzig, durchschnittliche Figur, durchschnittliches Aussehen, durchschnittliche Größe, durchschnittliches Gewicht«, zählte Yvonne auf, als Thomas sie in seinem Taxi nach Hause fuhr. »Nicht sesshaft, nicht gemeldet und offensichtlich noch nicht einmal krankenversichert, was darauf schließen lässt, dass er kein Hartz IV bezieht. Dennoch muss er irgendwo eine Unterkunft haben, denn wenn er tatsächlich auf der

Straße leben würde, sähe er nicht so gepflegt aus. Er verdient sein Geld mit Schnorren oder vielleicht als Tagelöhner. Und er ist in Kinder vernarrt.«

Thomas sagte kein Wort, sondern schien sich aufs Fahren zu konzentrieren. Yvonne saß diesmal neben ihm.

»Sie glauben also, dass dieser Kerl ein Kinderschänder ist.«

»Ja«, antwortete Yvonne.

»Warum?«

»Liegt es nicht auf der Hand?«, entgegnete sie.

»Was lässt Sie da so sicher sein?«

Yvonne presste die Lippen aufeinander. Sie konnte ihm natürlich Genaueres von den Visionen erzählen, die sie hatte. Den schrecklichen Bildern, der grässlich zugerichteten Kinderleiche. Aber hätte sie das in seinen Augen glaubwürdiger gemacht? Mit Sicherheit nicht. »Ich weiß es eben«, antwortete sie knapp.

»Und was wollen Sie jetzt tun? Sich auf die Suche nach dem Kerl machen? Alleine, auf einen vagen Verdacht hin? Sie haben gehört, was Hermann gesagt hat. Er glaubt, dass der Typ gefährlich ist.«

Yvonne blieb stumm. Thomas konzentrierte sich wieder auf den Verkehr und schwieg seinerseits.

Seit Roberts Tod hatte sich Yvonne mit keinem Mann mehr getroffen. Und nach dem Vorfall, so nannte sie für sich die Kugel in ihrem Kopf, hatte sie ohnehin nicht mehr die Geduld aufbringen können, eine neue Beziehung zu wagen. Yvonne war zu sehr mit sich beschäftigt, als dass sie einen Mann in ihrem Leben hätte ertragen können.

Einmal hatte sie einen Versuch gewagt. Es war ihr Physiotherapeut gewesen, der sich nach ihrer langen Zeit im Krankenhaus um sie gekümmert hatte. Ein netter Kerl, freundlich, warm und offenherzig. Aber der Vorfall hatte sie ungeduldig, reizbar und impulsiv gemacht. Es waren Kleinigkeiten gewesen, die sie gestört hatten. Dass er unentwegt redete, ständig gute Laune hatte und immer so schrecklich verständnisvoll war. Florian hatte sie dazu ermuntert, das Wagnis einer neuen Beziehung einzugehen, und sie hatte auf ihn gehört. Kurz, es war die Hölle gewesen. Manfred, alleine dieser Name, hatte sich zu einer überfürsorglichen Krake entwickelt, die sie auch zu Hause weiter therapieren wollte. Nach zwei entnervenden Wochen war Schluss gewesen, und sie hatte ihn vor die Tür gesetzt. Es war ein regelrechter Befreiungsschlag gewesen. Yvonne kam ganz gut alleine mit sich zurecht. Das hatte sie zumindest immer geglaubt, bis ihr die Diagnose bei der letzten Untersuchung den Boden unter den Füßen weggezogen hatte.

Zum ersten Mal seit einer langen Zeit war sie nun froh, nicht alleine zu sein. Und genau genommen war ihre Bekanntschaft mit Thomas auch kein Date. Er fuhr Taxi, und sie bezahlte ihn. Das war eine Basis, auf der sie ganz gut leben konnte. Keine Verpflichtungen, keine falschen Hoffnungen, keine Enttäuschungen. Und trotzdem hatte der Mann, neben dem sie saß, eine Ausstrahlung, der sie sich nicht entziehen konnte. Er schien in sich zu ruhen, ohne seine Gelassenheit zur Schau tragen zu müssen. Yvonne nahm ihm ab, dass er sich nur um die Dinge Gedanken machte, die er auch ändern konnte.

»Sie haben mir noch immer keine glaubwürdige Antwort auf die Frage gegeben, warum Sie mich wiedersehen wollten«, sagte sie unvermittelt, wobei sie selbst ganz überrascht war, dass sie ihm diese Frage stellte.

»Weil ich Sie interessant finde«, sagte er mit einer entwaffnenden Offenheit.

»Interessant im Sinne von exotisch?«

»Nein, interessant im Sinne von interessant.«

»Geht es vielleicht etwas genauer?«

Er schüttelte den Kopf. »Ich kann es selber eigentlich nicht beschreiben. Deswegen würde ich Sie gerne näher kennenlernen.«

»Sie sind sehr direkt«, stellte Yvonne fest.

»Ich bin keine sechzehn mehr. Wenn ich eine Frau attraktiv finde, dann sage ich ihr das auch.«

Yvonne lachte schallend.

»Aber Sie sind attraktiv!« Thomas klang beinahe empört.

»Natürlich«, erwiderte Yvonne und schüttelte den Kopf.

»Im Ernst! An der Frisur könnten Sie vielleicht noch arbeiten. Aber eigentlich ist auch die okay.« Nun öffnete er auf seiner Seite das Fenster. »Hermann hat recht. Sie haben es nicht so mit Komplimenten, oder?«

»Sie wollten wissen, was mir passiert ist? Ich war in einem Einsatz, eigentlich eine Lappalie. Das ist das, was man mir später erzählt hat. Es ging um eine Personenkontrolle, als plötzlich Schüsse fielen. Einer hat mich getroffen.« Sie deutete mit dem Zeigefinger auf die kleine Narbe über ihrem rechten Ohr.

»Und wer hat ihn abgefeuert?«

»Das weiß man bis heute nicht. Um das herauszufinden, müsste man mir erst die Kugel aus dem Kopf herausoperieren, aber sie sitzt so ungünstig, dass ich den Eingriff entweder nicht überleben würde oder aber sehr wahrscheinlich ein dauerhafter Pflegefall bliebe. Wenn man so will, bin ich mein eigener ungeklärter Fall.«

»Und diese Kugel bereitet Probleme«, stellte Thomas fest.

Yvonne lachte humorlos. »Ja, eine nette Umschreibung. Mein Langzeitgedächtnis ist so gut wie ausgelöscht und mein Kurzzeitgedächtnis eine einzige Baustelle. Wichtige Dinge muss ich mir immer sofort notieren, bevor ich sie vergesse. Aber am schlimmsten sind die epileptischen Anfälle, die durch die Kugel verursacht werden. Als diese Anfälle jetzt stärker wurden, hat man festgestellt, dass sich ein Hirnabszess bildet.«

»Das war an dem Tag, als Sie an der Universitätsklinik in mein Taxi gestiegen sind. Sie wollen sich nicht operieren lassen?«

»Nein.«

»Und diese epileptischen Anfälle, verursachen sie auch manchmal Visionen oder Halluzinationen? Verstehen Sie mich nicht falsch«, beeilte er sich zu sagen. »Aber haben Sie sich auch einmal überlegt, ob der Mann nicht ein Resultat Ihrer Phantasie sein könnte.«

»Ich bin nicht verrückt«, erwiderte Yvonne mit einer geradezu schneidenden Kälte. »Der Mann existiert. Ich habe ihn gesehen. Und Ihr Freund Hermann kennt ihn. Was Hermann über ihn erzählt hat, passt, denn wenn ich eine Vision von ihm habe, sehe ich dabei auch die Leiche eines Mädchens.«

»Wenn wirklich ein Kind ermordet worden wäre, stünde es in der Zeitung«, gab Thomas zu bedenken, als wäre ihm die Ungeheuerlichkeit des Geständnisses nicht aufgefallen.

»Aber nur, wenn es bereits gefunden worden ist.«

»Gehen Sie zur Polizei. Fragen Sie nach. Sie haben doch bestimmt noch gute Kontakte.«

»Nein, die habe ich nicht mehr.«

»Warum?«

»Es hat einige unschöne Diskussionen gegeben, nachdem man auf mich geschossen hatte.«

Sie hatten die Souchaystraße erreicht, und Thomas hielt in einer Einfahrt. Er machte den Motor aus. »Und nun?«

»Und nun werde ich Sie bezahlen. Was bin ich Ihnen schuldig?«

»Schuldig sind Sie mir gar nichts, aber wenn Sie die Fahrt bezahlen wollen, dann bekomme ich 52 Euro von Ihnen.«

Yvonne öffnete ihr Portemonnaie und gab ihm sechzig. »Stimmt so.«

»Danke«, sagte Thomas.

»Ich habe zu danken«, sagte Yvonne. Sie reichte ihm die Hand zum Abschied.

»Passen Sie auf sich auf«, sagte Thomas. »Sie wissen ja, wenn Sie ein Taxi brauchen, rufen Sie mich an.«

Ich kann das Leben draußen kaum noch ertragen. Es ist Sommer, strahlender Sonnenschein. Im Haus ist es warm und stickig. Ich habe die Fenster gekippt und die Jalousien heruntergelassen. Es gibt so viele Dinge, die ich eigentlich tun müsste. Die Küche sieht aus wie ein Schweinestall, gestern ist die Spülmaschine kaputtgegangen. Im Haus müsste überall gesaugt werden. Die schmutzige Wäsche habe ich achtlos die Kellertreppe hinuntergeworfen. Das Bad ist so schmutzig, dass es mich ekelt. Die Flurbeleuchtung im ersten Stock funktioniert nicht mehr, denn die Birne ist durchgebrannt. Die Tiefkühltruhe ist leer, der Kühlschrank sowieso. Eigentlich müsste ich einkaufen gehen, aber ich kann mich nicht aufraffen. Alles ist eine einzige Qual, eine unerträgliche Anstrengung für mich.

Astrid hat seit drei Tagen das Bett nicht mehr verlassen. Sie redet nicht mehr, zumindest nicht mit mir. Manchmal höre ich durch die geschlossene Schlafzimmertür, wie sie Selbstgespräche führt. Wenn ich dann die Tür öffne, schaut sie mich an, als hätte ich sie bei etwas Intimem gestört.

Ich gehe hinaus in den Garten, weil ich mir vorgenommen habe, wenigstens den Rasen zu mähen. Dann sehe ich den alten Sandkasten in der Ecke stehen, den wir eigentlich schon im vergangenen Jahr hatten abbauen wollen, aber Julia hat darauf bestanden, dass wir ihn stehen lassen, obwohl sie schon lange nicht mehr in ihm gespielt hat. Sie hat sich nicht von ihm trennen wollen. Genauso wie von vielen anderen Dingen, die sie überall im Haus verstreute.

Zwar hatte sie immer wie eine Erwachsene behandelt werden wollen, aber in ihrem Inneren war sie immer ein kleines Kind geblieben. Ich decke den Sandkasten wieder zu.

Das Gras ist knöchelhoch gewachsen, der Boden fühlt sich unter meinen nackten Füßen wie ein schlecht umgepflückter Acker an. Der Rasenmäher, ein Handgerät, das für das kleine Grundstück gerade groß genug ist, steht im Carport. Ich muss nur zehn Schritte gehen, um ihn zu holen, aber alleine schon beim Gedanken daran verlässt mich die Kraft.

Auf der anderen Seite des Gartenzauns steht jemand. Es ist die Nachbarin, Frau Beckermann. Sie grüßt mich, und ich grüße zurück. Sie fragt mich nicht, wie es mir geht. Sie weiß überhaupt nicht, worüber sie mit mir sprechen soll. Ich weiß es umgekehrt auch nicht. Frau Beckermann geht zurück in ihr Haus und schließt die Terrassentür. Ich höre, wie Vorhänge zugezogen und die Jalousien heruntergelassen werden.

Viele unserer Freunde haben sich von uns abgewandt. Wer will schon die Nachmittage und Abende mit Menschen verbringen, die nur noch ein Thema kennen? Anfangs haben sie stumm zugehört und mitfühlend genickt, wenn ich über Julia gesprochen habe. Wie sie als Baby war, wo wir unsere Ferien verbracht haben, ihre Zeit in der Schule und, ja, auch die Auseinandersetzungen, die wir manchmal hatten.

Oliver hat versucht, mit mir Fußball zu schauen, aber ich konnte mich nicht auf das Spiel konzentrieren. Schließlich ließen wir es bleiben. Er hat sich von Monique getrennt. Über den Grund redet er nicht. Auch seine Besuche sind seltener geworden. Eigentlich warten wir nur noch darauf, dass die Polizei Julias Leiche freigibt, damit wir sie beerdigen können. Ihr Tod ist mittlerweile keinen Artikel mehr in den Zeitungen wert. Noch immer wird alles vom Fußball verdrängt. Es sieht so aus, als hätte Deutschland gute Chancen, Weltmeister zu werden.

Ich höre die Glocken der Kirche. Es ist Mittag, und ich habe keinen Hunger.

Es gibt zu viel, was getan werden muss, und ich weiß nicht, wo ich beginnen soll. Was die Illustrationen angeht, hat mir der Verlag natürlich einen Aufschub eingeräumt. Aber ich kann es mir nicht leisten, die Zeichnungen einen oder zwei Monate später abzugeben. Ich weiß nicht, wie viel so eine Beerdigung kostet. Gestern stand der Pfarrer bei uns vor der Tür. Nachdem dieser Bertram schon keinen Erfolg bei uns hatte, versucht nun er sein Glück. Ich kann seine Betroffenheit nicht ertragen. Er kennt Julia nicht. Was soll er also sagen, um mich zu trösten. Ich habe ihn rausgeschmissen. Vielleicht sollte ich mich doch einmal um die Wäsche kümmern.

Ich gehe hinunter in den Keller und schalte das Licht ein. Die schmutzige Wäsche ist ein riesiger, unordentlicher Haufen. Es ist schon lange her, dass ich eine Waschmaschine bedient habe. Früher, als ich noch alleine lebte, war das kein Problem. Mittlerweile sind die Dinger so kompliziert geworden, dass man studieren muss, um sie bedienen zu können. Außerdem hat Astrid es nie zugelassen, dass ich die Wäsche wasche. Sie hat immer Angst, dass ich die schmutzigen Kleidungsstücke nicht ordentlich sortiere, das falsche Waschmittel wähle oder nicht die richtige Temperatur einstelle. Ich lege die Wäsche auf drei Haufen. Einen für schwarze Wäsche, einen für bunte und einen für weiße, halte aber inne, als ich eine von Julias Hosen in der Hand halte. Ich runzele die Stirn und betrachte sie von allen Seiten. Plötzlich werde ich wütend. Julias Sachen sind ein Schatz, den ich unbedingt bewahren muss. Ich frage mich schon lange, wie ich ihren Geruch konservieren kann.

Tagelang habe ich in ihrem Bett geschlafen, bis ich merkte, dass das Kissen und die Decke immer mehr meinen eigenen Geruch annehmen. Also habe ich aus dem Keller eine Luftmatratze geholt, sie aufgeblasen und auf den Teppich gelegt. Auf ihr schlafe ich jetzt, obwohl sie so entsetzlich nach vulkanisiertem Gummi stinkt. Ich muss mir etwas anderes einfallen lassen. Vielleicht nehme ich sogar die Matratze aus meinem Bett. Astrid hat mich ohnehin aus dem Schlafzimmer verbannt.

Nach und nach fische ich Julias Kleidungsstücke aus der schmutzigen Wäsche und lege sie in einen Extrakorb. Es gibt doch diese Vakuumbeutel. Vielleicht kann ich ihre Sachen darin aufbewahren. Ich mache mir im Geiste eine Notiz, dann werfe ich die schwarzen Sachen in die Waschmaschine, stelle sie auf 30 Grad Feinwäsche. Ohne Vorwäsche, kein Weichspüler. Dann schalte ich die Maschine an. Das Programm sagt mir, dass es exakt eine Stunde und siebenundvierzig Minuten benötigt, bis es fertig ist. Ich bin erschöpft.

Oben im Wohnzimmer muss ich erst die Couch freiräumen. Auch auf dem Sessel liegt alles Mögliche. Also gehe ich hinauf in mein Atelier. Und betrachte noch einmal das Bild, das ich gemalt habe, und breche wieder in Tränen aus. Sie fehlt mir so sehr. Ich vermisse ihre Berührung, das Kitzeln ihrer langen Haare, ihre kokette, manchmal etwas freche Art. Ich vermisse die verschiedenfarbig lackierten Fingernägel. Ich vermisse ihre Unordnung. Ich vermisse ihr Gejammer, wenn sie keine Lust hat, ihre Hausaufgaben zu machen. Ich vermisse die Streitereien, wenn es darum geht, dass sie ihr Zimmer aufräumen soll. Ich vermisse die Grübchen auf ihren Wangen. Ich vermisse ihre blauen Augen. Ich vermisse ihre Nähe.

Ich weiß nicht, ob sich Astrid eine Mitschuld an Julias Tod gibt. Ich weiß nicht, wie es in ihr aussieht. Ich weiß nicht, ob sie mich überhaupt noch liebt.

Es klingelt an der Haustür. Astrid wird nicht öffnen, und ich habe auch keine Lust auf Besuch. Ich will niemanden sehen. Doch wer immer vor der Tür steht, er ist hartnäckig. Das Klingeln lässt nicht nach. Schließlich stehe ich auf, gehe hinunter und öffne. Es ist Schumacher.

Im Gegensatz zu sonst trägt er heute keine Uniform, so als käme er als Freund und nicht als Polizist. »Darf ich eintreten?«, fragt er. Ich gehe beiseite und schließe die Tür hinter ihm.

Schumacher sieht die Unordnung, das Schlachtfeld, in dem wir leben. Nun schäme ich mich dafür, wie es hier aussieht. Ich räume hastig einen Stuhl frei, damit er sich setzen kann.

»Wie geht es Ihnen?«, frage ich ihn, und er schaut mich überrascht an.

»Das wollte ich eigentlich Sie fragen«, erwidert er.

Ich zucke mit den Schultern. »Warum sind Sie hier?«, frage ich ihn.

»Ich wollte Ihnen nur zeigen, dass wir Sie nicht vergessen haben.«

»Gut zu wissen.« Ich reibe mir müde die Augen. »Wo ist eigentlich Ihre Kollegin? Die kleine zierliche?«

»Polizeikommissarin März«, sagt Schumacher.

»Ja, genau. Sie beide sind doch sonst immer unzertrennlich.«

»Frau März ist krankgeschrieben.«

»Oh«, mache ich nur. »Hoffentlich ist es nichts Schlimmes.«

»Doch, ist es. Sie hat einen Zusammenbruch erlitten.«

»Warum?«, frage ich.

»Sie war diejenige, die die Leiche Ihrer Tochter gefunden hat«, sagt Schumacher. »Seitdem ist sie in psychologischer Behandlung.«

Ich sehe Schumacher einen langen Moment verdutzt an. Und dann lache ich, so laut und so heftig, dass mir die Tränen kommen und mir die Luft wegbleibt. »Entschuldigen Sie bitte«, sage ich und kann mich kaum beherrschen. »Aber sie hatte einen Zusammenbruch, weil sie die Leiche meiner Tochter gefunden hat?«

»Ja.« Schumacher lacht nicht.

»Julia ist mein Kind. Und ich habe die Leiche auch gesehen.«

»Ja«, sagt Schumacher nur. Noch immer zeigt sich keine Regung auf seinem Gesicht.

Mein Lachen erstirbt. »Warum sind Sie hier?«

»Das habe ich Ihnen doch schon gesagt. Sie sollen wissen, dass wir Sie nicht vergessen haben.«

»Geschenkt. Warum noch.«

Erst jetzt weicht Schumacher meinem Blick aus. »Der Obduktionsbericht ist fertig.«

»Und? Was steht in ihm, was ich nicht schon gesehen habe?«

»Nichts«, sagt Schumacher.

»Aber?«

Schumacher zögert. »Die Staatsanwaltschaft hat ihn an die Presse gegeben.«

Ich sehe ihn verwirrt an. Dann verstehe ich. Natürlich werden ihn die Zeitungen abdrucken, zumindest zitieren. Es wäre so, als würde meine Tochter noch einmal sterben, und jeder würde dabei zuschauen.

»Raus«, flüstere ich und stehe auf. »Los, raus mit Ihnen.«

Schumacher erhebt sich. Ich packe ihn an seiner Jacke und zerre ihn zur Haustür. »Ich will Sie nicht wiedersehen.«

»Es tut mir leid, aber diesen Wunsch werde ich Ihnen nicht erfüllen können.«

Diesmal war alles anders. Hatte Yvonne in ihren Träumen und Visionen zuvor den Schrecken in den Augen des Mädchens gesehen und ihre Schmerzen gespürt, so war sie in dieser Nacht in die Rolle des Verfolgers geschlüpft. Yvonne glaubte seine Wut zu spüren, die sich mit der Angst vor Entdeckung paarte. Das Adrenalin schoss durch seinen Körper und ließ sein Herz rasen. Er trug schwere Schuhe und eine lange dunkelgraue Hose, die für das Wetter eigentlich viel zu warm war. Schweiß prickelte auf seinem Kopf, lief ihm den Nacken hinab, bis er vom T-Shirt aufgesaugt wurde. Die heiße Luft trocknete ihm den Mund aus und brannte in den Lungen. Er war frustriert, denn er hatte die Spur des Mädchens verloren.

Das Waldstück war groß. Zwischen dem dichten Laub der Bäume konnte er das glitzernde Wasser des Sees erkennen. Er musste nur die Augen offen halten, dann würde er sie sehen. Er blieb stehen, atmete einige Male tief durch und lauschte. Die Turbinen tief fliegender Flugzeuge jaulten klagend auf. Der Wald war leer, und das war sein Glück. Viele saßen heute Nachmittag vor den Fernsehern, schauten Fußball und grillten.

Vorsichtig setzte er einen Schritt vor den anderen, ging

in die Hocke und schaute unter das Blätterwerk der Büsche. Er wusste, dass sich nicht weit von hier ein Schießplatz und eine Hundeschule der Polizei befanden. Er musste unbedingt verhindern, dass das Mädchen den Weg dorthin fand.

Ein leises Knacken, ein vorsichtiges Rascheln, nicht weit von ihm entfernt! Er richtete sich wieder auf, ganz Auge, ganz Ohr. Wieder dieses Geräusch! So, als würde ein Fuchs durchs Unterholz schleichen, um seinem Jäger zu entgehen.

Er verließ den Weg, drückte die Äste eines Busches beiseite. Da hockte sie, zusammengekauert, die Arme um die dünnen, schmutzigen Beine geschlungen. Das rote T-Shirt war zerrissen. Darunter blutete eine Wunde. Sie musste an einem Ast hängen geblieben und gefallen sein. Die Knie waren aufgeschürft, schmutziges Blut lief in dünnen Rinnsalen das Schienbein hinunter.

Tu mir nichts, flehte das Kind.

Er wusste nicht, ob er die groben Arbeitshandschuhe schon die ganze Zeit getragen oder jetzt erst angezogen hatte. Sie wehrte sich nicht, als er in ihr Haar griff und sie mit einem Ruck hochriss. Aber sie schrie.

Tu mir nichts.

Er konnte das Jammern nicht ertragen. Und er konnte nicht zulassen, dass doch irgendjemand hörte, was hier geschah.

Also drückte er seine Hand auf ihren Mund. Durch das raue Leder fühlte sich das Gesicht klein und verletzlich an. Wie das einer zerbrechlichen Puppe.

Das Mädchen schlug jetzt wild um sich, versuchte ihn

zu kratzen, drang mit den Fingernägeln aber nicht durch die Jacke durch, die er trug. Er schlug ihren Kopf gegen den Stamm einer Eiche. Einmal. Zweimal. Vielleicht auch dreimal oder viermal. Ihr Widerstand ließ nach. Rindenstücke und Moos hatten sich in ihren Haaren verfangen, die Kopfhaut war aufgeplatzt wie die Pelle einer Wurst, die man in kochendes Wasser gelegt hatte. Sie blutete, seine Handschuhe waren ganz besudelt. Er würde sie wegschmeißen müssen, wie die Kleidung, die er trug. In diesem Moment war ihm klar geworden, dass er wirklich bereit war, den letzten Schritt zu gehen. Er würde sie töten.

Der Gedanke daran erregte ihn nicht. Im Gegenteil, er machte ihn noch wütender, denn er musste vorsichtig sein. Er durfte keine Spuren hinterlassen. Jede Nachlässigkeit würde wie ein ausgestreckter Finger auf ihn zeigen.

Dabei liebte er dieses Mädchen eigentlich. Er wollte ihr nicht wehtun, wirklich nicht. Aber die Umstände zwangen ihn dazu.

Er packte sie unter den Armen und versuchte, sie hinunter zum See zu ziehen, wo niemand sie sehen konnte. Doch das T-Shirt rutschte hoch, und sie entglitt ihm. Also griff er ihr wieder ins Haar, ballte die Faust und zerrte sie hinter sich her. Sie war schwer.

Stöhnte sie? Erwachte sie aus der Bewusstlosigkeit? Bewegten sich ihre Füße? An der Böschung des Sees ließ er sie fallen. Dann hob er einen schweren Stein auf. Er wusste nicht, ob er zögerte und, wenn ja, wie lange. Aber letzten Endes schlug er doch zu.

Der Schädel zersprang nicht sofort, dann aber drückte das Innere des Kopfes das rechte Auge aus seiner Höhle. Der Körper zitterte, gurgelnde Geräusche stiegen aus der Kehle auf. Das Kind war noch immer nicht tot!

Er ließ den Stein fallen, holte aus einer seiner Taschen ein Messer und stach zu, immer und immer wieder. Er zielte auf den Oberkörper, auf den Rücken, spürte, wie die Klinge an den Knochen vorbeischabte. Noch immer atmete sie, stöhnte sie, würgte sie. War er verzweifelt? Vielleicht. Jedenfalls stand er unter Stress. Wieso zum Teufel starb das Mädchen nicht? Ein drittes Mal griff er ihr ins Haar und hob den Kopf hoch. Knochenstücke des fragmentierten Schädels knirschten aneinander. Er setzte das Messer an, holte dabei weit aus, durchschnitt die dicken Sehnen und die Halsschlagader und den Knorpel des Kehlkopfes, bis das Blut schaumige Blasen schlug. Dann lief der letzte Rest Leben aus dem kleinen Körper, und es war vorbei. Endlich.

Und Yvonne erwachte.

Sie schrie nicht, sie rührte sich nicht. Nur ihre Augen waren weit aufgerissen, und sie stellte fest, dass sie genauso in ihrem Bett lag, wie das Mädchen, dessen Ermordung sie im Traum miterlebt hatte. Yvonne atmete flach, das Herz schlug noch immer im trägen Rhythmus des Schlafes. Es war dunkel, die Vorhänge zugezogen. Aber das Nachbild des Traumes flimmerte vor ihrem inneren Auge.

Tränen tropften auf das durchgeschwitzte Kopfkissen, und noch immer konnte sich Yvonne nicht rühren. Erst als vor dem Fenster die Vögel zu zwitschern begannen und die ersten Autos fuhren, fühlte sie sich in der Lage aufzustehen.

Doch dann musste sie sich am Vorhang festhalten, da ihre Beine einknickten. Die Halterungen der Schiene rissen mitsamt der Schrauben und Dübel aus der Decke. Die schwere Stoffbahn breitete sich wie ein Leichentuch über Yvonne. Licht flutete ins Schlafzimmer.

Sie strampelte den Stoff weg, stand auf und wankte ins Bad, wo sie den Kaltwasserhahn aufdrehte, sich Wasser ins Gesicht spritzte und mit zitternden Händen ein Glas füllte, das ihr aber sofort wieder aus den Händen glitt und mit einem hässlichen Klirren im Waschbecken zersprang. Yvonne starrte auf die Scherben, die sich wie kleine dünne Eisstücke im Strudel des abfließenden Wassers bewegten.

Schließlich riss sie sich zusammen und sammelte die Scherben ein, um sie in den Abfalleimer zu werfen, der neben der Toilette stand. Doch sie schnitt sich, und das Blut, das nun in den Ausguss tropfte, ließ sie aufschreien. Sie riss die Tür des Spiegelschranks auf und tastete mit der unversehrten Hand nach einem Pflaster. Flaschen und Dosen fielen um, bis sie schließlich die kleine blaue Plastikdose fand, in der sie das Verbandsmaterial aufbewahrte. Der Schnitt im Finger war nicht tief, aber die Wunde blutete, als wollte sie nie mehr versiegen. Yvonne riss ein Stück Klopapier von der Rolle, tupfte das Blut ab und bandagierte den Zeigefinger mit einem Pflaster.

Sie setzte sich auf den kalten Rand der Badewanne und weinte. Schließlich wischte sie sich mit dem Handrücken die Nase ab und zog die Jeans an, die sie am Abend zuvor zur schmutzigen Wäsche geworfen hatte. Es war schwierig, mit der verletzten Hand den Knopf zu schließen und den Gürtel zuzuziehen. Das T-Shirt, indem sie geschlafen hatte, behielt sie an.

Yvonne machte sich nicht die Mühe, Schuhe anzuziehen, sondern schlüpfte in die Flip-Flops, die sie zu Hause immer trug. Sterntaler hielt ihr den Schlüssel entgegen, und Yvonne nahm ihn. Dann warf sie die Wohnungstür hinter sich zu und hastete überstürzt aus dem Haus.

Sie spürte nicht den Regen, der auf ihren kahlen Kopf fiel.

Sie nahm die Menschen nicht wahr, an denen sie vorüberhastete.

Sie sah die Autos nicht, die im dichten Verkehr der Schweizer Straße fuhren.

Mechanisch einen Fuß vor den anderen setzend, ging sie durch die Stadt, rempelte Leute an und erntete dafür empörte Blicke und Bemerkungen. Das Bild des toten Mädchens, ihre letzten Atemzüge erfüllten Yvonne so sehr, dass sie nichts anderes mehr spürte. Weder sich noch die Welt um sie herum. Als sie den Spielplatz in der Brückenstraße erreichte, erblickte sie einen kleinen Jungen von vielleicht drei oder vier Jahren in einer gelben Regenjacke, der hingebungsvoll einen Spielzeugkipplader mit Sand füllte.

Yvonne hörte nur ihren eigenen Atem, ihr eigenes Herz schlagen. Langsam ging sie auf den Jungen zu und kniete sich vor ihn nieder.

»Florian«, flüsterte sie.

Der Kleine blickte auf und hielt mit dem Schaufeln inne. »Ich heiße nicht Florian.«

Doch in diesem Moment war dieses Kind ihr Kind, ihr eigener Sohn, wieder klein und unschuldig, aufgeweckt und liebevoll und voller Vertrauen. Sie streckte ihre Hand aus, und der Junge ergriff sie nach kurzem Zögern. Er sagte etwas, wandte den Blick ab und lächelte.

Dann umarmte Yvonne das Kind.

Eine Hand packte sie grob an der Schulter und schüttelte sie. Yvonne drehte sich um. Neben ihr stand eine Frau und redete auf sie ein, aufgebracht und wütend. Yvonne verstand nicht, was sie sagte. Der Junge, der sie zuvor so freundlich angestrahlt hatte, kämpfte sich nun mit aller Kraft aus ihrer Umarmung. Yvonne streckte die Hand nach ihm aus und erhielt daraufhin einen solch heftigen Stoß, dass sie umfiel und im Sand landete. Andere Frauen waren jetzt der Mutter zu Hilfe geeilt. Eine von ihnen hatte ihr Telefon am Ohr. Yvonne stand wankend auf und lief, so schnell sie es in ihren Flip-Flops vermochte, davon.

Die Frauen folgten ihr nicht.

Nachdem sie zehn Minuten gerannt war, fiel sie wieder in den alten langsamen Schritt zurück. Überall sah sie jetzt Kinder. Ein gut gelaunter Junge in Gummistiefeln, der an der Hand seines stolzen Vaters vom Bäcker kam. Drei Mädchen, die tuschelnd und kichernd unter einem großen Schirm standen. Ein kleines Kind, dessen Mutter einen Regenschutz über den Buggy spannte.

Yvonne weinte verzweifelt, denn sie wusste, dass sie nicht alle würde beschützen können. Aber sie konnte versuchen, den Mörder zu finden, der noch immer in der Stadt war, vielleicht sogar ganz in der Nähe, und nur auf eine weitere Gelegenheit wartete, erneut ein unschuldiges Leben töten zu können. Die Leere in ihr wurde von Hass und Angst verdrängt.

Sie musste den Mann finden.

Hermann hatte gesagt, dass er ihn das letzte Mal vor einer Schule gesehen hatte.

Schulen.

Kindergärten.

Spielplätze.

Sie würde ihn finden, und wenn sie damit den kurzen erbärmlichen Rest ihres kläglichen Lebens verbrachte.

Yvonne spürte, wie sie in die Wirklichkeit zurückkehrte. Die letzten Reste des Albtraums verloren langsam die Konturen und versanken wie eine Moorleiche im Morast ihrer verschütteten Erinnerungen.

Doch wo sollte sie beginnen? Sie musste planvoll vorgehen, sich genau überlegen, wo sie nach ihm suchen sollte. Sie konnte nicht überall gleichzeitig sein.

Ziellos streifte sie durch die Straßen der Stadt. Einige Läden und Straßenecken kamen ihr bekannt vor, doch die Erinnerung an diese Plätze war wie das Echo eines Déjà-vu. Yvonne hatte ihre Handtasche nicht mit dabei, in der sich der Stadtplan und ihr Notizbuch befanden, die sie sonst beide wie einen Ariadnefaden benutzte, um den Weg nach Hause zu finden. Es gab Tage, an denen sie ohne diese Hilfe auskam. Der heutige Tag gehörte nicht dazu.

In ihrem Kopf hatte sich ein ungeheurer Druck aufgebaut, der Schmerz hinter den Augen war kalt und stechend. Der Regen hatte ihre Kleidung mittlerweile vollkommen durchnässt. Sie fror. Es gelang ihr, die mitleidigen und manchmal auch belustigten Blicke zu ignorieren. Es waren glücklicherweise nicht viele, die ihr diese unangenehme Aufmerksamkeit widmeten.

Die meisten, die ihr entgegenkamen, machten einen Bogen um sie oder wechselten die Straßenseite. Und wenigstens suchte niemand ihren Blick. Als sie den Main überquerte und die Berliner Straße erreichte (von der sie vergessen hatte, dass sie so hieß), hatte sie das Gefühl, mit jedem Schritt unsichtbarer zu werden.

Der Regen hatte nachgelassen, die Wolken brachen auf, und die Sonne schien warm aus einem sommerlichen Himmel. Von den Straßen stieg ein feiner Nebel auf, der sich aber sofort auflöste, als der Asphalt sich erwärmte und schließlich trocknete.

Die Menschen, die an ihr vorbeieilten, waren konturlose Schemen, Geister auf der Flucht vor dem Stillstand. Nur die Gestalten, die entkräftet auf den Bänken saßen oder in Hausecken knieten, die Hand ausgestreckt und um eine milde Gabe bettelten, die sah sie.

Und es gab viele von ihnen, das bemerkte Yvonne erst jetzt. Sie sprach einen Mann an, der offenbar seine gesamte Habe in einem Rucksack und zwei Plastiktüten bei sich trug, wusste aber nicht, ob sie irgendetwas Verständliches sagte oder ob die Gestalt einfach nur zu müde und zu betrunken war, um ihr zu antworten.

Die Menschen, die in ihrer Erstarrung gefangen waren, beachteten sie genauso wenig wie die vorbeihuschenden Geister.

Trotzdem ging sie von einem zum anderen, rüttelte an Schultern, schrie und gestikulierte, aber niemand war bereit, ihr zu helfen. Erst als sie auf die Knie sank und ihre Verzweiflung herausschrie, nahm ein Schemen plötzlich feste Gestalt an. Eine Frau beugte sich zu ihr hinab, eine Afrikanerin, die wie sie den Kopf kahl geschoren hatte. Hinter all den Tränen musste Yvonne jetzt lachen.

Sie streckte die Hand aus, um der Frau über den Kopf zu streichen, aber die Afrikanerin wich zurück. Ihre Freundin, deren Haut ebenfalls schwarz wie die Nacht war, klappte ihr Telefon auf. Armreifen klirrten. Moschus und Patschuli. Ein Flugzeug am Himmel.

Als der Notarzt endlich eintraf, hatte Yvonne bereits das Bewusstsein verloren.

Vor zwei Tagen hat die Polizei Julias Leiche freigegeben. Jeder, den es interessierte, hat nachlesen können, wie sie umgebracht wurde. In allen Details. Es war eine nachträgliche Schändung der besonderen Art. Natürlich hat die Staatsanwaltschaft versichert, dass die Herausgabe des Berichts eine Panne gewesen sei. Aber sie macht sich nicht die Mühe, sich bei uns deswegen zu entschuldigen.

Nur Wieland hat die Stärke, sich um alle Formalitäten der Beerdigung zu kümmern. Wir müssen nur die Rechnungen begleichen. Ich habe diesem Tag mit Schrecken entgegengesehen, denn Astrid hat sich immer mehr zurückgezogen. Jede Hilfe lehnt sie ab. Sie wird immer weniger, isst kaum noch, trinkt so gut wie nichts. Sie ist alt geworden, das Haar ist stumpf, ihre Knochen stehen vor, die Augen liegen tief in ihren Höhlen. Ich habe nicht die Kraft, ihr zu helfen. Immer wieder schlage ich ihr vor, einen Psychologen zurate zu ziehen. Vielleicht diesen Bertram, den wir so unfreundlich hinausexpediert haben. Auch Wieland ist entsetzt. Er ist der Einzige, mit dem sie noch spricht. Aber das, was sie von sich gibt, scheint nicht viel Sinn zu ergeben. Sagt ihr Bruder.

Mein Vater ist nicht gestorben, aber er wird an der

Beerdigung nicht teilnehmen können. Genau wie meine Mutter. Es geht über ihre Kräfte.

Die Beisetzung findet an einem Freitag statt. Zuvor gibt es einen Gottesdienst. Wieland hat meiner Frau über ein Versandhaus ein neues schwarzes Kleid bestellt, da ihr die alten Sachen nicht mehr passen, so sehr hat sie abgenommen. Er ist bei ihr und hilft ihr, es anzuziehen.

Wir hoffen, dass es eine schlichte, würdige Feier wird. In den Todesanzeigen, die wir in den verschiedenen Zeitungen aufgegeben haben, bitten wir ausdrücklich darum, von Beileidsbekundungen abzusehen. Es wird auch keinen anschließenden Kaffee geben, schließlich ist nicht irgendeine alte Oma gestorben, mit deren Ableben man immer rechnen musste und deren erfülltes Leben man gemeinsam noch einmal Revue passieren lassen kann. Ich will nicht mehr über Julia sprechen. Nicht mit Freunden, nicht mit Verwandten und mit Fremden schon gar nicht.

Es ist lange her, dass ich mir eine Krawatte gebunden habe, und ich benötige zwei Versuche, bis sie einigermaßen sitzt. Wieland kommt mit Astrid die Treppe herunter. Natürlich ist ihr auch das neue Kleid viel zu weit. Aber ich sage nichts. Ich bin froh, wenn dieser Tag vorüber ist.

Wir haben uns lange überlegt, wie wir Julia zu Grabe tragen wollen. Wir, das heißt Wieland und ich. Astrid hat auch dazu geschwiegen, allenfalls mit der Schulter gezuckt, so als sei es ihr letztendlich egal.

Ich wollte keine Urnenbeisetzung. Julia sollte nicht verbrannt werden. Ihr Körper sollte, soweit das noch möglich war, intakt bleiben.

Wir fahren mit Wielands neuem Auto. Den alten Lieferwagen hat er nach einem Kolbenfresser an einen Schrottplatz verkauft. Ich sitze mit Astrid hinten und halte ihre Hand. Sie lächelt mich einmal traurig an, dann starrt sie wieder nach vorne.

Der Weg zur Kirche ist nicht weit. Eigentlich ist es Unsinn, mit dem Auto dorthin zu fahren, da es ohnehin keinen Parkplatz geben wird. Aber von da aus bis zum Friedhof ist es noch ein gutes Stück.

Der Platz vor der Kirche ist voll mit Menschen. Ich bin erstaunt, wie viele es sind. Nicht alle werden einen Platz finden. Ich sehe die Matuschkas mit ihren Zwillingen, der Hund ist nicht mit dabei. Oliver steht bei ihnen. Die meisten anderen, mit Ausnahme der Nachbarn und Freunde, kenne ich nur vom Sehen. Die Gespräche verstummen, als wir aussteigen. Eine Gasse wird frei gemacht, als wären Astrid und ich ein Königspaar auf dem Weg zur Krönung.

Die Bänke in der Kirche sind bereits zur Hälfte besetzt. In den letzten Reihen sitzen die alten Frauen, die ohnehin auf alle Beerdigungen gehen, so als würden sie für den eigenen Ernstfall üben. Der Pfarrer, ein anderer als der, der uns aufgesucht hat und in dessen Gottesdienst ich noch nie im Leben war, spricht uns sein Beileid aus. Astrids Beine knicken ein, als sie den weißen, blumengeschmückten Sarg sieht, vor dem ein riesiges Bild unserer Tochter steht. Es ist das Foto, das am Ende des letzten Sommers vom Hortfotografen gemacht wurde. Darauf sieht sie so lebendig aus, dass ich den Blick abwenden muss.

Wir nehmen in der ersten Reihe Platz, die für die Familie reserviert ist. Astrids Eltern sind schon lange tot, Wieland ist der einzige Angehörige, den sie noch hat. Die Glocken beginnen zu läuten. Ich höre, wie sich die Kirche füllt, drehe mich aber nicht um. Orgelmusik ertönt, laut und aufdringlich. Wieland hat endlich einen Parkplatz gefunden und setzt sich zu uns. Eine Predigt wird gehalten. Ich höre die Worte, aber ich verstehe sie nicht, sosehr ich mich auch anstrenge. Immer wieder wird alles von Kirchenmusik unterbrochen. Wir stehen auf, beten, setzen uns wieder hin, die Orgel kreischt, wir stehen wieder auf und setzen uns wieder hin. Dann treten die Menschen vor, die in Julias Leben eine wichtige Rolle gespielt haben. Ihre Klassenlehrerin erzählt, was für ein fröhliches Mädchen sie war und was für ein Glück alle hatten, die sie kennen durften.

Dann tritt Sandra vor, ihre beste Freundin, sie liest unter Tränen eine Passage aus den Gebrüdern Löwenherz vor. Die Welt ist voller Zeichen, man muss sie nur zu deuten wissen. Ich habe die herausgerissenen Seiten zusammen mit dem leeren Einband in den Müll geworfen.

Wieder spielt die Orgel, wieder wird gebetet. Dann wird der Sarg herausgerollt. Astrid, Wieland und ich führen die Spitze des Trauerzugs an.

Erst jetzt sehen wir, wie voll die Kirche ist. Und wie viele Menschen noch vor ihr stehen, die keinen Einlass gefunden haben. Der Sarg wird in einen Leichenwagen geschoben. Von Beileidsbezeugungen bitten wir abzusehen. Bis jetzt hält sich jeder daran.

Wir gehen mit Wieland zu dem Parkplatz, den er so

lange hat suchen müssen, und steigen ein. Wir sind nicht die Ersten am Friedhof. Ich sehe Kinder, viele Kinder. Die meisten sind aus ihrer Klasse, viele aus dem Sportverein. Der ganze Ort scheint auf den Beinen zu sein. Auch die Presse ist anwesend. Aber sie weiß, dass sie draußen bleiben muss. Astrid versteckt sich hinter Wieland. Wir hasten durch das offene Tor.

Der Friedhof hat eine Ecke, die nur für Kinder reserviert ist. Wir sehen das offene Grab und den weißen Sarg, der auf einem Gestell steht. Die Totengräber halten sich abseits und haben ihre Mützen abgesetzt. Der Pfarrer erwartet uns schon. Ich frage mich, wie er es geschafft hat, so schnell hierherzukommen. Wieder liest er etwas aus der Bibel vor, und wieder höre ich nicht zu. Gott kümmert sich nicht um seine Geschöpfe. Warum also soll ich mich um ihn kümmern? Dann kommt der schwerste Moment. Der Moment, vor dem ich den ganzen Tag gezittert habe. Der Sarg wird in die Grube hinabgelassen.

Astrid heult auf und verliert die Fassung. Ich muss sie festhalten, denn für einen kurzen Moment sieht es so aus, als würde sie am liebsten hinterherspringen. Die Vorstellung, dass in dieser kleinen Kiste meine Tochter liegt, zerreißt mein Herz in zwei Hälften. Ich stelle mir vor, wie sie im Inneren dieses Sarges gegen den Deckel klopft, herausgelassen werden will, weil alles nur ein irrsinniges Versehen ist und sie eigentlich noch lebt. Aber niemand hört ihr Schreien und Rufen, zum zweiten Mal. Ich versuche den Mann daran zu hindern, die Kurbel zu drehen, mit der der Sarg heruntergelassen wird. Der Pfarrer hält mich fest, und ich stoße ihn beiseite. Mir ist es egal, was für ein jämmerliches Schauspiel ich in diesem Moment abgebe. Erst jetzt begreife ich in einer entsetzlichen Endgültigkeit, dass ich meine Tochter nicht zurückbekommen werde. Schließlich gebe ich auf und lasse mich von Wieland wegführen. Wir gehen zurück, vorbei an den Menschen, die sich zu einer langen Schlange aufgereiht haben, als gäbe es hier etwas umsonst. Am Tor steht Schumacher, zusammen mit einigen Beamten.

Ich frage mich, warum er sich nicht wie alle anderen angestellt hat, als er auf meinen Schwager zutritt. »Wieland Lenz, ich nehme Sie fest. Sie stehen unter dringendem Verdacht, Ihre Nichte Julia Steilberg umgebracht zu haben.«

Yvonne erwachte, und sie war nicht allein. Neben ihr am Krankenbett saß Florian und hielt ihre Hand in seiner. Sie spürte seine Erleichterung, als sie mit flackernden Lidern ihre Augen öffnete.

»Hi«, flüsterte er nur.

Yvonne leckte die trockenen Lippen und versuchte sich zu räuspern, aber ihr Mund war eine einzige Wüste. Florian gab ihr einen Schluck Wasser.

»Wie fühlst du dich?«, sagte er.

»So, wie ich wahrscheinlich auch aussehe«, erwiderte Yvonne. Sie hob den linken Arm und stellte fest, dass im Handrücken eine Braunüle steckte. Klare Flüssigkeit tropfte aus einem aufgehängten Beutel in den durchsichtigen Schlauch.

»Weißt du, was geschehen ist?«, fragte Florian.

Yvonne stellte fest, dass sie diesmal in einem Zweibettzimmer lag und dass das andere Bett leer war.

»Nicht wirklich«, sagte sie und stützte sich auf die Ellbogen, um zu sehen, ob nicht irgendwo noch mehr Wasser war. Florian begriff und schenkte ihr noch ein Glas ein, das sie gierig leerte.

»Man hat dich auf der Zeil gefunden«, sagte Florian.

»Hatte ich einen Anfall?«

»Keinen epileptischen. Es war ein Zusammenbruch. Die Frau, die den Notarzt rief, hat mir erzählt, dass du vollkommen verwirrt warst, wahllos Leute angesprochen hast und sie unverständliche Dinge fragtest.«

Yvonne hatte plötzlich wieder das Bild des toten Mädchens vor Augen. »Ich hatte geträumt«, sagte sie so leise, dass sie selbst kaum verstand, was sie sagte.

Florian runzelte die Stirn und blickte sie fragend an.

»Ich sehe seit einiger Zeit Bilder eines ermordeten Kindes«, sagte sie und drückte seine Hand. »Der Traum, den ich vorletzte Nacht hatte, war besonders schlimm. Ich habe durch die Augen des Mörders gesehen, wie er das Mädchen umbrachte.«

Florian stöhnte und rieb sich die Stirn.

»Ich sehe diese Bilder, seitdem mir in der Notaufnahme dieser Mann begegnet ist. Ich glaube, dass er etwas mit diesem Mord zu tun hat.«

»Einem Mord, den du aber nur in deinen Träumen gesehen hast«, sagte Florian vorsichtig.

Einen kurzen Moment lang spürte sie Zorn in sich aufsteigen, aber sie hatte nicht die Kraft, um jetzt mit ihrem Sohn zu streiten. »Ja«, sagte sie.

»Die Ärzte haben gesagt, dass dein Hirnabszess wächst und beginnt, gesundes Gewebe zu verdrängen.«

»Ich habe keine Halluzinationen«, erwiderte Yvonne, so fest sie konnte.

»Darauf wollte ich nicht hinaus«, sagte Florian.

»Sondern?«

»Du wirst nicht mehr alleine leben können«, sagte Florian.

»Wer sagt das?«

»Nicht ich. Die Ärzte. Hast du das Antibiotikum genommen?«

Yvonnes Gesicht wurde taub. Das Rezept für die Medikamente war noch immer in ihrer Hosentasche.

»Du hast es vergessen, nicht wahr?«, sagte Florian.

Yvonne nickte. Plötzlich fühlte sie sich hilflos. Florian strich ihr über die Wange und schaute sie an, als wäre sie ein krankes, unvernünftiges Kind. »Ich werde wieder bei dir einziehen.«

Zu ihrer Überraschung war diese Ankündigung für Yvonne eine Erleichterung. Zum ersten Mal seit Langem wollte sie nicht alleine sein. Sie ahnte, dass ihr vielleicht nicht mehr viel Zeit blieb. Yvonne erinnerte sich wieder an den Zusammenbruch, wie die Menschen als geisterhafte Schemen an ihr vorbeigehuscht waren und sie sich noch nie so alleine gefühlt hatte wie in diesem Moment.

»Danke«, sagte sie. »Danke, dass du so viel Geduld mit mir hast.«

Florian küsste die Hand seiner Mutter. »Wahrscheinlich wirst du sehr bald Gelegenheit bekommen, um dich zu revanchieren, denn ich werde dich von jetzt an keinen Augenblick mehr aus den Augen lassen. Ich werde dafür sorgen, dass du deine Medikamente nimmst. Ich werde dafür sorgen, dass du deine Arzttermine einhält. Und ich werde dafür sorgen, dass du dich nicht aufgibst, okay?«

»Okay«, flüsterte sie.

Yvonne wollte ihre Entlassung aus dem Krankenhaus feiern. Als sie Florian von ihrem Plan berichtete, war er überrascht, aber fest entschlossen, sie darin zu unterstützen. Es würde eine kleine Party werden, hatte sie sich vorgenommen. Außer Florian würden nur noch die Nachbarn aus dem Haus kommen, mit denen sich Yvonne verstand. Und Thomas. Sie würde einkaufen und kochen, und ihr Sohn würde ihr dabei helfen, wenn sie Schwierigkeiten bei der Zubereitung des Essens haben würde. Es war schon lange her, dass Yvonne für Gäste gekocht hatte. Sie war vermutlich etwas aus der Übung, aber sie hatte den Ehrgeiz, es so gut wie möglich hinzubekommen.

Yvonne hatte in den letzten drei Tagen kein Wort mehr über ihre Visionen verloren. Und auch an die Träume, die sie nachts hatte, konnte sie sich am Morgen darauf nicht mehr erinnern. Sie wusste nicht, woran es lag, vielleicht an den Medikamenten, die man ihr nun zusätzlich verschrieben hatte.

Sie selbst war am meisten erstaunt über ihren Wandel. Aber sie war der Überzeugung, dass sie an dem Tag, nachdem sie diesen schrecklichen Traum gehabt hatte und in der Stadt zusammengebrochen war, dem eigenen Tod nahe wie nie gewesen war. Natürlich wusste sie, dass so ein Kollaps jederzeit wiederkehren konnte, und wenn er dann auch noch mit einem epileptischen Anfall zusammenfiele, wollte sie nicht allein sein.

Yvonne hatte Thomas angerufen, und er hatte sich über die Einladung gefreut. Axel und Bianca hatten ebenfalls zugesagt, sodass sie an diesem Abend zu fünft sein würden.

Es war nicht so, dass Yvonne wegen dieser Feier in irgendeiner Art und Weise ausgelassen gewesen wäre. Eigentlich machte sie sich noch immer nichts aus Gesellschaft, aber sie glaubte, dass sie einigen Leuten in ihrem Leben etwas schuldig war. Dass sie jetzt anfing, in dieser Hinsicht an sich zu arbeiten, mochte vielleicht ein wenig spät sein, aber sie hatte sich viel zu lange in etwas eingeigelt, das sie ihr Leben genannt hatte. Ein Leben, das so gleichförmig geworden war, dass die Zeit wie beim schnellen Vorlauf eines Videos an ihr vorübergerast war.

Veränderung tat immer weh. Wenn es so einfach wäre, eine Diät zu machen und gesünder zu essen, würde es wahrscheinlich jeder machen. Der Trick war, eine einmal getroffene Entscheidung trotz des eigenen Widerwillens auch in die Tat umzusetzen. So gesehen, war sie heute stolz auf sich. Ob sie es auch am Abend noch sein würde, wenn alle am Tisch saßen und Yvonne nicht einfach gehen konnte, stand auf einem ganz anderen Blatt Papier.

Sie hatte Wein gekauft, roten und weißen. Thomas machte auf sie den Eindruck, als wäre er eher der Typ, der Bier trank. Sie überließ es Florian, die richtige Sorte auszusuchen.

Den ganzen Nachmittag stand sie in der Küche und versuchte sich an einigen Rezepten aus einem Kochbuch, das sie bei dieser Gelegenheit auch neu erworben hatte.

So ganz konnte sie nicht auf Florians Hilfe verzichten. Er musste das Gemüse putzen und schneiden, die Kartoffeln schälen und die Zutaten für den Nachtisch abwiegen, sodass Yvonne sie nur zusammenrühren musste. Immer wieder musste sie sich in ihr Schlafzimmer zurückziehen, sich für zehn Minuten aufs Bett legen und die

Gedanken schweifen lassen. Aber sie gab nicht auf, und sie sah, wie stolz ihr Sohn auf sie war.

Yvonne hatte die Einladung für 18 Uhr ausgesprochen und gleichzeitig betont, dass an diesem Abend, obwohl die deutsche Fußballnationalmannschaft spielte, der Fernseher ausbleiben würde. Um Viertel vor sechs klingelte es an der Tür. Yvonne hatte mit Thomas gerechnet, aber es waren Axel und Bianca, die mit einem großen Blumenstrauß vor der Tür standen.

Florian nahm ihnen den Strauß ab und stellte ihn in eine Vase. Bianca umarmte Yvonne, herzlich und vorsichtig, denn im Vergleich zu Axels Frau, die gern und viel aß und nicht viel von Sport hielt, wirkte die zierliche Yvonne zerbrechlich wie eine Glasballerina.

»Deine Haare wachsen ja wieder nach!«, sagte Axel.

»Schade, nicht wahr?«, sagte Yvonne. »Ich überlege mir wirklich, ob ich sie mir überhaupt wieder wachsen lassen soll. So ist es eigentlich viel praktischer.« Sie strich sich mit der flachen Hand über den Kopf, wobei es ein leise raspelndes Geräusch gab.

»Tu das nicht«, sagte Bianca. »So siehst du aus, als hätte man dich gerade erst aus einem Straflager entlassen.«

Axel klatschte müde in die Hände. »Große Klasse. Wunderbar.«

Bianca gehörte zu den Menschen, die ihr Herz auf der Zunge trugen. Das war etwas anstrengend, denn sie hatte diese Eigenart zu ihrem Markenzeichen erhoben. Und so sprach sie jeden Gedanken aus, der ihr durch den Kopf schoss. Und für eine gute Pointe war sie immer bereit, ihre Großmutter zu verkaufen.

Axel war der ruhigere Teil des Pärchens. Er war pragmatisch, ruhig und ausgeglichen. Auch daran merkte man, dass er zehn Jahre älter war als seine Frau. Er arbeitete als Fotograf, immer noch. Einmal hatte er erzählt, dass er für etliche Jahre Berichterstatter für verschiedene Nachrichtenagenturen gewesen war. Er hatte in dieser Zeit alle Kriegsschauplätze der Welt aus nächster Nähe kennengelernt. Bianca hatte ihn vor zwei Jahren vor die Entscheidung gestellt: entweder ihre Ehe oder sein Job. Axel hatte sich für das Erste entschieden. Sehr schnell sogar. Er hatte einmal erzählt, dass dieser Beruf wie eine Droge war, von der man nur schlecht wieder loskam. Ohne Hilfe von außen schon mal gar nicht. Biancas Ultimatum war der Grund gewesen, auf Entzug zu gehen. Zwar arbeitete er immer noch für Zeitungen, aber er reiste nicht mehr in jedes Krisengebiet der Welt. Das Aufregendste, was er nun erlebte, waren Straßenfeste in Bockenheim und ermüdende Theaterpremieren. Bianca hatte einmal angedeutet, dass das, was Axel im Irak, in Somalia und Afghanistan gesehen und fotografiert hatte, sein Wesen verändert hatte und immer noch veränderte. Auch er nahm irgendwelche Tabletten und ging zu einer Therapie. Irgendwie, so dachte Yvonne, sind wir doch alle Mängelexemplare.

Thomas klingelte eine Viertelstunde später an der Tür, pünktlich um sechs. Er hatte keine Blumen gekauft, sondern hielt einen weißen Pappkarton in den Händen.

»Ich wusste nicht, ob du schon etwas für den Nachtisch hattest. Deswegen habe ich bei meinem Lieblingstürken etwas gekauft.«

Yvonne hob den Deckel. »Baklava!«

»Ja. Und so süß, dass man davon Zahnschmerzen bekommt.«

Yvonne stellte den Karton auf den Küchentisch und führte Thomas ins Esszimmer.

»Darf ich vorstellen?«, sagte sie. »Das ist Thomas. Thomas, das sind Bianca und Axel, sie wohnen ein Stockwerk unter mir.«

Sie gaben einander die Hand.

»Und das hier«, sagte Yvonne und legte in einer mütterlichen Geste den Arm um die Hüfte ihres Sohnes. »Das ist mein Sohn Florian.«

»Hallo. Nett, dich kennenzulernen«, sagte Thomas und schüttelte ihm die Hand.

Yvonne beobachtete ganz genau die Blicke, die die beiden austauschten. Thomas' Gesicht war überrascht, wenn auch nur für einen kurzen Moment. Florian hingegen brauchte länger, bis er seine Mimik wieder so weit im Griff hatte, dass sie seine Unsicherheit nicht verriet. Yvonne hatte ihm nichts von Thomas erzählt. Warum auch, es war nichts zwischen ihnen gelaufen. Sie waren einfach nur Freunde. Wenn überhaupt.

»Entschuldigt bitte, aber ich bin als Gastgeberin etwas aus der Übung. Wem darf ich denn etwas zu trinken anbieten? Ich habe Wein, Bier und Mineralwasser.«

»Für mich bitte ein Wasser«, sagte Thomas.

»Für mich bitte auch«, sagte Bianca.

»Ich nehme ein Bier«, sagte Axel. Yvonne wollte in die Küche gehen, doch Florian kam ihr zuvor. »Ich mach das«, sagte er und war schon verschwunden.

»Darf ich fragen, woher Sie sich kennen?«, fragte Bianca.

»Ich bin Yvonnes Taxifahrer«, sagte er und lächelte sie freundlich an.

»Ach, wirklich?«, sagte sie, als wüsste sie nicht, ob er sich über sie lustig machte oder nicht.

»Doch, das ist durchaus wörtlich zu nehmen«, sagte Thomas. »Wir haben so etwas wie einen Transportvertrag.« Er sah Yvonne an, und sie nickte.

»Ja, das trifft es ganz gut.«

Bianca schien sich noch immer nicht sicher zu sein, ob man einen Witz auf ihre Kosten riss.

»Das muss ich jetzt aber nicht verstehen, oder?«, sagte sie vorsichtig.

Thomas lachte. »Nein.«

Bianca nickte bedächtig und ließ die drei alleine.

»Ojemine«, sagte Thomas. »Ich vermute, wir haben sie ein wenig verwirrt.«

»Ist schon in Ordnung. So hat sie wenigstens etwas, worüber sie sich mit Axel die nächsten Tage unterhalten kann.«

»Florian ist wirklich Ihr Sohn?«

»Neunzehn Jahre alt und studiert im zweiten Semester Jura. Er ist seinem Vater sehr ähnlich.«

»Sie sind geschieden?«, fragte Thomas.

»Nein, verwitwet.«

»Oh, das tut mir leid.«

»Robert ist jetzt schon so lange tot, dass Florian kaum noch weiß, wie er ausgesehen hat. Dabei muss er nur in den Spiegel schauen.« Inzwischen zog ein verführerischer

Duft aus der Küche herüber. Das Essen konnte gleich aufgetragen werden. »Was ist mit Ihnen? Sind Sie verheiratet?«

»Nein, nicht mehr. Ich bin nicht der Typ für etwas Festes. Da geht es mir wie Ihnen.«

»Wie mir?«

»Na ja, Sie machen nicht gerade den Eindruck, als seien Sie im Moment verzweifelt auf der Suche nach einer neuen Beziehung.«

»Verzweifelt schon mal gar nicht, da haben Sie recht.« Es fiel ihr auf, dass sie seine Anwesenheit in der Küche nicht störte. »Hätten Sie Lust, das Brot zu schneiden? Warten Sie, ich gebe Ihnen ein Messer und einen Korb.«

»Wie fühlen Sie sich heute?«, fragte Thomas, als er das Baguette in daumendicke Scheiben schnitt.

»Ganz ehrlich?«, sagte Yvonne und kramte in einer Schublade. »Schrecklich. Am liebsten würde ich alle rausschmeißen und die Vorhänge zuziehen.«

»Und warum tun Sie es nicht?«, fragte Thomas.

Yvonne hatte endlich die Kelle gefunden und rührte mit ihr einen großen Topf um. »Weil ich so eigentlich nicht bin«, sagte sie, nur um sich gleich darauf zu verbessern. »Na ja, weil ich so eigentlich nicht war. Wenn Sie möchten, kann ich Ihnen nachher einmal ein paar Bilder von mir zeigen. Bilder aus der Zeit vor dem … Vorfall.«

Thomas gab die Scheiben in einen großen geflochtenen Korb, klopfte das Brett über der Spüle ab und wischte mit einem feuchten Lappen über das Holz. Yvonne nahm den Untersetzer, Thomas den Topf. Gemeinsam gingen sie ins Esszimmer, wo die anderen schon am Tisch saßen.

Florian stand mit zwei Flaschen Wein im Arm da, einem roten und einem weißen. Thomas hob abwehrend die Hand, als er sich setzte. »Besten Dank, aber ich bin schon lange trocken.«

Axel, der sich ein Bier eingeschenkt hatte, blickte auf. »Sie sind alkoholkrank«, stellte er fest.

Thomas nickte. »Seit ich fünfzehn bin.«

Florian, der seiner Mutter gegenüber am Kopfende des Tisches saß, nahm sich ein Stück Brot. »Sie nehmen das aber sehr locker.«

Thomas lächelte gequält. »Ich nehme das überhaupt nicht locker«, sagte er. »Ich sehe das Bier, das Axel trinkt, und bekomme sofort Lust darauf. Nein, Lust ist nicht das richtige Wort. Gier.«

»Oh«, machte Axel schuldbewusst und stellte die Flasche vom Tisch. »Tut mir leid, wenn ich das vorher gewusst hätte, wäre ich auch beim Wasser geblieben.«

Thomas zuckte mit den Schultern. »Nein, ist schon in Ordnung. Schließlich ist es ja mein Problem und nicht Ihres.«

Axel stand auf, nahm die Flasche und sein halb leeres Glas und brachte es in die Küche.

»Danke«, sagte Thomas, als Axel sich wieder setzte. »Sie sind der Erste, der das für mich tut.«

Sie aßen gemeinsam. Florian hatte die kleine Anlage eingeschaltet, obwohl Yvonne es eigentlich nicht mochte, wenn beim Essen im Hintergrund Musik spielte. Es machte sie nervös, zumal der Geschmack ihres Sohnes nicht unbedingt mehrheitstauglich war. Aber jetzt überbrückte leise Jazzmusik das Schweigen.

Yvonne fühlte sich unbehaglich. Sie wollte nichts falsch machen. Ihr Sohn war ungewöhnlich still. Immer wieder wanderte sein Blick von Thomas zu ihr und wieder zurück. Auch Axel und Bianca saßen ein wenig steif da, als sie ihre Suppe löffelten.

Als alle ihre Teller geleert hatten, stand Florian auf, um den Tisch abzuräumen, doch Thomas kam ihm zuvor.

»Ist schon in Ordnung«, sagte er. »Ich mach das schon.«

Yvonne folgte ihm in die Küche. »Es tut mir leid«, flüsterte sie. »Ich glaube, ich bin eine grauenvolle Gastgeberin.«

»Erzählen Sie keinen Unsinn«, sagte Thomas und räumte die Teller in die Spülmaschine. »Es ist doch alles wunderbar.«

»Nein, ist es nicht. Mein Sohn betrachtet Sie wie einen Konkurrenten, der in seinem Revier wildert.«

»Er hat auch jedes Recht dazu.«

»Fühlen Sie sich denn wohl?«, fragte sie.

»Machen Sie sich um mich keine Sorgen«, sagte Thomas. »Aber Sie bewundere ich. Weil Sie etwas tun, was Ihrer Natur überhaupt nicht entspricht. Sie sind keine Frau, die sich gerne mit Menschen umgibt. Und dennoch haben Sie sich dazu durchgerungen, uns alle einzuladen.«

»Ist es so offensichtlich, wie unwohl ich mich fühle?«

»Na ja«, sagte Thomas und kratzte sich am Kinn. »Sagen wir einmal so: Ihr Lächeln passt nicht zur Körpersprache.«

Yvonne seufzte und lehnte sich an den Kühlschrank.

»Noch einmal, es ist kein Problem. Alle, die hier sitzen,

wissen, mit was für Dämonen Sie zu kämpfen haben. Jeder bewundert Sie, allen voran Ihr Sohn. Und die beiden anderen haben einfach nur Angst, etwas Falsches zu sagen oder zu tun.«

»Aber das ist doch Quatsch«, sagte Yvonne.

»Natürlich ist es das.«

Yvonne seufzte noch einmal. »Kommen Sie«, sagte sie schließlich. »Es wird Zeit für den zweiten Gang.«

Yvonne hatte ein Hühnchencurry aus dem neuen Buch gekocht und sich sklavisch an die Zutaten und die vorgeschriebenen Mengen gehalten, da sie Angst hatte, dass am Ende etwas Ungenießbares dabei herauskam. Aber das Curry war gut, es schmeckte auch den anderen. Die Stimmung entspannte sich.

»Ich werde sterben«, sagte sie unvermittelt zwischen zwei Löffeln. »Ich habe einen schnell wachsenden Hirnabszess, der so gut wie inoperabel ist.«

Axel und Bianca erstarrten. Thomas wischte sich mit einer Serviette den Mund ab und legte das Besteck beiseite. Florian wurde bleich. Er ballte die Faust. Yvonne berührte seinen Arm mit ihrer Hand.

»Letzte Woche, als ich den Anfall hier im Treppenhaus hatte, hat man mich in der Uniklinik eingehend untersucht und das festgestellt.« Sie hielt inne, schloss die Augen und versuchte alles zu tun, um nicht zu weinen. Es gelang ihr, obwohl ihre Stimme alles andere als fest klang. »Wenn ich also in der letzten Zeit ein wenig seltsam war, dann liegt es daran.«

Schweigen am Tisch. Auch die Musik verstummte in diesem Moment.

»Es tut mir leid, dass ich euch jetzt den Abend verdorben habe«, sagte Yvonne und versuchte zu lächeln.

Axel blies die Backen auf und schob seinen Teller von sich fort. Bianca wusste nicht, wohin sie ihren Blick wenden sollte. Florian stand auf und nahm seine Mutter ungelenk in den Arm. Er weinte. Dann setzte er sich wieder, das Gesicht eine reglose Maske, nur die Augen gerötet.

»Dieser Abszess, lässt der sich nicht operieren?«, fragte Bianca.

»Natürlich lässt er sich operieren«, sagte Yvonne. »Die Frage ist nur, ob und wie ich diese Operation überleben werde.« Sie faltete die Hände, beugte sich vor und stützte sich auf den Tisch. »Im Prinzip ist es eine einfache Rechenaufgabe, mit vier möglichen Ergebnissen. Die Operation ist ein Erfolg, und ich verlasse halbwegs gesund das Krankenhaus. Die Operation scheitert, und ich sterbe. Und dann gibt es noch eine dritte Möglichkeit, und die ist die wahrscheinlichste: Die Kugel wird entfernt, aber das Gehirn trägt einen solchen Schaden davon, dass ich für den Rest meines Lebens ein Pflegefall bin. Diese Vorstellung ist mir unerträglich.«

»Was ist mit der vierten Variante?«, fragte Axel.

»Das ist der Weg, den meine Mutter gehen will«, sagte Florian. »Sie wird nichts tun. Sie lässt sich nicht operieren. Und wenn die Ausfallerscheinungen irgendwann so groß werden, dass sie nicht mehr akzeptabel sind, wird sie ihr Leben selbst beenden.«

»Entschuldige, aber das ist verrückt«, sagte Bianca.

»Nein, das ist es nicht«, erwiderte Yvonne.

»Was denn? So nach dem Motto: Lieber ein Ende mit Schrecken als ein Schrecken ohne Ende?«, fragte Axel wütend.

»Nicht gerade poetisch ausgedrückt, aber ich denke, das trifft den Nagel auf den Kopf«, sagte Yvonne.

»Hast du dir schon überlegt, wie du es dann anstellen wirst?«, fragte Florian sie ruhig und sehr leise.

Bianca vergrub ihr Gesicht mit einem Stöhnen in den Händen.

»Ich denke nicht, dass ich hier und jetzt mit dir darüber diskutieren will, wie ich aus dem Leben scheiden möchte«, sagte Yvonne scharf und bereute es, dass sie das Thema angeschnitten hatte. Sie bereute es auch, diese Einladung überhaupt ausgesprochen zu haben. Es war einfacher, wenn man die Dinge alleine mit sich ausmachen konnte. Niemand, der fragte. Niemand, der sich vor den Kopf gestoßen fühlte. Niemand, der meinte, für sie Verantwortung übernehmen zu müssen.

»Scheiße«, sagte sie nur und warf ihre Serviette auf den Tisch.

Thomas hatte während der letzten Minuten kein einziges Wort gesagt, und auch jetzt schwieg er.

»Was ist mit Ihnen? Haben Sie dazu nicht auch eine Meinung?«, fragte Florian erbost.

Thomas schüttelte den Kopf. »Ich habe in den letzten Tagen eine Ahnung vom Leben Ihrer Mutter bekommen. Ich kann sie verstehen. Und ganz ehrlich, wenn mich solch ein Ende erwartete, würde ich die Sache auch abkürzen wollen.«

Yvonne kniff die Augen zusammen. »Aber?«

»Aber solange es noch eine Chance auf Heilung gibt, wären Sie dumm, sie nicht zu ergreifen.«

»Können Sie mir ein Happy End garantieren?«

»Nein, das kann ich natürlich nicht. Niemand kann das.«

Yvonne lehnte sich wieder zurück. »Dann ist die Sache für mich klar. Ich werde es nicht tun.«

»Aber du könntest eine Patientenverfügung schreiben«, sagte Bianca.

»An die sich ohnehin niemand halten wird.«

Florian starrte auf seine Hände, die er vor sich auf den Tisch gelegt hatte, und schüttelte ungläubig den Kopf.

»Vielleicht solltest du das ohne uns mit deinem Sohn bereden«, sagte Axel. Er stand auf und schob den Stuhl zurück, so leise es ging. Bianca wollte etwas sagen, doch das Gesicht ihres Mannes hatte einen warnenden Ausdruck.

»Es tut mir leid«, flüsterte Yvonne. »Ich bringe euch noch zur Tür.« Sie wollte aufstehen, doch Bianca war schneller.

»Nein, bleib sitzen«, sagte sie hastig. Ohne sich richtig zu verabschieden, gingen sie. Als die Wohnungstür ins Schloss gefallen war, fegte Florian seinen Teller vom Tisch.

»Kannst du einmal in deinem Leben auch an andere denken und nicht nur an dich?« Sein Atem ging schwer. Er stand auf, warf dabei den Stuhl um. »Ich hätte nie gedacht, dass ich das einmal zu dir sagen würde. Aber ich hasse dich. Du zerstört nicht nur dein eigenes Leben, sondern auch das aller, denen du etwas bedeutest. Wenn du dich umbringen willst, tu es. Mir ist es inzwischen egal.« Er holte seine Tasche aus seinem alten Zimmer und knallte die Wohnungstür hinter sich zu. Es klang endgültig.

Yvonne legte die Stirn auf die Tischkante, verschränkte ihre Hände hinter dem Kopf und brach in Tränen aus. Thomas setzte sich neben sie und berührte sie sacht am Rücken. Doch sie wollte sich nicht trösten lassen. Also räumte er den Tisch ab, stellte das Geschirr in die Spülmaschine. Dann stellte er ein Glas und eine Flasche Grappa auf den Tisch, die so staubig war, dass er sie mit einer Serviette abwischte.

»Hier. Trinken Sie das«, sagte er.

Sie nippte an dem Glas und stellte es angewidert zurück.

»Was soll ich nur tun?«

»Sie haben Ihre Entscheidung doch bereits getroffen.« Thomas nahm das halb volle Glas in die Hand und betrachtete den Alkohol, als wäre die Flüssigkeit ein magisches, machtvolles Elixier. Er entkorkte die Flasche und goss den Grappa wieder zurück. Langsam und gründlich wischte er seine Hände an der Hose ab.

»Aber Sie sind nicht gegangen«, sagte sie.

»Ich sehe keinen Grund, warum ich das tun sollte. Es ist Ihr Leben. Ich glaube kaum, dass Sie jemand von Ihrem Vorhaben abbringen kann. Es sei denn, Sie selbst ändern Ihre Meinung.«

Sie nahm sein Gesicht in beide Hände und küsste ihn. Thomas ließ es geschehen, aber er erwiderte die Zärtlichkeit nicht. Stattdessen nahm er ihre Hände in seine. »Wenn Sie möchten, werde ich bei Ihnen bleiben.«

»Darüber würde ich mich sehr freuen«, sagte sie und versuchte ihn noch einmal zu küssen, aber er legte nur den Zeigefinger auf ihre Lippen.

»Ich habe gesagt, dass ich Sie nicht alleine lasse. Mehr nicht.«

Sie verstand. »Und was werden wir stattdessen tun?«

»Ich für meinen Teil werde mich um die Küche kümmern. Wenn Sie möchten, können Sie mir dabei helfen. Oder mir auch einfach nur Gesellschaft leisten.«

Schweigend räumten sie die Küche auf. Es war wie die glaubhafte Illusion einer Zweisamkeit, wo einer für den anderen da war. Sie verbrachten den Abend schweigend. Als es schließlich so spät war, dass Yvonne kaum mehr die Augen offen halten konnte, machte sie für Thomas auf dem Sofa ein Bett. Sie wünschte ihm eine Gute Nacht und ließ die Schlafzimmertür nur angelehnt, obwohl sie wusste, dass er in dieser Nacht nicht kommen würde. Sie schlief zügig ein, erstaunlich ruhig und in Frieden mit sich selbst.

»*E*r beteuert nach wie vor seine Unschuld«, sagt Schumacher. »Aber die Indizien, die wir gesammelt haben, lassen keinen anderen Schluss zu, dass Wieland tatsächlich der Mörder Ihrer Tochter ist.«

Astrid und ich sitzen in seinem Büro, einem freudlosen Ort, den er sich mit einem Kollegen teilt. Zwei Schreibtische, zwei Rechner, ein großer Aktenschrank. Auf der Fensterbank stehen einige Pflanzen, die geradezu nach Wasser schreien. Astrid und ich haben auf zwei Stühlen Platz genommen, die so unbequem sind, wie sie aussehen. Rodenkirchen sitzt auf dem anderen Schreibtischstuhl und hat seinem Kollegen das Reden überlassen. Ich kann ihn nicht leiden, und das weiß er.

Astrid hat die Verhaftung ihres Bruders erstaunlich gelassen zur Kenntnis genommen. Das ist etwas, das nicht nur mich, sondern auch Schumacher und wohl auch Rodenkirchen irritiert.

»Wir haben den Lieferwagen Ihres Schwagers auf einem Schrottplatz gerade noch sichergestellt, bevor er in die Schrottpresse wandern sollte«, sagte Schumacher und schenkt sich und uns einen Kaffee ein, der in einer großen Thermoskanne warm gehalten wird. »Wir haben Faserspuren vom T-Shirt und der Hose Ihrer Tochter auf dem Beifahrersitz gefunden. Gleichzeitig stimmten die Bodenproben, die wir im Wald genommen hatten, mit denen auf der Fußmatte überein.«

»Hat er gestanden?«, will Astrid wissen.

»Nein. Er streitet alles ab.« Schumacher setzt sich hinter seinen Schreibtisch und lässt zwei Stücke Süßstoff in seinen Kaffee fallen.

»Hat er ein Alibi?«, will ich wissen. »Ich meine, kann er beweisen, dass er zu dem Zeitpunkt, als Julia verschwunden ist, woanders war?«

»Nein, das kann er nicht. Wir wissen anhand der Abrechnung des Supermarktes sehr genau, wann sich Ihre Tochter auf den Heimweg gemacht hat«, sagt Schumacher. »Wieland behauptet, er wäre zu diesem Zeitpunkt mit seinem Wagen unterwegs gewesen, irgendwo in Hainburg. Beweisen kann er das aber nicht.«

»Es gibt aber auch noch einen anderen stichhaltigen Hinweis«, meldet sich jetzt Rodenkirchen zu Wort. »Frau Steilberg, wussten Sie, dass Ihr Bruder eine Vorliebe für kleine Mädchen hat?«

Ich sehe Astrid an, die den Kopf schüttelt. »Nein.«

»Vor gut sechs Jahren hat Ihr Bruder in Wetzlar gewohnt und dort eine Beziehung gehabt. Die Frau war eine alleinerziehende Mutter. Ihre Tochter war zu dieser Zeit im selben Alter wie Julia.«

Astrid rieb sich die Stirn. »Ja, ich kann mich daran erinnern, dass er da mal eine Freundin hatte. Er hat aber nicht mit mir darüber gesprochen.«

»Es gab wohl eine sehr unschöne Trennung damals«, fuhr Rodenkirchen fort. »Ein regelrechter Rosenkrieg, obwohl sie nicht miteinander verheiratet gewesen waren. Jedenfalls fuhr diese Frau damals ziemlich schweres Geschütz auf. Sie behauptete, dass Wieland sich an ihrer Tochter vergriffen habe.«

»Und?«, will ich wissen. »Ist es zu einer Anklage gekommen?«

Rodenkirchen schüttelte den Kopf. »Das Mädchen sagte, es sei nichts passiert. Auch eine ärztliche Untersuchung hat nichts ergeben.«

»Also beweist das gar nichts«, stelle ich fest.

»Na ja«, sagt Schumacher. »Als wir die Wohnung Ihres Schwagers durchsuchten, fanden wir kinderpornografisches Material.«

Ich wurde blass.

»Frau Steilberg, können Sie sich vorstellen, dass Ihr Bruder eine sexuelle Beziehung zu Ihrer Tochter unterhielt?«, fragt Rodenkirchen.

»Nein«, sagte sie zum Fußboden. Mein Puls beginnt zu rasen. Ich stelle die Tasse mit dem Kaffee auf den Tisch, damit ich sie nicht verschütte. Ich spüre, dass sie lügt. Und wenn sogar ich das schon merke, dann ist es weder Schumacher noch Rodenkirchen entgangen. Astrid hat wieder Tränen in den Augen. »Wirklich. Ich wusste es nicht. Das müssen Sie mir glauben.«

Ich beginne, am ganzen Körper zu zittern. »Hast du etwas geahnt?«

Astrid kneift die Lippen zusammen.

»Hast du etwas geahnt?«, schreie ich sie an.

Schumacher holt tief Luft und schließt die Augen. Rodenkirchen rollt mit seinem Stuhl nah an sie heran, doch sie weicht seinem Blick aus. »Bitte«, sagt er. »Alles weist darauf hin, dass er der Mörder Ihrer Tochter ist. Wenn Sie etwas wissen, dann sagen Sie es uns.«

Jetzt bricht Astrid vollends in Tränen aus. Sie heult gequält auf und sagt etwas, das ich erst nicht verstehe. Schließlich schluckt sie. »Er ist mein Bruder. Wir hatten schon immer ein sehr enges Verhältnis.«

»Wie eng?«, will Rodenkirchen wissen

»Es war doch keine böse Absicht.« Sie vergräbt das Gesicht in ihren Händen. »Er ist mein Bruder, und er hat mir nie etwas angetan. Mich nie zu etwas gezwungen. Er war immer für mich da, verstehen Sie?«

»Ja«, sagt Rodenkirchen. »Ich verstehe.«

Ich springe auf. »Aber ich verstehe nicht!«, schreie ich sie an. »Die ganze Zeit hast du gewusst, was für ein perverses Schwein dein Bruder ist? Und du hast ihn allein mit unserer Tochter gelassen?«

»Es tut mir leid!«, wimmert sie. Ihr Gesicht ist eine einzige schmerzverzerrte Fratze, der Rotz läuft ihr aus der Nase, über den Mund, das Kinn hinunter.

»Du hättest es verhindern können!« Ich will sie packen, doch Schumacher hält mich zurück. »Du hättest es verhindern können!«

»Es tut mir leid, es tut mir so unendlich leid!«

»Du hättest es verhindern können!«

In dieser Nacht hatte Yvonne ausnahmsweise nicht von dem Mord geträumt. Sie sah auf das Zifferblatt des Weckers, der auf dem Nachttisch stand. Es war halb neun, sehr spät am Morgen für ihre Verhältnisse. Sie setzte sich auf und lauschte. Die Schlafzimmertür stand auf. Nur der Kühlschrank, der in der Küche leise brummte, war zu hören.

Yvonne schlug die Bettdecke beiseite und zog sich den dünnen Morgenrock an. Auf Zehenspitzen tappte sie ins Wohnzimmer, wo die roten Vorhänge zugezogen waren, und schloss die Augen, denn sie befürchtete, dass Thomas sein Versprechen gebrochen hatte und in der Nacht gegangen war. Doch er schlief noch immer auf der schwarzen Ledercouch, die braune Decke so weit über den Kopf gezogen, dass unten die Beine hervorschauten. Yvonne lächelte und ging in die Küche, um für sie beide einen starken Kaffee aufzubrühen. Es war noch Brot vom Vorabend da, das sie in dünne Scheiben schnitt und toastete. Dann stellte sie alles auf ein Tablett.

Einen kurzen Moment überlegte sie, ob sie Thomas schlafen lassen sollte, doch dann goss sie einen Becher voll Kaffee und hielt ihn unter seine Nase. Thomas antwortete mit einem müden Murmeln.

»Hallo«, flüsterte sie. »Frühstück ist fertig.«

Er zog sich die Decke über den Kopf und grunzte etwas Unverständliches. Yvonne stellte die Tasse auf den Tisch, verteilte Teller und Besteck und machte sich ein Marmeladenbrot.

»Wie spät ist es?«, kam es gedämpft unter der Decke hervor.

»Kurz nach neun«, antwortete Yvonne mit vollem Mund.

Mit einem Ruck setzte sich Thomas auf. »Verdammt, ich habe verschlafen.« Er sprang auf, durchsuchte seine Jeans, die achtlos auf dem Boden lag, drückte eine Kurzwahltaste seines Handys und wartete, bis sich jemand meldete.

»Hi«, sagte er. »Tut mir leid, wenn ich erst jetzt anrufe, aber mir ist heute etwas dazwischengekommen.« Jemand antwortete am anderen Ende der Leitung, und Thomas rollte mit den Augen. Er fuhr sich mit der Hand durchs struppige Haar. »Ja, es tut mir auch leid. Ja, das nächste Mal rufe ich früher an. Danke. Du hast was gut bei mir. Bis dann.« Er blies die Backen auf, als wäre er gerade noch einmal davongekommen, und legte das Handy beiseite.

»Alles in Ordnung?«, fragte Yvonne.

Er nickte. »Ich hatte heute Dienst in der Schleuse, das habe ich ganz vergessen. Glücklicherweise ist jemand für mich eingesprungen.«

»Also hast du heute frei.« Yvonne hatte ein seltsames Gefühl, wie bei einem Morgen danach. Nur dass es das Davor nicht gegeben hatte.

»Wenn ich meine Taxischicht auch noch ausfallen lasse. Das würde ich aber ungern tun, da ich auf das Geld angewiesen bin.«

»Ich könnte dich für den ganzen Tag buchen«, sagte sie.

»Ja, das könntest du. Sozusagen.«

Yvonne lächelte. So gut wie heute früh hatte sie sich schon lange nicht mehr gefühlt. »Gut. Sehr gut«, sagte sie und deutete auf seine Tasse. »Der Kaffee wird kalt.«

»Hast du etwas Besonderes vor?«

»Nein.«

»Guter Plan«, sagte Thomas und lächelte. Yvonne stützte ihren Kopf auf beide Hände und lächelte zurück.

Er hob fragend die Augenbrauen.

»Nichts«, sagte Yvonne. »Es ist nur … na ja, zum ersten Mal seit langer, langer Zeit sitzt hier ein Mann, und ich habe ihn noch nicht rausgeschmissen.«

»Oha. Spricht das jetzt für mich oder für dich?«

»Ich glaube, das spricht für uns beide.« Sie nahm sich eine zweite Scheibe Brot. »Erzähl mir von dir, ich weiß so gut wie gar nichts über dich.«

»Ich glaube nicht, dass du diese Geschichte hören möchtest.«

»Lass es darauf ankommen.«

»Wo soll ich anfangen?«

Yvonne kratzte den letzten Rest Marmelade aus dem Glas. »Bei deiner ersten Erinnerung.«

»Meine erste Erinnerung ist der Ledergürtel, mit dem mich meine Mutter immer geschlagen hat.« Thomas biss in sein Brot. »Ich weiß noch, er war rot und schmal und hatte eine verzierte Schnalle. Wie bei einem dieser Cowboygürtel, die man früher immer zum Karneval trug.«

Yvonne hielt im Kauen inne.

»Ich warne dich, es ist keine erbauliche Geschichte. Der klassische Fall, wie es ihn auch heute noch überall gibt. Alleinerziehende Mutter, überfordert, wechselnde Bekanntschaften. Deswegen jede Menge Halbbrüder, alle von verschiedenen Vätern. Mehrere Jahre in verschiedenen Heimen verbracht, mit achtzehn geheiratet, weil ich unbedingt eine richtige Familie haben wollte. Mit zwanzig geschieden, kein Kontakt mehr zur Tochter. Alkoholprobleme. Kriminell geworden. Knast. Danach auf der Straße. So war das.« Er nahm ihre und seine Tasse, stand auf und ging in die Küche, um Kaffee nachzufüllen. Dann setzte er sich wieder. »Eigentlich hätte das das Ende der Geschichte sein können. Ich meine, wer solch eine Karriere hinlegt, wird meistens nicht älter als vierzig.«

»Aber es war nicht das Ende deiner Geschichte«, sagte Yvonne.

»Nein, und das habe ich nicht mir zu verdanken, sondern einer Sozialarbeiterin, der es nicht egal war, was aus mir wurde. Sie leitete in Köln eine ähnliche Einrichtung wie die, in der ich auch arbeite. Sie hat mich nicht aufgegeben und an mich geglaubt. Dann wurde sie von zwei Typen umgebracht, die nicht ganz so dankbar wie ich waren. Also habe ich meine Sachen gepackt, die Stadt verlassen und bin nach Frankfurt gegangen, wo ich ganz von vorne angefangen habe. Ich hatte mir vorgenommen, etwas von dem zurückzugeben, was ich von ihr bekommen habe. Klingt vielleicht kitschig, aber diese Schuld hält mich am Leben.«

Er hatte ihr nicht in die Augen geschaut, aber jetzt blickte er auf. »Es gibt noch mehr Menschen, die Ähnliches erlebt haben.« Thomas lachte. »Ich will auf keinen Fall so klingen, als wäre ich Opfer einer Naturgewalt geworden, dass sich das eine unausweichlich aus dem anderen ergeben hat. So ist das nicht. Ich habe viele Dinge in meinem Leben getan, auf die ich wirklich nicht stolz bin, bis ich gelernt habe, dass man immer die Wahl hat.« Thomas ergriff Yvonnes Hand.

»Hast du noch einmal von dem Mann und dem Mädchen geträumt?«, fragte er.

Yvonne nickte. »Vorletzte Nacht. Ich habe gesehen, wie er sie tötete.« Sie versuchte zwischen sich und der Erinnerung Abstand zu schaffen, doch es gelang ihr nicht. »Diesmal war es anders. Diesmal habe ich den Mord mit seinen Augen gesehen.«

»Hast du auch gefühlt, was er gefühlt hat?«

Yvonne lachte hilflos. »Ich habe in diesem Moment gar nichts gefühlt«, sagte sie.

»Und du bist dir wirklich sicher, dass es mehr war als ein Traum?«

»Oh ja. Es war so real, als wäre ich selber da gewesen.«

»Vielleicht warst du es ja auch«, sagte er.

»Wie meinst du das?«

»Du hast selber gesagt, dass die Erinnerung an dein Leben vor der Kugel unvollständig und bruchstückhaft ist. Vielleicht drängt nun etwas in dein Bewusstsein, das lange verschüttet war. Ausgelöst durch die Begegnung mit dem Mann in der Notfallaufnahme. Gehen wir einmal davon aus, dass du wirklich eine Vision hattest und das Mädchen tatsächlich erst vor einigen Tagen ermordet wurde. Warum stand dann nichts in der Zeitung? Warum haben die Nachrichten nichts gebracht?«

»Vielleicht, weil man das Mädchen noch nicht gefunden hat?«, fragte Yvonne.

»Dann hätte man die Kleine doch mindestens als vermisst gemeldet.«

Es war, als hob sich in diesem Moment ein Vorhang. Thomas hatte recht, natürlich. Aber Yvonne war so sehr mit sich beschäftigt gewesen, dass sie auf niemanden gehört hatte. Weder auf ihren Sohn noch auf ihren Arzt. Seit sie diese Kugel im Kopf hatte, war sie sich sicher gewesen, dass alle Erinnerungen, die sie verloren hatte, tatsächlich permanent ausgelöscht worden waren. In all den Jahren war noch nie etwas, was dem Vergessen anheimgefallen war, wieder zurückgekehrt.

»Hast du einen Rechner?«, fragte Thomas.

»Nein, ich habe mir keinen gekauft, weil man mich davor gewarnt hat, an einem Monitor zu arbeiten.« Es war nur die halbe Wahrheit. Ein weiterer Grund, der für sie viel wichtiger war, lag in ihrem Desinteresse an der Welt um sie herum.

»Vielleicht sollten wir zu mir fahren«, sagte Thomas und stand auf. »Ich habe einen Internetanschluss.«

Yvonne umfasste ihren Kopf mit beiden Händen und kniff die Augen zusammen. Da gab es noch etwas. Etwas Wichtiges, das sie übersehen hatte. Der Traum, den sie gehabt hatte, war zwar real wie eine Erinnerung gewesen, aber trotzdem hatte sie etwas daran irritiert. Dann wusste sie es.

»Ich glaube nicht, dass ich die Tat wirklich aus der Sicht des Mörders erlebt habe«, sagte sie. »Dazu war die Empfindung zu ungenau. Nur das Bild der Leiche, des toten Mädchens, war scharf wie eine Fotografie.«

»So als hättest du dir aus dem, was du damals herausgefunden hattest, ein eigenes Bild des Ablaufs gemacht.«

Yvonne ließ ihren Kopf wieder los. »Ja, vielleicht. Und da war noch etwas.« Sie schloss die Augen, lauschte in sich hinein und versuchte, sich noch einmal alles ins Gedächtnis zu rufen. »In der Nähe des Tatortes befinden sich eine Hundeschule und ein Schießplatz der Polizei«, sagte sie.

Und plötzlich wusste sie, wo sie suchen musste.

»Die Hundeschule der Polizei befindet sich auf halbem Weg zwischen Mühlheim und Steinheim, südlich der Bundesstraße 43, ein Stück in den Wald hinein«, sagte Yvonne und zeigte auf das Display des Navigationsgerätes, das am Armaturenbrett des Mercedes angebracht war. »Und da ist auch der See.«

Sie fuhren auf der Hanauer Straße Richtung Osten. Links von ihnen floss träge der Main vorbei, an dessen Nordufer Schloss Philippsruhe die Bäume eines Parks überragte. Flugzeuge schwenkten auf den Landeanflug zum Airport ein.

Hinter Dietesheim verließ Thomas die Bundesstraße und bog in die Pfaffenbrunnenstraße ein, bis sie auf der linken Seite eine Schrebergartenanlage sahen.

»Da hinten ist es«, sagte Yvonne und deutete auf ein weißes Gebäude, dessen Zaunkrone mit Stacheldraht gesichert war. Gegenüber, auf der anderen Straßenseite, befanden sich die Hundeübungsplätze.

Thomas stellte den Wagen im Schatten ab, und sie stiegen aus. Ein Jogger keuchte an ihnen vorbei. Aus den Gärten hörten sie das Schreddern eines Häckslers. Die Zwinger, in denen die Polizeihunde untergebracht waren, standen leer. Yvonne ging zur Pforte und klingelte mehrmals, aber die Sprechanlage blieb stumm. Nur der Häcksler schredderte weiter.

Yvonne kannte diesen Ort. Sie spürte, dass sie hier schon einmal gewesen war. Zu einer anderen Zeit. In einem anderen Leben.

»Da lang«, sagte sie und deutete die schmale Straße hinunter zu einer Brücke, hinter der sich rechts ein Weg im Wald verlor.

All dies hier war ein überwältigendes Déjà-vu, aber es gab keine konkrete Erinnerung, die ihr den Weg wies. Sie ging durch den Wald wie eine Blinde, die mit ihren anderen Sinnen sehen musste. Yvonne musste sich auf ihren Instinkt verlassen, wenn sie die Stelle am See finden wollte.

Nach zehn Minuten erreichten sie eine hölzerne Aussichtsplattform, die in den See hineinzuragen schien. Ohne weiter zu überlegen, bog sie rechts ab. Alles war anders. Die Bäume waren größer, das Dickicht dichter, als sie dachte. Doch der Geruch war vertraut. Nach zweihundert Metern verließ sie den einsamen Waldweg. Yvonnes Herz begann jetzt zu rasen, die Füße kribbelten, als sie nach links zeigte.

»Da hinten ist es«, sagte Yvonne und schluckte trocken. Je näher sie der Stelle am Seeufer kamen, desto schwacher fühlte sie sich. Schweiß floss ihr in dünnen Rinnsalen den Rücken hinab, bildete einen kalten und klebrigen Film auf ihrer Haut.

Bilder blitzten vor ihrem inneren Auge auf, versuchten sich mit der Realität in Deckung zu bringen, was aber nicht ganz gelang, denn die Dinge hatten sich verändert, obwohl sie den Uferabschnitt jetzt erkannte.

Yvonne stolperte und wurde im letzten Moment von Thomas aufgefangen. Ihr Gesicht fühlte sich kalt an, die Hände taub. Unsichtbare Fliegen umsurrten sie, und Yvonne roch den unerträglichen Gestank verwesenden Fleisches.

»Hier ist nichts«, sagte Thomas.

Yvonne öffnete die Augen. Die Stelle am Ufer war zugewachsen. Die Bäume, die ringsum wuchsen, waren so groß, dass sie zuerst glaubte, sie hätte sich geirrt. Doch der Blick, den man von hier aus auf das andere Ufer hatte, hatte sich nicht verändert.

»Hier ist es geschehen.« Yvonne hob einen Ast auf und begann, das Unterholz beiseitezudrücken. Sie fand Müll, eine schmutzige Plastiktüte, eine leere Bierflasche. Aber keine Leiche. Yvonne ließ verwirrt den Stock fallen. »Ich habe mir das nicht eingebildet.« Sie bückte sich nach einem großen, scharfkantigen Stein und sah ihn fragend an, als könnte er das Rätsel lösen.

»Lass uns gehen«, sagte Thomas. Er streckte seinen Arm aus, doch sie bemerkte die dargebotene Hand nicht. »Yvonne?«

Sie hatte stumme Tränen in den Augen. Thomas berührte sie sachte am Arm.

»Es war hier«, sagte Yvonne verzweifelt, trotzig und hilflos. »Ich erinnere mich.«

»Ja. Ich glaube dir.« Thomas nahm ihr den Stein aus der Hand und warf ihn in den See. Kreisförmige Wellen verloren sich auf der spiegelglatten Oberfläche. Dann zog er sie zu sich die Böschung hinauf. »Dennoch sollten wir gehen.«

Es war kein Wochenende, und der Abend war noch nicht hereingebrochen. Deswegen waren die meisten Lauben der Schrebergartenkolonie leer und verwaist. Nur ein alter Mann, das graue Haar schweißnass, die nackten Beine in Gummistiefeln, schickte seine Gartenabfälle durch einen Häcksler. Als er Yvonne und Thomas an seinem Gartentor stehen sah, schaltete er das Gerät aus. Der infernalische Lärm erstarb mit einem traurigen Leiern. Stille kehrte ein.

»Kann ich etwas für Sie tun?«, fragte er und wischte sich die Hände an seiner schmutzigen Turnhose ab.

»Ja, vielleicht. Wir wollen Sie auch nicht lange stören, denn wir haben nur eine Frage«, sagte Thomas. »Hat es hier in der Gegend einen Mord an einem vielleicht zwölf Jahre alten Mädchen gegeben?«

»Ja, aber das ist jetzt schon zwanzig Jahre her, wenn mich nicht alles täuscht.«

»Und ihre Leiche hat man hinten am Grünen See gefunden?«, fragte Tom.

Der Mann nickte. »Eine schreckliche Geschichte, wir

Älteren hier können uns noch gut daran erinnern. Das Mädchen kam aus Steinheim. Man hat sich erzählt, dass ihr Mörder sie schlimm zugerichtet hatte. Selbst die Polizisten waren wohl ziemlich mit den Nerven am Ende. Sie sagten, dass sie so etwas Bestialisches noch nie gesehen hätten.«

»Können Sie sich noch an den Namen des Mädchens erinnern?«, fragte Yvonne.

»Natürlich kann ich das. Ihr Name war Julia Steilberg. Ihre Familie hatte, wie gesagt, hier in Steinheim gewohnt.«

Yvonnes Atem ging schneller. »Wissen Sie auch, wo?«

Der alte Mann musterte jetzt Yvonne, als sei ihm erst jetzt aufgefallen, dass ihr Äußeres ein wenig vom normalen Schema abwich. »Nein, das kann ich Ihnen nicht sagen«, sagte er auf einmal zugeknöpft. »Warum wollen Sie das denn alles so genau wissen? Sind Sie von der Zeitung? Oder vom Fernsehen? Von dem Pack haben wir damals genug gehabt.«

»Nein, wir sind nicht von der Presse«, sagte Thomas. »Wir haben ein persönliches Interesse an der Geschichte, mehr nicht.«

»Ein persönliches Interesse? Was Sie nicht sagen.«

Yvonne spürte, wie das Misstrauen des Mannes wuchs. »Ich mache Ihnen einen Vorschlag. Wenn Sie wirklich mehr erfahren wollen, dann fahren Sie doch zur Polizeidirektion in Hanau. Die werden Ihnen alles erzählen können.«

»Dann bedanken wir uns für Ihre Hilfe«, sagte Thomas, noch immer die Freundlichkeit in Person.

Der alte Mann brummelte etwas und schaltete wieder seinen Häcksler ein.

»Wenigstens wissen wir jetzt den Namen des Mädchens«, sagte Thomas, als sie zurück zum Auto gingen.

»Vielleicht wohnen die Steilbergs noch in Steinheim«, sagte sie. »Der Ort ist nicht allzu groß. Wir sollten ein wenig durch die Straßen fahren. Mit ein wenig Glück erkenne ich das Haus vielleicht wieder.«

»Wieso solltest du wissen, wo die Steilbergs vor 20 Jahren gewohnt haben?«, fragte Thomas ein wenig erstaunt.

»Weil ich glaube, dass ich damals mitgeholfen habe, das Mädchen zu finden.«

Steinheim war ein ziemlich bürgerlicher Stadtteil Hanaus, der zum größten Teil aus Einfamilienhäusern bestand, die in den Siebziger- und Achtzigerjahren gebaut worden waren. Es war ein Idyll mit gepflegten Vorgärten, alten Bäumen und Grundstücken, von denen manche so groß waren, dass man auf ihnen heute größere Mehrfamilienhäuser errichtet hätte. Nur wenige Kinder spielten auf den Straßen. Das mochte daran liegen, dass Sommerferien waren. Yvonne vermutete aber, dass die Kinder der Familien, die vor dreißig Jahren hier gebaut hatten, längst ausgezogen waren und woanders selbst Familien gegründet hatten.

Steinheim hatte einen schönen, weitgehend unversehrten Altstadtkern mit einem alten Schloss und einem noch älteren Wehrturm, der sich weiß und mit kleinen Türmchen verziert hoch in den Himmel erhob. Die zinnenbewehrte Kirche, die die Altstadt dominierte, musste an die sechshundert Jahre alt sein. Ein Stück heile Welt, in dem man gerne seine Kinder großzog.

Sie bogen in die Darmstädter Straße, die sie bis zum Wasserturm hinauffuhren, um dann in eine der Seitenstraßen rechts abzubiegen.

Yvonne schüttelte immer wieder den Kopf und gab die Richtung vor, in die Thomas fahren sollte. Sie war sich nun sicher, hier schon einmal gewesen zu sein, aber wie im Wald war es nur ein vages Gefühl des Wiedererkennens. Nach einer Viertelstunde, als sie durch das Gewirr der engen Wohnstraßen gefahren waren und schon beinahe aufgeben wollten, sah Yvonne das Haus.

»Stopp!«, rief sie. »Hier ist es.«

Thomas parkte den Wagen am Straßenrand, und sie gingen in die kleine Stichstraße hinein, in der die Doppelhaushälfte stand. Ein kleiner Roller lag achtlos an eine Hecke gelehnt. Jemand hatte mit bunter Kreide Häuser, Wege und Parkplätze auf den Asphalt gezeichnet. In der Einfahrt des Carports, in dem ein silberner Kombi stand, war eine Decke ausgebreitet worden, auf der eine Puppe darauf wartete, gewickelt zu werden. Es roch nach Lavendel und Rosen. Yvonne hakte sich bei Thomas ein, denn ihre Glieder begannen zu zittern. Im Vorgarten wuchsen zwei Tujen, deren Spitzen bis zur Dachrinne hinaufragten. Damals waren sie so klein gewesen, dass sie Yvonne nur bis zur Hüfte gereicht hatten. Auf der Briefkastenklappe klebte ein Schild mit dem Namen der Familie, die jetzt hier wohnte.

Yvonne bemerkte Thomas' sorgenvollen Blick.

»Mir geht es gut«, versicherte sie ihm.

»Möchtest du klingeln?«

»Ich glaube, deswegen sind wir hier, nicht wahr?« Sie streckte die Hand aus und drückte den kleinen Knopf, der neben der Tür in die Wand eingelassen war. Dann trat sie einen Schritt zurück.

Sie hörten, wie im Inneren eine Tür geöffnet wurde und sich kleine Schritte näherten. Die Haustür wurde geöffnet, und Yvonne blickte in das Gesicht eines siebenjährigen Mädchens mit langen blonden Haaren. Obwohl das Kind keine Ähnlichkeit mit Julia hatte, verspürte Yvonne einen scharfen Stich in ihrer Brust.

»Ja?«, fragte das Mädchen und strahlte Yvonne mit einem zahnlückenbewehrten Lächeln an.

»Hallo. Ist dein Papa oder deine Mama da?«

Das Mädchen nickte und lief ins Haus zurück. Ein Mann erschien, stämmig, mit kurzen Haaren und einer altmodischen Brille.

»Entschuldigen Sie, wenn ich Sie störe, Herr ...«, sie warf einen Blick auf das Namensschild, »... Schwindt. Aber ich würde Ihnen gerne einige Fragen stellen.«

»Um was geht es denn?«, wollte der Mann wissen.

»Es hat nichts mit Ihnen zu tun«, beeilte sich Yvonne zu sagen.

»Und wir wollen Ihnen auch nichts verkaufen, keine Angst«, sagte Thomas. »Es geht um eine Familie, die vor Ihnen in diesem Haus gewohnt hat.«

»Fragen Sie.«

»Könnten wir das vielleicht bei Ihnen drinnen besprechen«, fragte Yvonne.

Schwindt musterte sie. »Okay. Kommen Sie herein.«

»Besten Dank«, sagte Yvonne.

Sie betraten einen Flur, der so klein war, dass man sich nicht zu zweit umdrehen konnte. Ein halbes Dutzend Paar Schuhe lagen auf dem Boden verstreut, an der Garderobe hingen so viele Jacken, dass man Angst haben musste, dass sie irgendwann durch das Gewicht aus der Wand gerissen würde. Yvonne stellte erleichtert fest, dass der Geruch der Wohnung sich verändert hatte.

Durch den Flur hindurch gelangte man in ein Esszimmer, das in ein großes Wohnzimmer überging. Von innen wirkte das Haus großzügiger als von außen. Es war gemütlich hier. Überall hingen Kinderzeichnungen. Im Esszimmer stand ein alter, abgebeizter Küchenschrank. Das Wohnzimmer hatte ein riesiges Bücherregal. Wie ein Schiff, das gehoben wurde, kehrten Yvonnes Erinnerungen Stück für Stück zurück.

»Geht es Ihnen gut?«, fragte Schwindt. »Sie sehen aus, als müssten Sie sich erst einmal setzen. Darf ich Ihnen einen Kaffee machen?«

»Das wäre sehr nett von Ihnen«, sagte Thomas und führte Yvonne zu einem Stuhl.

»Papa, was hat die Frau?«, fragte das Mädchen flüsternd ihren Vater.

»Ich habe keine Ahnung, aber ich glaube, das werden wir gleich erfahren. Hier. Du kannst schon einmal den Zucker und die Milch auf den Tisch stellen.«

Das Mädchen lächelte schüchtern, als sie die Sachen zusammen mit zwei Kaffeelöffeln zum großen Tisch trug. Yvonne lächelte zurück. Sie mochte dieses Mädchen auf Anhieb. Es hatte einen offenen Blick und wache Augen.

Das Mahlwerk einer Kaffeemaschine sprang an, und Milch wurde aufgeschäumt. Dann brachte der Mann zwei große Tassen Milchkaffee und setzte sich zu den beiden an den Tisch. Das Mädchen leistete ihnen Gesellschaft. Es hatte sich einen Fruchtzwerg aus dem Kühlschrank geholt, den es jetzt mit einem kleinen Löffel aß.

»Also, was kann ich für Sie tun?«, fragte Schwindt.

Yvonne rührte ihren Kaffee um und trank einen Schluck. »Darf ich fragen, wie lange Sie schon in diesem Haus wohnen?«

»Fünf Jahre.«

»Sagt Ihnen der Name Steilberg etwas?«

Der Mann sah jetzt seine Tochter an. »Sophie, mein Schatz. Lässt du uns bitte für einen Moment alleine?«

Das Mädchen verzog das Gesicht. Es war neugierig und wollte hören, warum der Mann und die Frau gekommen waren.

»Bitte, tu mir den Gefallen.«

Sophie seufzte, nahm ihren Fruchtzwerg und ging hinaus auf die Terrasse.

»Und mach bitte die Tür hinter dir zu.«

Das Mädchen stöhnte laut auf, tat aber, was der Vater ihr sagte.

»Natürlich sagt mir der Name Steilberg etwas«, sagte Schwindt, als die Tür lautstark zugezogen worden war. »Die Familie war einer unserer Vormieter.«

»Können Sie uns sagen, was damals hier geschehen ist?«, fragte Thomas.

»Ich weiß auch nur das, was mir die Nachbarn gesagt haben und was im Internet steht. Es war vor ziemlich genau zwanzig Jahren, im Sommer, dass die Tochter der Familie ermordet wurde. Man hat ihre Leiche wenige Tage später draußen am Grünen See gefunden. Nach allem, was ich gehört habe, war es kein besonders schöner Anblick.«

»Hat man herausgefunden, wer es war?«, fragte Thomas.

»Die Polizei hatte den Bruder der Mutter relativ schnell im Verdacht. So, und jetzt sagen Sie mir bitte, warum Sie das alles wissen wollen.«

»Ich glaube, dass ich damals mit dabei war«, sagte Yvonne.

Schwindt sah sie verwirrt an. »Was meinen Sie damit?«

»Das ist schwierig zu erklären«, sagte Yvonne. »Ich war Polizistin in dieser Zeit, aber meine Erinnerungen sind nicht mehr sehr vollständig, um es einmal so auszudrücken.«

»Sie haben eine Amnesie?«

Yvonne nickte. »So etwas in der Art.«

»Dann seien Sie mir nicht böse, aber ich weiß nicht, wie ich Ihnen dabei helfen könnte, Ihre Erinnerung wieder zurückzuerlangen.« Schwindt klang so, als würde er ihr nicht glauben. Yvonne verübelte es ihm nicht, immerhin klang ihre Geschichte auch hochgradig absurd.

»Erzählen Sie mir einfach alles, was Sie wissen.«

»Aber es sind Informationen aus zweiter oder dritter Hand. Ich selber habe vor zwanzig Jahren nicht hier gewohnt.«

»Trotzdem«, beharrte Yvonne.

»Also, nach dem, was ich weiß, hat man den Onkel

nach vier Tagen verhaftet. Sein Name war Wieland Lenz. Die Beweislast muss erdrückend gewesen sein, obwohl er immer wieder beteuerte, dass er seine Nichte nicht umgebracht hätte.«

»Was ist mit den Steilbergs geschehen, nachdem der Bruder der Frau verhaftet und verurteilt worden war?«, fragte Thomas.

»Die Mutter ist weggezogen. Und der Vater war eines Tages verschwunden.«

»Was heißt das, er war verschwunden?«, fragte Yvonne. »Er hat seine Sachen gepackt und ist gegangen?«

»Er ist gegangen, das stimmt. Aber seine Sachen hat er nicht gepackt. Alles, was er besaß, hat er zurückgelassen: Dokumente, Ausweispapiere, Kreditkarten. Sogar das Auto hat er stehen lassen. Der Haustürschlüssel steckte im Schloss. Und es gab keinen Abschiedsbrief. Das ist zumindest das, was man sich erzählt.«

»Oh mein Gott«, murmelte Thomas.

»Ja, die ganze Sache muss für den armen Kerl schrecklich gewesen sein.«

Yvonne versuchte, den roten Faden in der Geschichte zu finden. Julia Steilberg war an einem Sommertag vor zwanzig Jahren ermordet worden. Wenige Tage später wird der Bruder der Mutter verhaftet, der aber stets beteuerte, nichts mit dem Tod seiner Nichte zu tun zu haben. So weit mochte das alles zwar tragisch, aber nicht ungewöhnlich sein. Der Einzige, der aus dem ganzen Schema herausfiel, war der Vater. Es wäre verständlich gewesen, wenn er seine Sachen gepackt hätte, um woanders vielleicht ein neues Leben aufzubauen. Oder hatte er sich umgebracht? Aber warum hatte er das dann nicht in seinem Haus getan? Er hatte auf niemanden mehr Rücksicht nehmen müssen. Seine Familie existierte nicht mehr. Ihm konnte es egal sein, wer ihn fand! »Ist seine Leiche irgendwann aufgetaucht?«, fragte Yvonne.

Schwindt zuckte mit den Schultern. »Keine Ahnung, aber soviel ich weiß, nicht. Wie gesagt, wir sind erst hier eingezogen, als die Ereignisse schon fünfzehn Jahre zurücklagen.«

»Vielen Dank für Ihre Hilfe«, sagte Yvonne und stand auf. Thomas nahm die beiden leeren Tassen und wollte sie in die Küche bringen.

»Lassen Sie sie einfach stehen«, sagte Schwindt. »Ich räume sie später weg.«

»Danke«, sagte Thomas.

Schwindt brachte die beiden zusammen mit seiner Tochter noch an die Tür. Die Kleine hatte die Hand ihres Vaters ergriffen und winkte schüchtern.

Heute ist Wieland zu einer lebenslänglichen Haftstrafe verurteilt worden. Lebenslang. Das heißt, wenn er Glück hat, ist er in zwanzig Jahren wieder draußen. Julia, die dann dreißig gewesen wäre und vielleicht eine Familie gehabt hätte, mit eigenen Kindern, ist tot und wird nicht wiederkommen. Das Urteil ist kein Triumph für mich. Ich bin Nebenkläger gewesen, doch ich habe die Verhandlung nicht besucht. Ein Anwalt hat das übernommen. Bis zum Schluss hat Wieland geschworen, dass er es nicht war, aber die Beweise haben ihn erschlagen. Auch wenn es keine Zeugen gegeben hat, die gesehen haben, wie er Julia auf dem Heimweg vom Supermarkt getroffen hat und sie zu ihm ins Auto gestiegen ist. Obwohl niemand weiß, was in diesem Auto geschah. Obwohl man nur annehmen kann, dass Julia damit gedroht hat, ihn zu verraten und alles mir und ihrer Mutter zu sagen. Obwohl niemand gesehen hat, wie er mit ihr zum Wald fuhr, um sie zu töten.

Obwohl niemand ihre Schreie gehört hat.

Die Indizien haben ausgereicht. Und trotzdem fühle ich keine Befriedigung. Astrid ist gegangen, ich musste sie noch nicht einmal dazu auffordern. Ich weiß nicht, wo sie jetzt ist. Es ist, als hätte sie nie gelebt. Von mir aus kann sie tot sein, mir ist es egal. Julias Zimmer ist noch immer unverändert, aber alle Sachen, die mit meiner Frau zu tun hatten, habe ich auf den Müll geschmissen, ihr Gesicht aus allen Fotos geschnitten. Ohne sie würde Julia noch leben. Ohne sie würde ich noch weiterleben wollen.

Es ist erstaunlich schwierig, in einem Haus eine Möglichkeit zu finden, an der man einen Strick befestigen kann. Es gibt keine Haken, die stabil genug in der Decke verankert sind, um mein Gewicht zu halten. Schließlich kommt mir der Dachboden in den Sinn. Über der Luke befindet sich ein Balken. Wenn ich diese Luke offenlasse, ist der Fall tief genug, dass mein Genick bricht. Ich habe gelesen, dass die meisten Selbstmörder, die sich erhängen, die Fallhöhe zu niedrig einkalkulieren. Dann ersticken sie, ganz langsam. Das habe ich nicht vor. Es soll wenigstens schnell gehen.

Unten im Keller finde ich ein Seil, das dick und stabil genug ist. Sehr lang muss es nicht sein. Zweieinhalb Meter reichen vollkommen aus. Sonst breche ich mir womöglich nur die Beine.

Ich weiß nicht, wie wichtig der Knoten ist, also knüpfe ich eine einfache Schlinge. Dann geh ich die Treppen hinauf.

Einen kurzen Moment bleibe ich vor Julias Zimmer stehen. Wenn es wirklich stimmt, was man sich so erzählt, dann werde ich sie in fünf Minuten wiedersehen.

In meinem Atelier öffne ich die Dachbodenluke und fahre die Leiter aus. Schließlich knote ich das Seil an den Balken, lege mir die Schlinge um den Hals und stelle mich über das Loch, bereit zum Sprung. Ich atmete zwei-, dreimal tief durch, als würde ich Anlauf nehmen. Wieland wird leben, auch nach zwanzig Jahren noch, doch Julia ist tot. Und ich werde es auch sein. Ich zögere. Der Mörder meiner Tochter wird leben. Ich fahre mir mit der Hand über das Gesicht. Unter mir sehe ich den Linoleumboden, Blätter liegen verstreut auf dem Boden. Ich sehe genauer hin. Dann ziehe ich den Kopf aus der Schlinge. Gehe die Leiter hinunter. Hebe eines der Blätter auf.

Es ist die Zeichnung, die ich gemacht habe, nachdem ich Julia in der Gerichtsmedizin gesehen hatte. Sehe wieder, was er ihr angetan hat.

Sie ist tot, und er wird leben.

Der Hass, den ich plötzlich auf Wieland habe, ist so groß, dass ich das Blatt zerreiße, Stück für Stück.

Nein, es muss andersherum sein, genau andersherum. *Ich* muss leben, damit *er* stirbt.

Ich schwöre mir, beim Leben meiner Tochter, beim Tod meiner Tochter, dass ich ihn so leiden lasse, wie er sie hat leiden lassen. Er wird sterben, durch meine Hand, und wenn er stirbt, soll er wissen, wer ihn tötet. Er wird sehr viel Zeit haben, darüber nachzudenken, während ich ihm Scheibe für Scheibe das Leben wegschneide. Zwanzig Jahre sind eine lange Zeit. Aber ich kann warten. Mein Leben ist ohnehin am Ende. Doch ich muss vorsichtig sein. Je näher der Tag rückt, an dem der Mörder meiner Tochter wieder hinaus ins Leben tritt, desto genauer wird man mich im Auge behalten.

Es sei denn, man hält mich für tot.

Ich werde alles zurücklassen müssen. Nur meine Erinnerung werde ich mit mir nehmen. Und ein Bild meiner

Tochter. Nicht das, was vor dem Sarg der Kirche gestanden hat. Nein, ich nehme das, wo sie glücklich war wie noch nie in ihrem Leben. Wo sie das Spielgeld in die Luft hält, so als hätte sie den Jackpot geknackt. Ich löse die Schlinge vom Deckenbalken und schließe die Luke wieder. Dann steckte ich das Bild in meine Hosentasche, hole das letzte Bargeld aus meiner Schublade und gehe.

Vor zwanzig Jahren, im Sommer 1990, wurde die zehnjährige Julia Steilberg ermordet. Wenige Tage später wurde der Bruder der Mutter festgenommen. Obwohl sich Yvonne noch immer nicht genauer an die Zeit erinnern konnte, wusste sie jetzt, dass sie damals mit zu den ermittelnden Beamten gehört hatte. Wenn sie wissen wollte, was genau in diesen Wochen geschehen war, hatte sie keine andere Wahl. Sie musste mit ihren ehemaligen Kollegen sprechen.

Yvonne hatte zwar noch immer die Durchwahl ihres damaligen Vorgesetzten, doch nach all den Jahren stimmte die Nummer wahrscheinlich nicht mehr. Deswegen rief sie die Zentrale des Polizeipräsidiums an und ließ sich zu ihm durchstellen. Die Chance, dass sie ihn an diesem Tag an seinem Schreibtisch erwischen würde, war eigentlich gering, doch sie hatte Glück. Nachdem sie eine halbe Minute lang mit seichter Musik bedudelt worden war, nahm jemand am anderen Ende der Leitung ab.

»Schumacher.«

»Ich bin es. Yvonne.« Ihr Herz schlug bis zum Hals.

Schumacher sagte kein Wort, und Yvonne rechnete schon fast damit, dass er auflegen würde.

»Wie geht es dir?«, fragte er schließlich. Die Stimme war kühl und distanziert.

»Willst du die Wahrheit hören, oder soll ich höflich sein.«

»Sei einfach höflich.«

»Mir geht es gut, so gut wie noch nie in meinem Leben«, antwortete sie mit gespieltem Überschwang. »Ich würde mich gerne mit dir treffen.«

»Warum?«

»Bitte. Es ist wichtig.«

»Für wen? Für dich oder für mich?«

»Für mich«, sagte Yvonne. »Kann ich vorbeikommen?«

Schumacher lachte am anderen Ende der Leitung laut auf. »Du weißt doch, dass das nicht möglich ist. Aber ich mache dir einen Vorschlag. Ich komme zu dir raus nach Sachsenhausen, und wir treffen uns im Café bei dir um die Ecke.«

»Wann?«

»Du hast Glück. In einer Stunde?«

»Das würde passen.«

Ohne ein weiteres Wort legte Schumacher auf.

Yvonne war fünf Minuten früher da, denn sie wusste, dass Schumacher sehr großen Wert auf Pünktlichkeit legte. Sie wollte auf keinen Fall das Risiko eingehen, zu diesem Treffen zu spät zu kommen. Dazu war es zu wichtig für sie.

Das Café in der Schifferstraße war zu dieser Zeit so gut wie leer. Früher war sie gerne mit ihrem Mann und ihrem Sohn am Wochenende hier frühstücken gegangen, aber das war nun schon lange vorbei. Trotz der langen

Zeit hatte sich das Mobiliar nicht verändert. Sie setzte sich nicht auf ihren alten Stammplatz, sondern wählte den Tisch hinten links in der Ecke. Kaum hatte sie Platz genommen, als Schumacher das Café betrat. Obwohl er mittlerweile über sechzig sein musste, war er noch immer schlank und durchtrainiert. Wahrscheinlich lief er jede Woche noch seine fünfzehn Kilometer durch den Wald. Er trug eine graue, perfekt sitzende Hose und dazu ein schwarzes Poloshirt. Das dichte Haar war mittlerweile grau, und er trug eine Brille. Ansonsten schien er der Alte zu sein. Er setzte sich ihr gegenüber auf den Stuhl. »Hallo«, sagte er nur.

»Hallo. Schön, dich zu sehen. Du siehst gut aus.«

Schumacher erwiderte das Kompliment nicht, wobei Yvonne natürlich zugeben musste, dass er keinen Anlass dazu hatte.

»Was kann ich für dich tun?« Er schaute unnötigerweise auf seine Uhr. »Ich muss in einer Stunde wieder im Präsidium sein.«

»Ich hoffe, dass es nicht so lange dauern wird«, sagte Yvonne. »Erzähl mir vom Fall Steilberg.«

Schumacher sah sie überrascht an. »Wie geht es dir?«, fragte er zum zweiten Mal an diesem Tag. »Und bitte nicht die höfliche Version.«

»Sieht so aus, als würde die Kugel in meinem Kopf doch noch gewinnen.«

»Du hast sie nicht entfernen lassen«, stellte Schumacher fest.

»Wenn ich es getan hätte, wärst du der Erste, der davon erfahren hätte.«

»Warum soll ich dir vom Fall Steilberg erzählen?«

»Weil ich mich nicht mehr an diese Zeit erinnern kann«, sagte sie.

»Ist dir vielleicht schon einmal in den Sinn gekommen, dass das vielleicht auch ganz gut so sein könnte? Immerhin hast du damals die Leiche gefunden.«

Yvonne spürte, wie sich ihr Magen zusammenkrampfte. »Was sagst du da?«, fragte sie mit belegter Stimme.

Schumacher rieb sich mit einem Stöhnen die Stirn. »Die Sache mit dem zehnjährigen Mädchen hat dich damals ziemlich mitgenommen. Du warst danach für einige Zeit in therapeutischer Behandlung.« Er kniff die Augen zusammen. »Hast du das etwa auch vergessen?«

»Frank, ich kann mich an so gut wie nichts mehr erinnern. Von den bald fünfzig Jahren meines Lebens sind drei Viertel ausradiert worden. Ich bin froh, dass ich noch meinen Namen weiß, aber damit hört es schon auf. Ich habe damals nicht simuliert, und ich tue es heute auch nicht. Und dass es damals zu den Anschuldigungen gegen dich und die anderen gekommen ist, dafür kann ich nichts.«

Schumachers Gesicht wurde rot. »Na ja«, sagte er. »Immerhin warst du damals mehr als deutlich, als du behauptet hast, dass die Kugel in deinem Kopf aus der Waffe eines Kollegen stammt.«

»Frank, bitte. Dir muss doch klar sein, dass ich damals alles Mögliche erzählt habe.«

»Und das hast du so überzeugend getan, dass du die Karriere zweier Beamter beendet hast.«

Yvonne stöhnte. »Bitte. Ich kann mich an diese Zeit

nicht mehr erinnern. Das musst du mir glauben. Und wenn ich irgendjemandem Unrecht angetan habe, so bitte ich dich und jeden anderen inständig um Verzeihung.«

Schumacher verschränkte die Hände ineinander und senkte den Kopf. »Okay«, sagte er schließlich. »Also, was möchtest du über die Steilbergs wissen?«

»Nachdem wir die Leiche des Kindes gefunden hatten, was ist dann geschehen?«

»Wir haben uns bei der Suche nach dem Täter erst einmal auf die engere Familie beschränkt. Du weißt ja, dass in achtzig Prozent solcher Fälle kein Fremder etwas damit zu tun hat. Immer sind es entweder die Eltern oder andere nahe Verwandte oder Freunde der Familie. In diesem Fall war es ein Verwandter, Wieland Lenz. Nachdem du Julias Leiche gefunden hattest, durchsuchten wir den Lieferwagen des Onkels. Den, den er verschrotten lassen wollte. Die Spuren waren nicht so deutlich, wie wir uns das zunächst erhofft hatten, aber sie reichten aus, um ein wichtiges Element im Indizienprozess gegen ihn zu sein.«

»Er hat sie nicht vergewaltigt? Es war kein Sexualverbrechen?«

Schumacher schüttelte den Kopf. »Es ging ihm einfach und allein darum, dass Julia sein schmutziges Geheimnis mit ins Grab nahm.«

»Er hat sie missbraucht«, stellte Yvonne fest.

»Und das wohl schon seit mehreren Jahren. Er ist ein Wiederholungstäter. Schon in seiner Jugend hat er sich an seiner Schwester vergriffen.«

»Julias Mutter?«

»Ja. Sie wusste von den gefährlichen Neigungen ihres Bruders. Hätte sie früher etwas gesagt, würde ihre Tochter wahrscheinlich heute noch leben.«

Die Bedienung brachte zwei Kaffee. »Und was ist aus dem Vater geworden?«, fragte Yvonne, als sie wieder alleine waren.

Schumacher nahm sich den Zuckerstreuer vom Nachbartisch. »Fabian Steilberg ist tot. Zumindest, was die Aktenlage angeht.«

»Wann hat man ihn für tot erklären lassen?«, fragte Yvonne und rührte ihren Kaffee um.

»Ich glaube, das war vor sieben Jahren.«

»Aber seine Leiche hat man bis heute nicht gefunden.«

»Das stimmt«, gab Schumacher zu.

Yvonne holte die Zeichnung aus ihrer Hosentasche hervor und schob sie zu Schumacher über den Tisch. »Wer ist das?«

Er setzte eine Lesebrille auf und betrachtete die Zeichnung eingehend. »Wo hast du das her?«

»Vor einer Woche bin ich in der Notfallambulanz der Uniklinik einem Mann begegnet, der sich dort unter falschem Namen hatte behandeln lassen. Dieser Mann löste etwas in mir aus. Immer wieder sah ich die Leiche eines toten Mädchens. Und er hatte etwas damit zu tun, dessen war und bin ich mir sicher. Ich muss wissen, wer dieser Mann ist«, sagte Yvonne.

»Ich kann es dir nicht sagen«, sagte Schumacher.

»Weil du es nicht weißt oder weil du es mir nicht sagen willst?«

Schumacher legte einen Zehneuroschein auf den Tisch

und stand auf. »Ist das Fabian Steilberg?«, fragte sie drängend.

»Ich weiß es nicht. Aber ich werde es überprüfen lassen.«

»Und dann?«

»Nichts. Solange er keine Straftat begangen hat, ist er kein Fall für uns.«

»Ist das alles?«, fragte Yvonne.

»Was erwartest du?«, fragte Schumacher. »Glaubst du wirklich, dass er etwas mit der Ermordung seiner Tochter zu tun hatte?«

»Ich habe ihn zusammen mit der Leiche gesehen.«

»Wann?«

Yvonne schwieg.

»Ich habe Steilberg nur ein einziges Mal mit seiner ermordeten Tochter gesehen. Und das war in der Gerichtsmedizin, als er sie identifizierte. Glaub mir, in diesem Moment ist der Mann mit seiner Tochter gestorben.«

Schumacher ging. Die Bedienung räumte die Tassen ab und gab Yvonne das Wechselgeld zurück. Die Zeichnung, die sie Schumacher gezeigt hatte, lag nicht mehr da.

Yvonne war bei den Ermittlungen dabei gewesen. Das wusste sie jetzt. Auch dass offenbar sie die Leiche gefunden hatte, schien sicher zu sein, obwohl sie sich noch immer nicht daran erinnern konnte. Sie hoffte, dass es dabei bleiben würde. Die Bilder, die sie immer wieder heimsuchten, waren beängstigend genug.

»Was ist, wenn dieser Wieland recht hat und er tatsächlich nicht der Mörder seiner Nichte war?« Sie hatten sich auf eine Bank am Mainufer gesetzt, nicht weit von Schloss Philippsruhe entfernt. Es war ein kühler Tag, Regenjackenwetter. Die grauen Wolken zogen tief von Westen heran und brachten immer wieder kühle Schauer.

»Aber alle Hinweise deuteten auf ihn«, sagte Thomas, der seine Jacke geschlossen und die Hände in den Taschen vergraben hatte. »Man fand Julias Spuren in seinem Lieferwagen. An seinen Stiefeln klebte Erde, die identisch mit dem Waldboden rund um den Grünen See war.«

»Wo ist Fabian Steilberg?«, sagte Yvonne. »Kurz nach dem Prozess verschwindet er einfach und lässt alles zurück.«

»Man hat ihn für tot erklärt. Er hat sich umgebracht.«

Yvonne schüttelte den Kopf, energisch. »Das glaube ich einfach nicht. Ich meine, da bekommt der Mörder seiner Tochter die Höchststrafe, und dann entschließt sich der Vater, seinem eigenen Leben ein Ende zu setzen? Ich verstehe die Logik nicht.«

»Ich glaube nicht, dass Fabian Steilberg in dieser Situation in logischen Kategorien gedacht hat.«

Yvonne rutschte näher an Thomas heran. »Lass uns einfach einmal rein hypothetisch annehmen, dass Florian Steilberg noch lebt. Und dass er der Mann ist, den ich in der Ambulanz gesehen habe. Wie einfach ist es, von der Bildfläche zu verschwinden?«

»Technisch gesehen, sehr einfach«, sagte Thomas. »Ich werfe meinen Ausweis weg, beantrage keine Sozialhilfe und lebe irgendwo tief im Wald oder auf der Straße. Solange ich keine Ansprüche geltend mache, Hartz IV oder Wohngeld beantrage, ist das kein Problem.«

»Also dreht sich alles einzig und allein um den Lebensunterhalt.«

»Wenn ich meine Bedürftigkeit durch einen amtlichen Bescheid nicht nachweisen kann, werde ich zum Beispiel auch keine Lebensmittel bei einer Tafel erhalten. Es gibt nur sehr wenige Einrichtungen, die nicht fragen, wer man ist, und trotzdem helfen.«

»Gut, gehen wir trotzdem davon aus, dass er einen Weg gefunden hat, da draußen zwanzig Jahre zu überleben, ohne dabei irgendwelche Spuren zu hinterlassen.«

»Aber warum sollte Florian Steilberg diesen Weg wählen?«

»Du hast mir neulich gesagt, dass du ein Kind hast.«

»Ja, eine Tochter«, sagte Thomas.

»Wann hast du sie das letzte Mal gesehen?«, fragte Yvonne.

»Das ist jetzt sechs Jahre her. Meine Exfrau hat es geschafft, dass Charlotte und ich uns entfremdet haben. Wobei ich aber zugeben muss, dass ich in unseren gemeinsamen Jahren auch nicht unbedingt zu einem Vater getaugt habe.«

»Was würdest du tun, wenn jemand deiner Tochter etwas zuleide tun würde?«

»Ich würde ihn mit meinen bloßen Händen umbringen«, sagte Thomas, als läge die Antwort auf der Hand

»Aber es würde dir nicht so ohne Weiteres gelingen«, sagte Yvonne. »Immerhin säße der Mörder deines Kindes im Knast, wo er in relativer Sicherheit vor dir wäre. Du müsstest also warten, bis er entlassen wird.«

»Aber die Polizei würde dafür sorgen, dass ich auch

dann den nötigen Abstand zu ihm einhalte. Wenn du verstehst, was ich meine.«

»Richtig«, sagte Yvonne. »Es sei denn, sie hätte dich schon längst nicht mehr auf dem Zettel.«

»Weil ich seit zwanzig Jahren verschwunden wäre, man mich sogar vielleicht schon für tot erklärt hätte ...«

Ein Lastkahn zog träge flussabwärts den Main hinunter. Die Fahne am Heck bewegte sich nicht, sodass Yvonne nicht erkennen konnte, wo er seinen Heimathafen hatte.

»Könntest du herausfinden, wo dieser Wieland eingebuchtet ist und wann er entlassen wird?«, fragte Thomas.

»Ich könnte Schumacher fragen, aber ich bin mir sicher, dass er mir keine Auskunft geben wird«, sagte Yvonne. »Steilberg dürfte im Übrigen dasselbe Problem haben wie wir. Er wird also dieselben Quellen wie wir nutzen müssen. Exknackis.«

»Hermann hat gute Kontakte«, sagte Thomas. »Und ich kenne auch noch den einen oder anderen, der erst vor Kurzem aus dem Bau gekommen ist.«

Yvonne ergriff seine Hand, verschränkte ihre Finger mit seinen und schaute hinaus auf den Fluss.

»Danke«, sagte sie.

»Wofür?«

»Einfach so.«

Thomas ließ ihre Hand los und legte seinen Arm um ihre Schulter. Er roch gut. Sie legte ihre Hand auf sein Bein und kratzte leise mit ihren Fingernägeln über den Stoff seiner Hose. Eine Familie radelte an ihnen vorüber. Vater, Mutter und zwei Kinder, von denen das jüngste unsicher auf seinem Puky eierte. Alle trugen einen Helm.

Thomas schaute auf seine Uhr. »Ich muss los. In einer Dreiviertelstunde fängt mein Dienst an.«

»Ich bleibe noch hier.«

Thomas stand auf. »Wie kommst du nach Hause?«

»Mit der S-Bahn«, sagte Yvonne und klopfte auf ihre Handtasche. »Ich habe alles dabei, um mich nicht zu verlaufen.«

Thomas küsste Yvonne vorsichtig auf den Mund. »Wir sehen uns morgen?«

»In jedem Fall.«

Yvonne schaute Thomas so lange nach, bis er inmitten der Schatten des Parks verschwunden war. Dann stand sie auf und machte sich auf den Weg.

Ihre Erinnerungen an die Zeit vor zwanzig Jahren, als sie zusammen mit Schumacher im Mordfall Steilberg ermittelt hatte, waren nicht wiedergekehrt. Zwar hatte sich ein bestimmtes Gefühl der Vertrautheit bei ihr eingestellt, als sie und Thomas zu jenem Haus gefahren waren, in dem die Familie damals gelebt hatte. Mehr aber war es nicht, und sie wusste nicht, ob sie diesen Umstand bedauern oder begrüßen sollte. Nach allem, was sie herausgefunden hatte, musste es eine sehr schwere Zeit für alle gewesen sein. Auch für sie.

Aber als sie zusammen mit Thomas am Mainufer gesessen hatte, war ihr eine Idee gekommen. Eine Idee, die sie vielleicht zu Julias Vater führen würde.

Steinheim hatte zwei Friedhöfe, einen im Süden und einen im Norden. Der Südfriedhof war klein, und sie hatte die Gräber relativ schnell überprüft.

Der Nordfriedhof war größer. Und er hatte einen besonderen Teil, auf dem die Kinder begraben wurden. Ein gutes Dutzend Grabsteine, manche von ihnen mit Fotos versehen, zeugten von Leben, die viel zu rasch beendet worden waren. Über die Umstände des Todes erfuhr man nichts. Keiner der Grabsteine wies einen Spruch auf. Doch alle Gräber, so alt sie auch sein mochten, waren liebevoll gepflegt. In ihren Erinnerungen würde die Tochter oder der Sohn immer vier, acht, zehn Jahre sein, obwohl viele jetzt erwachsen wären.

Das Grab von Julia Steilberg lag ein kleines Stück abseits unter einem Baum. Der Stein war aus schlichtem polierten Granit, auf dem der Name, das Geburtsdatum und das Sterbedatum eingraviert worden waren. Das Grab selber war liebevoll mit weißen Rosen bepflanzt. Einige der Blüten waren prachtvoll geöffnet, andere noch halb geschlossen. Keine war verwelkt.

Das Wetter war gegen Abend hin schön geworden. Die Sonne schien. Yvonne setzte sich auf die Umfassung und strich mit der Hand über den glänzend schwarzen Stein.

Es war ein friedlicher Ort, der durch die weitläufigen Rasenflächen und den alten Baumbestand eher an einen Park erinnerte. Gottesacker, kam es ihr plötzlich in den Sinn. Als wären die hier begrabenen Toten Samen, aus denen wunderbare Pflanzen erwuchsen. Was für einen Sinn hatte das Leben dieses Mädchens gehabt, das ein so rasches, gewalttätiges Ende gefunden hatte?

Yvonne beugte sich hinab zu einer der Rosen, um an ihr zu riechen. Sie sah gut aus, war formvollendet gewachsen, mit einer Blüte, die sich perfekt entfaltet hatte. Aber sie war ohne Duft. Wie ein ungehaltenes Versprechen.

Yvonne stand auf, ging ein Stück des Weges zurück und setzte sich auf eine Bank in die untergehende Sonne. Der Friedhof war so gut wie verlassen, nur eine alte, gebückte Frau, die trotz der Wärme zwei Strickjacken übereinandertrug, schlurfte zum Wasserhahn, um ihre Gießkanne wieder an einen Haken zu hängen. Sie grüßte knapp, als sie Yvonne sah, und Yvonne grüßte zurück. Obwohl sie vielleicht dreißig Jahre trennen mochten, hatten sie etwas gemeinsam. Beide wussten, dass der Tod nicht mehr lange auf sich warten lassen würde. Dennoch verspürte Yvonne keine Verbundenheit mit der alten Frau, deren Zeit auch bald kommen würde. Yvonne mochte vielleicht auch an der Schwelle zum Tode stehen. Aber ihr Leben war noch nicht zu Ende gelebt. Ohne diese Kugel im Kopf, die in den letzten Wochen eine tödliche Bösartigkeit entwickelt hatte, hätte sie vielleicht noch einige gute Jahre. Sie musste an Thomas denken.

In der letzten Zeit dachte sie erstaunlich oft an ihn, und wenn sie das tat, spürte sie eine Wärme, die sie schon lange nicht mehr erfüllt hatte. Auf einmal stellte sie fest, dass sie leben wollte. Jahrelang hatte sie sich wie ein Mensch gefühlt, den der Tod einfach übersehen hatte. Die Zeit, die ihr dadurch geschenkt worden war, hatte sie allerdings nicht als Segen empfunden, sondern als Last, die sie nur deswegen nicht abgeworfen hatte, weil sie nicht die Kraft dazu fand. Nun wurde ihr die Entscheidung abgenommen. Der Abszess in ihrem Hirn wuchs unaufhaltsam. Bald würde es zu den ersten Ausfallserscheinungen kommen, und sie fragte sich, ob sie zuerst erblinden, ertauben oder verstummen würde. Vielleicht traten ja auch Lähmungen auf.

Nein, so wollte sie nicht sterben, nicht so. Wenn sie ihr Leben durch eigene Hand beenden wollte, dann sollte sie diesen Entschluss recht zügig in die Tat umsetzen. Doch sie zögerte. Auf einmal war die Vorstellung, nicht mehr zu existieren, kein Bewusstsein mehr zu haben, sich selbst zu vergessen, überhaupt nicht mehr reizvoll. Sie war in Thomas verliebt. Es war eine fast schon banale Erkenntnis, doch sie änderte alles.

Yvonne sah auf ihr Handy. Es war kurz vor acht, bald würde der Friedhof schließen. Sie stand auf und warf einen letzten Blick hinüber zu Julias Grab, als sie erstarrte.

Ein Mann hatte sich dort niedergekniet und schien mit jemandem zu sprechen, denn die Hände bewegten sich in kleinen, unterstreichenden Gesten. Er hatte Yvonne den Rücken zugekehrt, aber sie erkannte ihn sofort: Es war der Mann, den sie in der Notfallambulanz gesehen hatte.

Yvonne war froh, etwas abseits gesessen zu haben, denn sonst wäre sie entdeckt worden. Vorsichtig stand sie auf und versteckte sich hinter dem Stamm einer großen Buche. Verdammt, was sollte sie jetzt tun? Einfach hingehen und ihn ansprechen kam nicht infrage. Sie versuchte Thomas anzurufen, aber er nahm nicht ab. Nur seine Mailbox meldete sich. Yvonne wusste nicht, ob er sie regelmäßig abhörte, also entschloss sie sich, ihm eine SMS zu schicken, um ihm mitzuteilen, dass sie den Mann gefunden hatte und nun versuchen würde, ihn zu observieren.

Der Mann hielt sich nicht lange auf. Nach einer kurzen Andacht, die wie ein stummes Gebet aussah, ging er wieder. Yvonne hielt Abstand. Wenn der Mann tatsächlich wie ein Phantom lebte, hatte er keine Papiere. Und wenn er keine Papiere hatte, besaß er auch keinen Führerschein und somit auch kein Auto. Entweder war er mit dem Fahrrad gekommen, oder er hatte die S-Bahn benutzt, was am wahrscheinlichsten war. Sie wählte den anderen Ausgang und wartete an der Straßenecke darauf, dass der Mann sich auf den Weg zum Bahnhof machte. Yvonne konsultierte ihren Fahrplan. Der nächste Zug der Linie acht würde in vierzehn Minuten Richtung Frankfurt fahren.

Der Unbekannte überquerte die Straße und ging zügig, aber nicht gehetzt Richtung Main, wo es kurz vor der Brücke eine S-Bahn-Station gab. Yvonne hatte jetzt zwei Möglichkeiten. Entweder folgte sie ihm in unauffälligem Abstand, was die Gefahr der Entdeckung in sich barg. Oder sie schlug einen anderen Weg ein und passte ihn an der Bahnhofsunterführung ab. Wenn sie sich getäuscht hatte und er einen anderen Weg nach Frankfurt nahm, hatte sie ihn verloren. Sie ging das Risiko ein. Mit nervösen Händen faltete sie den Stadtplan auf und versuchte sich einen Überblick zu verschaffen, welche Wege sich sonst noch anboten. Sie entschied sich, an der Schnellstraße entlangzugehen, obwohl dort, wie sie feststellte, kein Gehweg war. Trotzdem würde sie auf diese Weise fünf Minuten schneller am Ziel sein.

Die Rechnung ging auf. Sie stellte sich ans entgegengesetzte Ende des Bahnsteiges und wartete. Um diese Zeit fuhren nicht viele Leute Richtung Offenbach oder Frankfurt. Außer ihr wartete nur noch eine Gruppe Jugendlicher, die betont lässig auf den Lehnen der Bänke saßen, trotz des Rauchverbots eine Kippe im Mund hatten und dabei mit ihren Handys Musik hörten.

Es war ein eingleisiger Bahnhof. Zuerst hielt der Zug Richtung Hanau, aus dem vielleicht eine Handvoll Menschen ausstiegen und der Treppe entgegenstrebten. Fünf Minuten später kam der Zug aus der Gegenrichtung und hielt. Die Jugendlichen stiegen ein. Von dem Mann war nichts zu sehen. Trotzdem folgte Yvonne ihrem Instinkt und stieg ein. Kurz bevor die Türen zugingen, sah sie, wie er die letzten Stufen der Treppe hochsprang und mit einem Satz im Zug verschwand. Er war in den Waggon vor ihr eingestiegen.

Die S-Bahn fuhr los. Yvonne ging ans vordere Ende des Wagens und stellte sich dort an die Tür, die sie bei jedem Halt öffnete, um zu schauen, ob der Mann ausstieg. Sie musste bis zum Ostend warten.

Der Mann bewegte sich in der Menge wie ein Fisch im Wasser, und immer wieder hätte Yvonne ihn beinahe aus den Augen verloren. Fast schien es, als ahnte er, dass er verfolgt wurde, denn er schlug Haken, mischte sich immer wieder unter größere Gruppen und ging niemals einen geraden Weg. Yvonne war sich sicher, dass er sie nicht entdeckt hatte, denn sie spürte, dass sie dieses Spiel eigentlich perfekt beherrschte, immer noch. Aber vielleicht waren dem Mann das Verschmelzen mit der Masse und das Untertauchen geradezu in Fleisch und Blut übergegangen, sozusagen zu seiner zweiten Natur geworden.

Jedenfalls war Yvonne überrascht, welche Tricks er beherrschte. Sie wusste nicht mehr, wo sie waren. Sein Weg schien keinem bestimmten Muster zu folgen, und Yvonne zögerte, ihren Stadtplan zurate zu ziehen, denn dann hätte sie ihn sofort verloren, das wusste sie.

Jedenfalls hatten sie die Hanauer Landstraße schon längst verlassen, als sie vor sich eine Industriebrache sah, die von einem großen Schrottplatz beherrscht wurde. Etwas abseits befanden sich die alten Hallen einer verlassenen Werkstatt. Kein Mensch war weit und breit zu sehen. Yvonne wunderte sich, dass es in einer Stadt wie Frankfurt Orte gab, die so verlassen wirkten wie die Rückseite des Mondes. Immer wieder musste sie Deckung suchen, denn die Fläche ringsum war frei einsehbar.

Sie hatte sich hinter den Bruchstücken einer Mauer versteckt und den Kopf eingezogen. Sie atmete schwer. Schweiß brannte ihr in den Augen. Hastig schickte sie Thomas eine zweite SMS. Als sie wieder aufschaute, war der Mann verschwunden. Vorsichtig richtete sie sich auf. Niemand außer ihr war auf dieser Brache, die sich wie die zugewachsene Trümmerlandschaft eines vergangenen Krieges bis zur Autobahnbrücke erstreckte. Vorsichtig stieg sie über die zerborstenen Fundamente der alten Fabrik und riss sich an der rostigen Armierung eines Betonpfeilers die Hose auf. Krähen erhoben sich in den Abendhimmel. Die Silhouetten der Wolkenkratzer bohrten sich wie kalte Finger in den Himmel. Sie stolperte zu den abbruchreifen Hallen am entgegengesetzten Ende des Geländes.

Die Sonne ging unter, aber der volle Mond stand bereits hoch am Himmel, als sie die niedrigen Gebäude endlich erreichte. Die großen Tore waren verriegelt. An der Stirnseite, dort, wo sich früher einmal die Büros befunden haben mussten, war eine eiserne Tür, die irgendwann nachträglich eingebaut worden war. Man hatte ihr einen Riegel angeschweißt, der nun geöffnet war. Yvonne umklammerte den Türknauf mit ihrer Hand und zog vorsichtig. Die rostigen Scharniere kreischten auf. Yvonne verzog das Gesicht. Dann quetschte sie sich durch den engen Spalt.

Auf dem Boden des Korridors lag der Putz der Decke, die teilweise nachgegeben hatte. Es war dunkel hier drinnen. Die Türen, die zu den Büros führten, waren alle verschlossen. Nur das spärliche Licht, das durch die Ritzen fiel, half ihr, sich einigermaßen zu orientieren. Das Herz schlug ihr bis zum Hals. Sie wusste, dass es eigentlich ein Fehler war, alleine diesen Ort aufzusuchen.

Eine zweite Tür versperrte ihr den Weg. Sie benutzte das Display ihres Handys als Leuchte und tastete nach der Klinke, drückte sie herunter, aber sie ließ sich nicht öffnen. Plötzlich hörte sie hinter sich ein Geräusch. Yvonne wirbelte herum. Hinter ihr stand ein Mann. Er hielt eine Taschenlampe in der Hand. Instinktiv riss Yvonne die Hände hoch, um sich gegen das blendende Licht zu schützen. Dann roch sie etwas wie Waschbenzin. Sie wollte schreien, als ihr ein feuchter Lappen auf Mund und Nase gedrückt wurde. Sie hustete und würgte. Dann verlor sie das Bewusstsein.

Als sie erwachte, hörte sie das entfernte Dröhnen eines Motors. Sie hatte einen schrecklichen Geschmack im Mund, und ihr war schlecht. Schließlich gelang es ihr, die Augen zu öffnen.

Vor ihr, im gebündelten Lichtkegel einer Halogenlampe, saß ein Mann gefesselt auf einem Stuhl. Über seinen Kopf war ein alter Kissenbezug gestülpt worden.

Yvonne wollte aufstehen, als sie feststellte, dass auch sie gefesselt war und in einer Ecke kauerte. Ihr war noch immer schwindelig. Die Beine waren ihr eingeschlafen. Sie versuchte, sie auszustrecken, und stöhnte auf, als ihr das nicht gelang. Schwere Schritte näherten sich ihr. Eine zweite Lampe wurde eingeschaltet, und Yvonne kniff die Augen zusammen.

Der Mann ging vor ihr in die Hocke und musterte sie eingehend. Es war der Mann, den sie in der Ambulanz gesehen hatte.

»Sie wissen, wer ich bin?«

Yvonne nickte. »Sie sind Fabian Steilberg.«

Steilberg sagte nichts, sondern öffnete eine Wasserflasche und hielt sie an ihre Lippen. Yvonne trank, verschluckte sich hustend und schüttelte schließlich den Kopf.

Steilberg zuckte mit den Schultern und schraubte den Verschluss wieder zu. »Wir haben uns lange nicht gesehen«, sagte er. »Zwanzig Jahre ist es jetzt her, fast auf den Tag genau.« Er setzte die Brille ab und wischte sich mit dem Ärmel seines Hemdes den Schweiß von der Stirn. »Es hat lange gedauert, bis bei mir der Groschen gefallen ist. Sie sind die Polizistin, die damals die Leiche meiner Tochter gefunden hat. Schumacher hat mir davon erzählt.«

Yvonne antwortete nicht.

»Sie haben sich ganz schön verändert, Frau März.«

»So heiße ich nicht mehr, und den Polizeidienst habe ich schon lange aufgeben müssen.«

»Oh, aber hoffentlich nicht Julias wegen.« Steilberg drehte die Lampe so, dass er sie besser in Augenschein nehmen konnte. Er fuhr ihr mit der Hand über den Kopf, Yvonne wich zurück. Steilberg lachte und schüttelte den Kopf. »Sie sehen schrecklich aus«, sagte er. »War das Leben nicht gut zu Ihnen?«

Der Mann, der auf dem Stuhl gefesselt war, stöhnte, doch Steilberg ließ sich nicht davon stören. Er schien alle Zeit der Welt zu haben.

»Ich weiß, was Sie vorhaben«, sagte sie.

»Und was ändert das?«

»Sie wollen Wieland Lenz töten. Man wird wissen, dass Sie es waren.«

»Und was ändert das?«, wiederholte er die Frage. Steilberg stand auf und verschwand im Dunkeln. Er kam mit einem alten Werkzeugwagen zurück, nur dass auf ihnen keine Schraubenschlüssel lagen, sondern Messer, Sägen, Zangen und ein kleiner Gasbrenner, wie man ihn zum Flambieren einer Crème brulée benutzte. Mit einem Ruck zog er dem Gefangenen die Kapuze vom Kopf. Dessen Augen waren schreckgeweitet, er atmete schwer durch den Knebel in seinem Mund. Steilberg beugte sich zu Wieland hinab, der nun gedämpfte Schreie von sich gab.

Wie ein Mann, der vor einer kniffligen Aufgabe stand, krempelte Steilberg die Ärmel seines Hemdes hoch. Seine Hand war zwar immer noch bandagiert, aber die Finger waren wieder frei. »Habe ich Ihnen schon gesagt, dass ich Fußball hasse?«, fragte er Yvonne. »Wenn ich nicht von ein paar betrunkenen Hooligans verprügelt worden wäre, hätten wir uns nie getroffen.« Er seufzte, als könne er an diesem misslichen Umstand nun auch nichts mehr ändern. Er nahm ein Messer vom Rollwagen und prüfte die Schärfe der Klinge im Licht.

Wieland warf sich auf seinem Stuhl hin und her. Zwischen den Beinen breitete sich auf seiner Hose ein dunkler Fleck aus.

Steilberg verzog angewidert das Gesicht. Er löste den Knebel.

»Willst du mir noch etwas sagen, bevor ich beginne?«, fragte Steilberg.

Der Mann auf dem Stuhl war ein fettleibiges Wrack. Die wenigen grauen Haare, die er noch hatte, bildeten einen wirren Kranz. Er war unrasiert, und im Mund fehlten ihm fast alle Schneidezähne.

Yvonne fragte sich, ob Steilberg schon mit seinem Werk begonnen hatte, aber sie sah kein Blut, der Mund war nicht geschwollen. Was Wieland schrie, war nur schwer zu verstehen.

»Entschuldige, aber du musst deutlicher sprechen«, sagte Steilberg, als hätte er ein Kind vor sich, das sich erst einmal beruhigen musste.

Wieland schluckte. »Bitte«, wimmerte er. »Tu mir nichts ...«

Steilberg zuckte zurück, als hätte er nicht richtig verstanden. »Sag das bitte noch einmal.«

»Bitte. Tu mir nichts.«

Steilberg nahm das Messer und schnitt nach und nach die Knöpfe von Wielands Hemd. Eine schwammig weiße, mit Narben übersäte Brust kam zum Vorschein. »Himmelherrgott, was ist dir denn zugestoßen?«, fragte Steilberg mit gespieltem Entsetzen. »War man nicht nett zu dir im Knast?« Er wandte sich zu Yvonne. »Sie als Polizistin wissen natürlich auch, dass Kindsmörder in der Gefängnishierarchie ganz unten stehen. Meist sitzen sie ihre Zeit in Einzelhaft ab, um sie von den anderen Gefangenen zu isolieren. Das klappt aber nicht immer.«

Steilberg ging um Wieland herum und betrachtete ihn von allen Seiten. Panisch aufgerissene Augen folgten ihm.

»Glauben Sie, dass Ihre Tochter wieder lebendig wird, wenn Sie ihn töten?«

Steilberg sah sie mitleidig an. »Bitte, ist das alles, was Ihnen einfällt, um mich daran zu hindern, dieses Schwein zu tranchieren? Natürlich wird sie nicht davon lebendig, was denken Sie denn? Und bitte fragen Sie mich jetzt nicht, ob meine Tochter dies hier gutheißen würde! Ich tue das nicht für sie. Ich tue das für mich!« Er schlug sich dabei auf die Brust. »Rache befriedigt nicht? Rache lässt nur ein Gefühl der Leere zurück? Ich persönlich glaube das nicht. Aber ich bin gerne bereit, es auf einen Versuch ankommen zu lassen. Erinnern Sie sich noch, was im Obduktionsbericht stand?«

Yvonne schüttelte den Kopf.

»Aber ich. Ich habe ihn auswendig gelernt. Sie haben

Julia doch gefunden? Wie können Sie dann noch Mitleid mit diesem Kerl haben?« Er trat gegen den Stuhl, und Wieland wimmerte auf.

»Ich habe kein Mitleid mit dem Mörder Ihrer Tochter«, sagte Yvonne. »Ich habe Mitleid mit Ihnen.«

»Hören Sie auf, Zeit zu schinden.« Er zog Yvonnes Handy aus seiner Hosentasche und hielt es in die Höhe, damit sie es sehen konnte. »Ich weiß, dass Sie jemandem Bescheid gegeben haben, wo Sie sich befinden. Über kurz oder lang wird die Polizei hier sein. Und bis dahin will ich meine Arbeit erledigt haben.«

Er schlug Wieland mit der Faust ins Gesicht, sodass der Kopf nach hinten geschleudert wurde.

»Hören Sie auf!«, schrie Yvonne.

Steilberg hielt inne und ließ gereizt die Schultern hängen. Dann bückte er sich nach dem Knebel, den er auf den Boden geworfen hatte, und stopfte ihn ihr in den Mund. Er schmeckte nach Öl und Erbrochenem.

»Sie schließen jetzt besser die Augen«, sagte er und schloss sanft ihre Lider, als wäre sie gestorben.

Dann begann er mit seinem Werk. Wieland stieß unmenschliche Schreie aus. Laute, von denen Yvonne nicht gewusst hatte, dass es sie gab. Und sie öffnete ihre Augen tatsächlich nicht. Dann hörte sie einen lauten Schlag, noch einen, schließlich einen dritten. Die Tür flog auf, und Männer stürmten herein.

»Stopp!«, schrie eine Stimme. »Lassen Sie das Messer fallen!«

Erst jetzt wagte Yvonne es wieder, die Augen zu öffnen. Zwei Polizisten hatten ihre Waffen auf Steilberg angelegt, dessen Hemd jetzt voller Blut war. Doch er hielt nicht inne. Wie von Sinnen stach er auf Wieland ein, bis ihn eine Kugel traf. Steilberg wankte ein wenig zur Seite und stach weiter zu. Dann wurde wieder geschossen, und diesmal zielte der Polizist höher. Steilbergs Kopf flog zur Seite, und er sackte weg.

Die beiden Beamten sahen Yvonne, erkannten aber, dass der Mann auf dem Stuhl dringender Hilfe benötigte. Es war unglaublich, aber Wieland lebte noch.

Dann riss ihr jemand den Knebel aus dem Mund, schnitt die Kabelbinder durch, mit denen sie gefesselt worden war. »Scht«, machte Schumacher und nahm sie in den Arm. »Es ist gut, es ist alles gut.«

Yvonne spürte, wie sie wieder der Schwindel überfiel, die Füße kribbelten, der Körper verkrampfte. Die Aura war mächtig, so mächtig wie noch nie zuvor. Yvonne stieß einen würgenden Laut aus, und dann schwand ihr Bewusstsein. Doch bevor es sich auf diesen nadelspitzen Punkt konzentrierte, stieß sie drei Worte hervor.

»Ich will leben.«

*I*hr Kopf war kahl, doch diesmal hatte sie sich die Haare nicht selbst abrasiert. Es war Thomas, der das für Yvonne getan hatte.

»Wirklich, du solltest dir überlegen, das öfter zu tun«, sagte er, als er die letzten Stoppeln von ihrer Schulter wischte. »Hermann hat recht, es steht dir gut«

Ihr war eigentlich nicht zum Lachen zumute, aber trotzdem musste sie grinsen. »Warten wir's ab«, sagte Yvonne und stand auf. Das Rohypnol, das man ihr gegeben hatte, wirkte vorzüglich. Sie fühlte sich warm und weich und leicht. Florian musste sie stützen, als sie sich auf die Bettkante setzte. Auch er war nervös.

»Ich frage mich, wie es sich anfühlt, wenn man tot ist«, sagte sie.

»Du wirst es uns erzählen können, wenn du wieder aus der Narkose erwacht bist«, sagte Thomas.

»*Wenn* ich aus der Narkose erwache, ja.«

»Das wirst du.« Er drückte ihre Hand. »Wir werden hier auf dich warten. Egal, wie lange es dauert.«

Normalerweise wurden Hirnoperationen dieser Art nur bei lokaler Betäubung durchgeführt. Man musste vorsichtig sein, um nicht wichtige Hirnregionen zu zerstören. Die Vorstellung, bei solch einem Eingriff bei vollem

Bewusstsein zu sein, hatte beinahe dazu geführt, dass Yvonne ihre Entscheidung doch noch revidiert hätte. Aber die Position der Kugel war so gefährlich, dass Dr. Baumann auf eine andere Methode setzte. Er hatte Angst, die Hirnschlagader zu verletzen, die mittlerweile eine gefährliche Ausbuchtung hatte. Zum Abszess war ein Aneurysma gekommen, ein zusätzliches Risiko. Also würde er Yvonnes Körpertemperatur so tief herabsetzen, dass ihr Herz gestoppt werden konnte. Eine halbe Stunde würde sie in diesem Zustand bleiben. In dieser Zeit musste Dr. Baumann seine Arbeit erledigt haben. Die Vorbereitungen waren so umfangreich, dass man acht Stunden für die gesamte Operation eingeplant hatte, wahrscheinlich würde sie länger dauern.

Yvonne legte sich auf ihr Bett und schloss die Augen. Die Tür wurde geöffnet, und ein Pfleger erschien. »Sind alle so weit?«, fragte er.

Thomas holte tief Luft und gab Yvonne einen Kuss. Florian drückte ihre Hand.

»Wir sind so weit.«

Yvonne wurde aus dem Zimmer geschoben und zum Fahrstuhl gebracht. Durch das Rohypnol dämmerte sie immer wieder weg. Erst im OP öffnete sie wieder die Augen. Eine Schwester berührte sie am Arm. »Wir legen Sie jetzt auf den Tisch«, sagte sie.

»Bin ich hier auf einer Party?«, murmelte Yvonne mit verwaschener Stimme. Ein gutes Dutzend Ärzte und OP-Schwestern bereitete sich auf seine Arbeit vor.

Ein Gesicht beugte sich über Yvonne. Sie sah nur zwei Augen, eine bunte Haube und einen Mundschutz. »Ja.

Und alle sind nur Ihretwegen hier«, sagte Dr. Baumann. »Heute ist Ihr Glückstag. Wir erfüllen Ihnen sogar Musikwünsche.«

»Knockin' on Heaven's Door«, sagte Yvonne.

»Sie machen Witze!«, entfuhr es ihm.

»Ja«, sagte sie und grinste.

»Sie werden sich auf eine erstaunliche Reise begeben. Eine Reise, die nur ganz wenige vor Ihnen angetreten haben.«

»Sie meinen, von denen nur wenige zurückgekehrt sind«, sagte sie. »Vermasseln Sie's nur nicht.«

»Auf gar keinen Fall.«

Sie spürte, wie eine Nadel in ihren Handrücken gesteckt wurde. »Zählen Sie rückwärts von hundert«, sagte der Anästhesist. Yvonne kam nur bis siebenundneunzig. Nur einen letzten Gedanken hatte sie noch. Sie sah ein Mädchen mit rotem T-Shirt und kurzer Jeans. Es stand an einem See und drehte sich lächelnd zu ihr um.

Dann umfing sie die Dunkelheit.

Tanja Pleva

Gottesopfer

Thriller. 336 Seiten.
Piper Taschenbuch

Auf dem Campo dei Fiori in Rom wird eine junge Frau verbrannt wie eine Hexe. Die Tat eines Besessenen? Er schlägt wieder zu, und auch dieser Mord trägt dieselbe Handschrift. Der Täter scheint im Bann eines religiösen Wahns zu stehen. Doch seine Identität bleibt lange im Dunkeln – so lange, bis es für sein nächstes Opfer fast zu spät ist …

05/2514/01/L

Valentina Berger

Der Augenschneider

Psychothriller. 288 Seiten.
Piper Taschenbuch

Er schneidet ihnen bei lebendigem Leib die Augen heraus: jungen, schönen Frauen. Denn er braucht ihr Augenlicht …

Heinz Martin, Gerichtsmediziner in Wien, ist einem Serienkiller auf der Spur. Zwei Frauen hat er schon gefoltert und grausam verstümmelt. Beide Opfer waren attraktiv, schlank und hochgewachsen. Dann verschwindet auch Martins bildschöne Schwester spurlos, und kurz darauf schickt ihm der Killer eine Nachricht, die keinen Zweifel an daran lässt, was er mit ihr vorhat …

05/2528/01/R

Donato Carrisi

Der Todesflüsterer

Thriller. Aus dem Italienischen von Christiane von Bechtolsheim und Claudia Schmitt. 496 Seiten. Piper Taschenbuch

In einer Waldlichtung bergen Spurensicherer menschliche Gliedmaßen: die Arme von sechs vermissten Mädchen. Für Profiler Goran Gavila und Sonderermittlerin Mila Vazquez steht fest, dass sie es mit einem extrem kaltblütigen Serientäter zu tun haben. Aber sie ahnen noch nicht, wie perfide der gesichtslose Mörder zu Werke geht. Wie ein Marionettenspieler benutzt er andere dazu, seine grausamen Fantasien Wirklichkeit werden zu lassen …

»Bis dem Leser dämmert, dass er es mit einem genialen Psychopathen zu tun hat, der mindestens so grausam ist wie Hannibal Lecter, ist er schon durch die Hölle gegangen.«
La Repubblica

05/2524/01/L

Karla Schmidt

Das Kind auf der Treppe

Psychothriller. 320 Seiten. Piper Taschenbuch

Die junge Musikerin Leni Draugur flieht aus Reykjavik vor ihrem gewalttätigen Mann. Sie weiß nicht, ob sie ihn in Notwehr getötet hat oder ob er ihr auf den Fersen ist – und welcher Gedanke der schlimmere ist … Als sie endlich spät nachts bei ihrer Halbschwester Zicky in Berlin ankommt, sitzt dort im Treppenhaus ein merkwürdig blasser, kleiner Junge allein auf den Stufen. Leni nimmt sich des geheimnisvollen Jungen an und versucht ihn zu beschützen, denn in Berlin hat das »Schulwegmonster« bereits mehrere Kinder auf bestialische Art getötet. Gleichzeitig weiß sie, dass sie vor ihrem Mann erst dann sicher sein kann, wenn er tot ist.

»Mein Thriller des Jahres. Das Ende war etwas ganz Besonderes und hat mich berührt.«
Charlotte Lyne (»Das Haus Gottes«)

05/2519/01/R